교육감은
독서중

김승환과 함께 읽는 84권의 책

교육감은
독서중

모악

'책 권하는 사회'의 징검다리가 되어

지난 해 「한겨레」 신문의 자매지인 「이코노미 21(ECONOMY 21)」
과 인터뷰할 때 일입니다. 기자가 저에게 물었습니다.

"왜 대학교수가 되셨습니까?"

저는 두 번 생각하지 않고 답했습니다.

"그곳에 자유가 있었기 때문입니다."

그렇습니다. 대학교수 시절에 누렸던 자유 중 가장 큰 것은 글을 쓰
는 자유였습니다. 연구를 하다가 혹은 강의를 하다가 무심코 흘러가
는 사회 현상을 보다가 제 눈길을 잡아끄는 것이 있을 때는 바로 글을
썼습니다.

글을 써달라는 언론 매체의 요구도 많았습니다. 때로는 오전 10시
에 전화를 걸어와 오후 5시까지 보내 주면 좋겠다는 요구도 있었고,

먼저 글을 써서 알고 지내는 기자들에게 글을 신도록 연락하는 경우
도 더러 있었습니다.

그러던 가운데 2010년 6월 2일 전국동시지방선거에서 전북교육감
에 당선되고, 그 해 7월 1일 취임하였습니다. 그 뒤로 제 삶은 많이 달
라졌습니다. 교육감의 일상은 면담, 결재, 행사 참여, 격려사, 축사, 악
수, 식사, 사람 만나기 등이 빼곡하게 이어집니다. 만나기 싫어도 만나
야 하고, 만나고 싶어도 못 만나고, 하고 싶은 말이 있어도 못 하고, 하
기 싫은 말도 해야 합니다. 가끔은 웃기 싫어도 웃어야 하고, 웃고 싶
어도 웃어서는 안 됩니다.

동시에 제 삶에서 사라져버린 가장 큰 자유가 있습니다. 그것은 바
로 마음껏 글을 쓸 수 있는 자유입니다. 전처럼 전문적인 글을 쓸 일이
없으니 전공서적인 헌법 교과서나 논문, 특히 외국의 연구 자료를 읽
는 것도 멀어지고 말았습니다.

그런데 언제부턴가 그런 제 삶에 스며들어온 것이 있습니다. 헌법
학을 비롯한 법학 서적이 아닌 소설, 그림책, 교육관련 책 등이었습니
다. 저는 그런 다양한 책을 읽는 일에 빠져들었습니다. 처음에는 느끼
고 즐긴 책의 내용을 특강과 대화에 활용했습니다. 이것은 같은 말을
여러 번 반복하는 것을 싫어하는 저에게 큰 도움이 되었습니다.

그러다가 만난 것이 페이스 북입니다. 페이스 북에 교육감의 직무
에 관련한 이야기나 일상에 대한 이야기도 올렸습니다. 페이스 북 글
에 달린 댓글에 답글을 쓰는 것이 마치 하나의 놀이처럼 여겨졌습니

다. 제게 페이스 북은 잃어버린 글쓰기의 자유를 다시 느끼게 해 준 공간이었습니다.

어느 날 문득, '이곳에 내가 읽은 책을 소개해보면 어떨까?' 생각하였습니다. 혼자만 읽고 지나치기엔 아까운 책이 너무나 많았기 때문입니다. 그때부터 저의 페이스 북에는 제가 읽은 책이 얼굴을 드러내기 시작했습니다. 글 쓰는 전문가로서가 아니라 '여기 이런 책도 있어요'라는 소박한 의미에서의 글이었습니다.

책을 소개하는 것이 조심스럽기도 했지만, 하나하나 읽은 책마다 정성을 기울여 깊숙이 들여다보는 일을 한 덕분에 소개한 책 가운데는 예기치 않게 베스트셀러가 된 책도 있습니다. 이 때문인지 책을 쓰는 이들이 저에게 책을 소개해 주기를 바라는 경우도 간혹 있습니다. 그렇지만 그 내용이 빼어나지 않으면 저자에게서 건네받은 책일지라도 알리지 않았고, 대신 많은 이들과 같이 읽고 싶은 책은 페이스 북에 꼬박꼬박 서평을 적어나갔습니다.

하루는 안도현 시인에게서 연락이 왔습니다.
"페이스 북 서평들을 모아 책으로 펴내면 어떨까요?"
뜻밖의 이야기여서 살짝 걱정스러웠습니다. 책으로 펴내려고 쓴 글이 아니었기 때문입니다. 그런데 출판사에서는 이미 서평 원고를 모두 수집해놓은 상태였습니다. 결국 시인의 권유와 출판사의 정성에 못 이기는 척 책을 펴내기로 마음먹었습니다.

원고를 여러 차례 꼼꼼하게 읽으면서 조언을 아끼지 않은 저의 스피치라이터인 김성효 장학사와 책 출간을 흔쾌히 결정해준 출판사

「모악」에게 고마움을 전합니다.

이 책이 저의 간절한 소원인 '책 권하는 사회'로 가는 징검다리가 되면 좋겠습니다.

2016년 6월
모악산이 바라다 보이는
교육감 사무실에서
김 승 환

CONTENTS

1

떠나든, 머물든

2012.7.27.

토론토에 들어오고 나서 이틀째, 이곳은 금요일 오후 일곱 시 반을 조금 넘기고 있습니다. 숙소는 나이아가라 폭포 가까운 곳으로 잡았습니다. 점심 식사를 끝내고 폭포 주변을 둘러본 후 잔디밭에 누워 짧은 잠을 취했습니다.

숙소로 들어와 책 한 권을 들었습니다. 출발할 때 "꼭 읽어보세요"라며 건네받은 책입니다.

『나는 걷는다』로 유명해진 베르나르 올리비에가 쓰고 임수현이 옮긴 『떠나든, 머물든』입니다.

그는 2000년에 「문턱(Seuil)」을 창설했다고 합니다. 문턱은 경범죄를 저지른 청소년을 감옥이나 교육적 감금보호센터에 보내는 대신 도보여행을 하게 하는, 걷기 프로그램이라고 합니다.

이 책의 한 부분입니다.

"(벨기에에서) 판사가 경범죄를 저지른 두 명의 청소년에게 긴 여행과 감옥 가운데 선택을 하라고 제안했다는 것이다. 도보여행을 담당하던 기관이 콤포스텔라* 대로를 선정했다. 그것은 하나의 깨달음이었다. 한 달이 넘는 시간 동안, 나는 걷는 일의 이로움을 스스로 확신해 왔다. 걷는 일이 나를 얼마만큼 새롭게 만들어주고 있는지, 육체적으로나 정신적으로나 확연히 느꼈기 때문이다. 젊은 경범죄자를 그들 인생의 위기가 되는 시기에 걷게 해 준다는 것, 얼마나 멋진 생각인가!"

---

* 산티아고 데 콤포스텔라(Santiago de Compostela)는 에스파냐 갈리시아 자치지방의 수도로예루살렘, 로마와 함께 세계 3대 순례지에 속한다고 합니다.

2
이상호 기자 X파일,
진실은 스스로 말하지 않는다

2012.8.18.

방금 책 한 권을 내려놓았습니다. 『이상호 기자 X파일, 진실은 스스로 말하지 않는다』입니다. 이상호 기자께서 에필로그를 쓴 것이 2012년 7월 4일이니까, 세상에 얼굴을 드러낸지 얼마 되지 않은 셈입니다.

이 책에는 1997년 대선 당시 삼성이 대선후보에게 수백억 원대의 정치자금을 제공하고 7명의 검찰의 고위간부들에게 떡값을 제공하는 내용의 대화가 담긴 테이프를 공개하는 과정과 그 결말이 기록되어 있습니다. 이른바 삼성 X파일 사건입니다.

삼성 X파일은 안기부 미림 팀이 삼성구조본부장과 중앙일보 회장의 대화내용을 도청한 녹음테이프입니다. 이 사건에서 검찰은 관련자 모두에게 무혐의처분을 내리고, 대한민국의 헌법질서를 뒤흔들 만한 자본, 권력, 언론의 음모를 고발한 MBC 이상호 기자는 통신비밀보호법 위반 혐의로 기소했습니다.

MBC 내부에서조차 고립되어 버린 이상호 기자는 1심 법원에서 무죄판결을 받았지만, 2심 법원은 징역 6월에 자격정지 1년을 선고했고, 검찰의 기소 시점부터 무려 5년여의 세월이 흐른 2011년 3월 17일 대법원은 이상호 기자에게 상고를 기각하면서 유죄판결을 확정했습니다.

1심 재판부는 X파일의 내용은 '민주헌정질서를 심대히 저해한 것으로, 실제 그렇게 이뤄졌을 것으로 충분히 의심되는 내용들'이라고 밝혔습니다. 그러나 2심 재판부는 X파일의 모의내용이 '국가질서에 직접 영향을 미칠 만한 일도 아니고, 그저 부끄럽고 추잡한 수준의 개인적 프라이버시'에 불과하기 때문에 '시민들이 알 필요가 없는 사안'으로 판단했습니다.

이 책 118쪽에 나오는 내용입니다.

"네, 그래요. 이제 실질적인 경제민주화가 절실한 시점이죠. 정치가 경제에 예속되는 현상이 점점 심해지고 있습니다. 국민들의 주권이 시장에 팔려가고 있는데 그걸 알리고 바로잡아야 할 사람들이 찍소리 못하고 먼저 팔려가고 있습니다. 국회나 청와대, 언론이나 검찰 말입니다. 국민들은 제대로 알지도 못하고 있는 사이에 나라의 주인이 바뀌고 있는 거죠."

책을 읽는 내내, 진실의 입을 열기 위해 목숨을 걸고 가시밭길을 걸었던 이상호 기자의 모습에 가슴이 먹먹해졌습니다. 그리고 동시대를 살아가는 한 사람으로서 이상호 기자의 고난의 길에 함께하지 못한 죄책감이 엄습해 왔습니다.

3
시골무사 이성계

2012.8.22.

작가 서권이 쓴 『시골무사 이성계』를 읽었습니다.

작품은 공민왕(1330~1374)이 사망한 이후 기울어져 가던 고려 왕조가 동북 방면을 수비하고 있던 무장 이성계에게 남원 인월(引月) 지역을 점령한 왜군을 토벌하라는 명령을 내린 1380년(우왕 6년)을 배경으로 하고 있습니다. '달을 끌어들인다'라는 뜻의 지명 인월을 작품 전개의 매우 중요한 요소로 설정해 놓은 것이 무척 흥미롭습니다.

가미쇼오(神將) 아지발도가 이끄는 1만의 왜군과 맞서 싸운 황산대첩이 작품의 주 무대입니다. 작가 서권은 단 하루라는 짧은 시간에 당시 전투에서 일어났을 법한 갖가지 이야기와 사건들을 담아냅니다.

이 소설을 읽으면서 한 가지 물음표가 생겼습니다. '도대체 작가는 어떻게 온갖 병장기, 전술과 전략, 장수들과 간인(間人)들의 심리를 이토록 리얼하게 그려낼 수 있었을까'라는 것입니다. 마치 전투의 모든 장면을 제 자신이 들여다보고 있는 듯한 환영 속으로 빠져들었습니다.

그러면서 정말 아쉬운 것은 작가를 만나볼 수 없다는 것입니다. 「실천문학」 2007년 가을호에 단편 「검은 선창」으로 등단한 작가가, 2009년 5월 마흔 여덟의 젊은 나이에 이 세상을 떠났기 때문입니다. 작가는 14권으로 구성된 대하소설 『마적』을 탈고한 후 출간하지도 못한 채 먼 길을 떠났다고 합니다.

대하소설을 읽을 때 항상 주의를 기울여야 하는 것은 픽션과 논픽션을 구분하는 것입니다. 예를 들어 이인성의 『소설 동의보감』에서 한의사 유의태가 허준의 스승으로 나오는데, 역사적 사실에 따르면 유의태는 허준의 후대 사람이라고 합니다.

이 소설에서도 삼봉 정도전이 황산대첩 당시 이성계의 군사(軍師)로 활약하지만, 실제로 삼봉이 이성계를 만난 것은 황산대첩보다 4년 후입니다.

4

의자놀이

2012.8.29.

최근 전북교육청에 대한 교과부 감사반의 상식과 예의에 어긋나는 감사행태에 치밀어 오르는 분노감을 느끼면서 책 한 권을 소개합니다. 공지영의 '첫 르포르타주 쌍용자동차 이야기'『의자놀이』입니다.

흑자기업이던 쌍용자동차가 2005년 1월 상하이차에 매각되었습니다. 상하이차는 투자는 하지 않고 기술유출만 하다가 2009년 1월 법정관리를 신청하고, 법원은 법정관리를 승인합니다.

노조는 자구안을 냅니다. 비정규직 고용안정기금으로 쌍용차 노조가 12억 원을 출연하며, C-20 긴급자금, R&D 개발자금으로 노동자 퇴직금 1천억 원을 담보로 제공한다는 것 등입니다.

그러나 사측은 노동자 2,646명의 정리해고안을 발표하고 노조의 농성이 시작됩니다. 이 와중에 노동자와 그 가족 22명이 자살을 합니다.

경찰은 국제 앰네스티도 금지하는 테이저 건을 사용하고, 용역들은 마음놓고 인간사냥을 자행합니다. 국내 유수의 회계 법인들이 사측을 돕고, 국가인권위원회 긴급구제요청마저도 거부당합니다. 2012년 3월 12일 전국수사경찰관들은 경찰 수사 우수사례로 쌍용차 사태를 선정합니다.

책의 한 부분을 옮깁니다.

"그날 서미영 씨는 남편에게 전화를 걸어 오늘 일찍 들어와 달라고 부탁을 했다. 평소에 말수가 적던 아내가 보고 싶다는 말을 하자 임성준 씨는 서둘러 집으로 돌아왔다. 아내는 평범하게 그를 맞았다. 아무것도 특별할 것 없는 일상의 풍경이었다. 다른 점이 있다면 아무 표정이 없는 아내의 눈길이 평소보다 약간 더 길게 남편에게 머물러 있었다는 것 정도일까? 약간 겸연쩍어진 임성준 씨는 옷을 갈아입으러 안방으로 들어갔다. 아이들은 거실에서 텔레비전을 보고 있었다. 서미영 씨는 무심한 걸음걸이로 베란다로 다가가 문을 열고 그대로 앞으로 나갔다. 그녀의 몸은 허공에서 한 바퀴를 돌아 아파트 아래 콘크리트 바닥으로 떨어졌다. 삶과 죽음 사이, 아무리 평소에 자살을 연습했던 사람이라 해도 한순간쯤은 망설일 그 간격을 그녀는 풀쩍 뛰어넘었다. 마치 오래 전부터 거기에 다른 방이 있었다는 듯 스스럼없는 몸짓이었다."(19, 20쪽)

5

봉준이, 온다

2012.10.1.

한가위 연휴에 책 한 권을 다 읽었습니다. 이광재가 쓴 전봉준 평전 『봉준이, 온다』입니다.

1894년 반봉건과 반외세를 기치로 내걸고 동학농민전쟁을 이끌었던 녹두장군 전봉준과 그를 뒤따랐던 수많은 농민들의 전투적 삶을 통해서 우리는 동학농민전쟁의 역사적 좌표를 읽어낼 수 있습니다.

동학농민전쟁은 끝났지만 인간세상의 항구적 평화와 인간의 행복을 지향하는 그들의 정신은 우리의 근현대사에 면면히 흘러내리고 있습니다.

상해임시정부를 이끌었던 김구 선생이 농민전쟁의 소년장수로 이름이 높았다는 사실, 그리고 김개남 포에 소속되어 있던 많은 농민군이 지리산으로 숨어들어 지리산 의병 전쟁의 주역이 되었을 뿐만 아니라 진주의 형평사 운동에도 개입했다는 사실이 이러한 진단의 적실성을 높여 줍니다.

왜국의 낭인들로 구성되어 조선침략의 첨병역할을 했지만, 전봉준의 고매한 인품에 빠져들었던 천우협의 인사들이 전봉준에게 일본으로 탈출할 방도를 비밀스레 꺼내놓았을 때 보였던 전봉준의 반응이 영걸의 풍모를 그대로 드러내고 있습니다.

"내 형편이 여기에 이른 것은 필경 천명이니 굳이 그를 거슬러 탈출하려는 마음은 없다. 나는 근일 사형을 당할 터이니 다른 농민군을 구할 수 있거든 그렇게 하라."

작가 이광재는 절필한 지 거의 이십 년이 지난 후에야 이 작품을 완성했다고 합니다. 저는 이 책을 읽으면서 작가에게 깊은 고마움을 품게되었습니다. 동학농민전쟁을 모르고서야 우리의 역사를 말할 수 없을진대, 동학농민전쟁의 역사적 맥락을 비로소 통관할 수 있게 해주었기 때문입니다.

이 책은 다른 수식어를 빌릴 필요 없는 대작이자, 한 편의 역사연구서입니다. 역사를 전공으로 하는 사람이건, 역사를 공부하는 학생이건 반드시 읽어 둘 필요가 있는 책입니다.

팩트와 팩트 사이의 공간을 설득력 있게 채워나가는, 무서우리만치 집중력이 높은 작가의 상상력은 이 책을 읽는 또 하나의 재밋거리입니다.

6
자유

2012.10.4.

광주 김대중 컨벤션 센터에서 열리는 「2012 호남권 교육기부박람회」 개막식에 참석하기 위해 고속도로로 들어섰습니다. 제 손에는 부피는 작지만 내용이 전하는 무게는 매우 큰 책이 한 권 있습니다.

저자는 요하임 가우크, 2012년 3월 18일에 실시된 제15차 연방총회 선거에서 독일연방대통령으로 선출된 분입니다. 독일연방수상 앙겔라 도로테아 메르켈과 마찬가지로 구 동독 출신입니다. 연방수상과 연방대통령을 모두 구 동독 출신으로 선출하는 것이 우리 한국인의 의식으로는 이해할 수 없는 일이지만, 독일인의 의식으로는 아무런 문제가 되지 않습니다.

저자는 이 책을 크게 세 부분으로 구성했습니다. 자유(Freiheit), 책임(Verantwortung), 그리고 관용(Tolreranz)입니다. 물론 세 개의 가치는 상호 긴밀한 연관관계에 놓여 있습니다.

그는 자유에 대해서 이렇게 말합니다.

"우리는 부당한 속박에서 벗어나기를, 명령에 순응하지 않게 되기를, 더 나아가 우리의 규범을 스스로 만들고 그것을 실행하기를 간절히 열망합니다."

책임에 대해서는 이렇게 설득합니다.

"책임질 줄 아는 우리의 능력은 인간다움의 핵심요소에 속합니다."

관용은 이렇게 풀이합니다.

"무관심은 결코 관용의 또 다른 이름이 아닙니다. 그것은 오히려 무책임을 달리 부르는 것입니다. 우리가 권력에 관여하느냐 아니면 복종하느냐에 따라 우리가 시민이 되기도 하고 그렇지 못하기도 하다는 것입니다."

권세훈 님의 번역은 맑은 물이 흘러내리듯 정갈합니다. 누구든지 한 시간 정도만 할애하면 완독할 수 있는 책입니다.

7

지금 일어나
어디로 향할 것인가

제93회 전국체육대회가 오늘(11일)부터 17일까지 대구에서 열립니다. 전국체육대회에는 고등부와 성년부 선수들이 출전합니다. 우리 전북의 선수들을 격려하고 개막식에 참석하기 위해 대구에 머무르고 있습니다.

어제 오늘 사이에 읽었던 책을 소개합니다. 『분노하라』의 저자 스테판 에셀이 쓴 『지금 일어나 어디로 향할 것인가』입니다. 79쪽에 불과한 소책자이지만, 한 페이지 한 페이지가 중천금 같은 책입니다.

주요 내용을 옮겨 봅니다.

질에 대한 양의 헤게모니를 뒤집어야 한다는 것입니다. 빈곤을 타파할 만한 양은 확보하되, 양보다 질을 우선시할 것을 제안합니다. 농업과 축산업의 산업화를 줄이고, 소비중독과 일회용품 사용을 자제하고, 신상품을 순식간에 구식으로 만들어 버리는 유행의 빠른 변화를 억제해야 한다고 합니다. 그렇게 되면 우리는 '항상 더 많은 것'을 추구하는 광적인 질주를 멈추고, '항상 더 좋은 것'을 추구하는 차분한 걸음으로 돌아설 것이라고 말합니다.

비행청소년들은 아직 형성단계에 있는 나이이기에 그들에게 반성과 갱생의 기회를 열어주는 것이 우리의 의무라고 역설합니다. 우리 사회가 내친 젊은이들은 우리 사회를 내치고 우리를 내친다는 사실을 알아야 한다고 경고합니다.

경쟁은 규칙이 지배하는 시장에서 필연적이지만, 기업의 노동조건을 희생하여 경쟁이 심화된 형태인 경쟁력 강화는 정리해고를 초래하고 이것은 다시 남아 있는 직원들의 업무 가중으로 이어진다고 지적합니다.

엄격한 은행통제, 신용평가기관에 대한 철저한 감시, 투기성 현물 환거래에 대한 과세, 가격 변동에 따른 투기 금지, 독점과 과점을 금지하는 반 트러스트법 제정, 조세천국 철폐를 위한 국제적 투쟁 등으로 금융투기를 억제해야 한다고 권고합니다.

중등교육의 기본임무에 관해서는 청소년이라는, 아직 형성기에 있지만 중요한 나이의 젊은 세대들을 개인으로서의 삶, 시민으로서의 삶, 세계인으로서의 삶에 대면하도록 준비시키는 것이라고 말합니다.

예술작품은 우리의 일상을 예술적으로 승화시킨다고 말하면서 오스카 와일드의 말을 각주로 인용합니다.

"예술이 자연을 모방하는 것이 아니라 자연이 예술을 모방한다."

8
프린세스 바리

2012.10.27.

중국으로 출장을 가기 위해 가방을 챙기면서 두 권의 책을 담았습니다. 그 중 한 권이 제2회 혼불문학상 수상작 박정윤 장편소설 『프린세스 바리』입니다.

주인공 바리를 비롯해서 작품에 등장하는 주요 인물들은 이 땅의 변두리에서 살아가는 사람들입니다.

딸만 여섯을 낳은 연탄공장 사장 집에서 일곱 번째 임신으로 세상에 나온 여자아이 바리는 태어나면서 버려지고, 피붙이를 넘겨받은 산파는 새벽 시간을 이용하여 갓난아이와 함께 마을을 떠납니다.

산파는 인천 옐로우 하우스의 유리들을 상대로 약초를 이용하여 낙태와 병치료 등을 해 주면서 돈을 벌어 바리를 양육합니다.

호적신고도 없이 정규학교에도 가보지 못한 채 성장하는 바리의 주위에는 토끼(할머니), 화얌, 나나진, 연슬 등 밑바닥 인생들이 서로 얽히고설킨 삶을 이어갑니다.

　그 중에서 이 세상 누구보다도 바리를 아꼈던 굴뚝 청소부 청하라는 청년, 그와의 짧은 만남 속에서 결혼과 임신 그리고 청하의 죽음이 이어집니다. 청하의 죽음을 통해서 작가는 가진 자의 잔인함에 차디찬 시선을 보냅니다.

　산업화의 온갖 병리현상이 폭발적으로 분출하던 시기인 지난 1976년에 발표돼 많은 사람들의 마음을 흔들었던 조세희의 작품 『난장이가 쏘아올린 작은 공』 이후 오랜만에 밑바닥 인생을 소재로 한 훌륭한 작품을 읽게 되었습니다.

　작가 박정윤의 수상소감이 매우 인상적입니다.

　"더 단단하게 중심을 잡고 배를 띄우기 위해 물을 모으겠습니다. 반성하지 않는 문장을 쓰겠습니다."

9
우리누나 임일순

2012.10.29.

임철완. 전북대 의대와 전북대 의학전문대학원에서 피부과 교수생활을 하다가 정년퇴임을 하신 분입니다.

그 분에게는 선천적 정신지체장애 2급의 누님이 계셨습니다. 이름은 임일순. 부모님께서 살아계실 땐 부모님과 함께 생활하시다가 부모님께서 세상을 떠나신 후에는 잠시 큰 남동생 집에서 기거하셨습니다.

그러다가 작은 남동생 임철완 교수님의 집으로 거처를 옮겼고, 금년 1월 6일 76세의 나이로 동생의 집에서 조용히 생을 마치셨습니다.

임철완 교수님은 누님께서 살아계실 때 그렸던 그림들을 모아 『우리누나 임일순』이라는 책으로 엮었습니다. 책 속에는 임 교수님이 회상하는 누님 임일순에 대한 기록과 함께 수많은 그림들이 있습니다.

이 분의 그림은 치료미술이 아니라 특수미술입니다. 임일순이 그린 특수미술로서의 가치에 대하여 미술작가 조형동이 정교한 해설을 하고 있습니다.

"그녀의 그림은 숨김없는 생활의 이모저모를 생생하게 엿보게 한다. 그녀가 누린 삶의 다양한 측면을 피부에 와 닿듯 구체적으로 보여준다. 그런 부류의 그림이나 기록이 앞으로 더 발굴되어 특수미술의 회화에 미친 그녀의 영향이 분명하게 밝혀지기를 기대한다. 간결하고 짜임새있는 구성, 생동감 넘치는 인물묘사, 대담하고 활력에 찬 주변 환경의 표현 등이 모두 그녀의 작품들을 성공적인 작품으로 승화시켜준다."

10
북극곰!
어디로 가야 하나?

2012.11.4.

황창연 신부가 쓴 환경 에세이 『북극곰! 어디로 가야 하나?』를 소개합니다. 이 책은 전체 8개부로 구성되어 있습니다. 1부 「지구」, 2부 「지구온난화」, 3부 「물」, 4부 「숲」, 5부 「환경호르몬」, 6부 「먹을거리」, 7부 「에너지」, 8부 「단상」입니다.

이 책은 자연환경이 얼마나 악화되고 있나, 그것이 인간의 가까운 미래에 얼마나 참혹한 결과를 가져올 것인가를 객관적 자료로 설명하고 있습니다. 이 책은 또한 제아무리 경고를 해도 마치 양치기 소년의 말처럼 흘려듣는 우리들의 환경파괴 불감증에 대해 엄중한 경고를 내리고 있습니다.

"빵, 국수, 라면, 짜장면, 짬뽕, 스파게티와 가게 진열장에 가득 찬 과자가 모두 밀가루 음식이다. 밀의 99퍼센트는 미국(41퍼센트)과 호주(28퍼센트), 캐나다(26퍼센트)와 그 외 중국에서 수입한다. 미국의 드넓은 들판에 밀씨가 뿌려지면, 밀을 갉아먹는 벌레를 없애기 위해 엄청난 양의 농약을 뿌린다. 2011년 새크라멘토 초청 강의 때 비행기 아래 펼쳐지는 어마어마한 넓이의 농토를 보고 입이 딱 벌어졌다. 8천 미터 상공을 날고 있는데 2천 미터 상공쯤에서 농약을 뿌리는 비행기가 그 넓은 농토에 쉴 새 없이 농약을 살포하고 있었다. 한국으로 수출하는 밀을 키우는 농토라는데!"(187쪽)

"미국 농민들은 농약과 제초제로 뒤범벅된 밀밭에 밀이 익으면, 기계로 수확해서 미국 동북부 보스턴 항으로 보낸다. 이제 밀은 한국을 향해 기나긴 여행을 시작한다. 이 여행의 최대 장애물은 섭씨 40도를 넘나드는 파나마 운하를 지나는 뱃길이다. 뜨거운 적도 파나마를 지나는 배 안 창고 온도는 50도가 넘는 찜통이다. 이 찜통 안에서 밀이 썩을 수 있기 때문에 이를 막기 위해 엄청난 양의 방부제를 뿌린다. 우리밀살리기운동본부에서 농약을 친 수입밀과 농약을 치지 않은 우리밀을 각각 다른 병에 담아 벌레를 넣어보았는데 수입 밀가루를 담은 병의 벌레는 몇 시간 안에 다 죽었고 우리밀에 넣은 벌레는 며칠이 지나도 살아 있었다."(187, 188쪽)

"북극 빙하가 줄어들면서 북극곰이 환경 재앙의 가장 대표적인 희생자로 주목받는다. 일주일에 반달무늬물범 한 마리는 잡아먹어야 살 수 있는 북극곰이 한 달 동안 아무것도 먹지 못하고 뼈가 앙상하게 드러난 채 북극을 떠돌아다니는 모습은 인간의 멀지 않은 미래를 보는 것 같다."(307쪽)

이 책은 유치원 아이들부터 대학생에 이르기까지 학생들의 환경 교과서로 삼아도 매우 훌륭한 책입니다. 나아가 모든 분들께서 필독서로 삼으실 만한 책입니다.

　이 책은 특히 부모들로 하여금 내 아이들에게 먹이는 음식이 내 아이들의 건강에 얼마나 큰 손상을 입히고 있는지, 그리고 내 아이들이 자라나는 가정 내에서 스스로 얼마나 많은 환경 파괴를 하고 있는지를 겸허하게 돌아보게 해 줄 것입니다.

11
만주의 아이들

2012.11.9.

얼마 전 페친 한 분으로부터 책을 선물 받았습니다. 박영희 지음, 『만주의 아이들』입니다.

중국에는 동북3성이 있습니다. 지린성(길림성), 랴오닝성(요녕성), 헤이룽장성(흑룡강성)을 가리켜 부르는 이름입니다. 동북3성에는 약 2백만 명의 조선족들이 살고 있었습니다. 지린성에는 조선족자치주가 있고, 그 주도는 옌지(연길)입니다. 조선왕조 말부터 조선의 백성들이 이주하여 개척한 곳으로 우리에게는 북간도로 더 잘 알려져 있습니다.

1992년에 한중수교가 시작되면서 조선족 사회에서는 한국 바람이 불기 시작했습니다. 동북3성에 버려진 땅을 옥토로 일구어 한족도 부러워하는 삶을 살던 조선족들은 한국 바람을 타고 약 40만 명이 일자리를 찾아 한국으로 넘어왔습니다.

비극은 여기서부터 시작합니다. 조선족 사회에서는 이혼가정이 급

속도로 늘어나고, 아이들은 조부모, 친척 또는 학교의 숙사(기숙사)에 맡겨집니다. 한국으로 취업 나간 조선족 중 무려 1/4이 이혼을 한다는 것입니다.

조선족 학교 장혁문 서기는 작가 박영희에게 이렇게 말합니다.

"놀라지 마시라요. 우리 학교 전체 학생 70퍼센트의 학부모가 한국에 나가 있습네다. 그중 이혼한 경우는 절반에 가깝고요."(27쪽)

짧게는 2~3년에서 길게는 10년 넘게 엄마 아빠 얼굴을 보지 못한 채 학교에 다니는 아이들이 부지기수입니다.

영이라는 이름을 가진 아이가 작가에게 이런 말을 합니다.

"생일날만이라도 엄마가 곁에 있어 준다면 얼마나 좋을까, 철마다 이 생각을 한다. 엄마가 끓여 준 미역국이 간절하게 그립단 말임다. 이모 집에서 투숙할 때 있었던 일인데, 제 심신에 감기가 돼쎄 심하게 들어설랑 결석을 한 적 있슴다. 그날 이모가 심히 걱정이 되설랑 한국으로 전화를 쳤는데 엄마랑 얼마나 울었는지 모름다. 전화기에 대고 그렇게 오래 운 건 그날이 첨이었을 겁네다. 그날 마음속 깊이 깨달은 거이 하나 있슴다. 중국에서 가장 먼 나라는 미국도 일본도 아프리카도 아닌, 바로 한국이었다는 사실임다."(45, 46쪽)

고구려의 수도이자 광개토대왕릉비와 장군총 등 유적이 남아 있는 집안은 일제시대 때 조선에서 건너온 유민들로 북적였고, 한때는 조선족의 숫자가 3만에 육박했다고 합니다. 그러나 한중수교 이후 약 9천 명이 한국으로 떠났고, 불과 15년 사이에 25개 학교가 문을 닫았다고 합니다.

어제 저녁 이 책 읽기를 마치고 잠을 자려고 누워 있는데, 눈에서 눈물이 연신 흘러내렸습니다. 부안에 다녀오는 승용차 안에서 가을이 무르익는 들녘을 내다보는 지금도 아무런 느낌이 들지 않을 정도로 머릿속이 멍합니다.

12
인간이 먼저다

공립유치원 교원 한마당 축제, 한국영어교육학회 국제 컨퍼런스, 좋은교사모임 세미나, 교육행정여성공무원협의회 연찬회 참석을 마친 후, 며칠째 접어 두었던 책 읽기를 마쳤습니다. 장 뤽 멜랑숑이 쓰고 강주헌이 옮긴 『인간이 먼저다』입니다.

지은이 멜랑숑은 2012년 프랑스 대통령선거에서 좌파연합의 후보로 출마하여 11.05퍼센트의 득표를 했습니다. 이 책은 그의 대선공약집이고, '인간이 먼저다'는 이 공약집을 한 마디로 요약한 표현입니다.

이 책은 아홉 부분으로 구성되어 있습니다. 1.「부의 분배와 사회적 불안정의 해소」, 2.「은행과 금융시장으로부터의 권력의 회수」, 3.「인류공약에 기여하는 환경계획」, 4.「인간욕구를 만족시키는 새로운 생산방식」, 5.「진정한 공화국을 위하여」, 6.「국민 권력을 되찾는 헌법의 제정」, 7.「금융시장의 굴레에서 벗어난 새로운 연대의 추구」,

8. 「세계화의 흐름을 바꾸는 연쇄효과」, 9. 「인간해방을 위하여」.

국제경제질서의 주도권이 오래 전부터 국제금융그룹의 손아귀에 들어가 있다는 것은, 국제사회에서는 이미 공지의 사실입니다.

로스차일드, 록펠러, 모건, 오펜하임, 블라이흐뢰더 등 17개의 국제 금융그룹은 지금 이 순간에도 국경을 넘나들며 먹이사냥을 지속하고 있습니다. 그들은 한 국가의 경제신용에 대한 평가권까지 독점하면서 국가의 경제주권에 대한 장악력을 발휘하고 있습니다.

IMF와 IBRD는 바로 국제금융그룹의 독점적 이익을 창출하는 행동집단이고, 세계화와 신자유주의 등은 그들 그룹이 내거는 구호입니다.

국제금융그룹의 폐해는 프랑스에도 나타났습니다. 청년실업, 공공 서비스에의 시장경제 원리 도입, 금융그룹에 의한 국민주권의 형해화 등으로 프랑스 국민들의 삶은 전에 없이 피폐해지고 있습니다.

이 책은 국제금융그룹에 의해 해체당하고 있는 프랑스의 현실을 고발하면서 동시에 대안을 제시하고 있습니다. 그 대안의 중심에 '인간'이 있습니다.

멜랑숑은 이러한 사태를 다음과 같이 정리합니다.

"우리 눈앞에 펼쳐진 미친 세상은 금융자본이 세계를 지배하게 된 결과이며, 문명을 심각하게 퇴보시킨 세균을 세상에 뿌린 신자유주의 정책을 20년 동안 시행한 끔찍한 결과입니다.

이런 상황은 민주주의의 쇠락에서 비롯되었습니다. 제도적 기관들은 권위적 일탈을 일삼고, 대중의 기권표가 속출하며, 금권정치가 난무합니다. 언론은 모두가 똑같은 목소리를 내고, 정치 토론은 '하나의 생각'에만 집착하며, 국민이 선출하지 않은 사람들이 장악한 제도적 기관들은 국민의 뜻보다 신자유주의적 규범을 더 중요하게 생각합니다.

'전제군주에게 최고의 방어벽은 국민의 무기력함이다.' 먼 옛날 마키아벨리가 남긴 말은 오늘날에도 여전히 유효합니다. 따라서 시장의 횡포에서 벗어나려면, 국민이 움직이기 시작하는 것만으로 충분합니다. 이런 변화는 여러분 한 사람 한 사람의 선택에서 시작됩니다."(148쪽)

"우리는 교육기관의 경쟁화에 반대하며, 자율성이라는 명목하에 교육시장을 제도화하려는 모든 조치를 재고해야 합니다"(131쪽)라는 조언은 우리도 새겨들어야 할 경구입니다.

13
피로사회

2012.12.15.

한병철 지음, 김태환 옮김, 『피로사회』를 소개합니다.

지은이 한병철 교수는 한국에서 금속공학을 전공했고, 독일로 건너가 하이데거에 관한 논문으로 박사학위를 받은 후(Dissertation), 스위스 바젤 대학에서 데리다에 관한 논문으로 교수자격을 취득했습니다 (Habilitation). 현재 독일 칼스루우에 조형예술대학 교수로 재직하고 있습니다.

저자는 근대까지의 서양사회를 가리켜 부정성의 패러다임이라고 말합니다. 그의 식대로 표현하면 면역학적 패러다임입니다. 이러한 사회에서는 이질적인 것과 타자에 대한 대립구조가 발생합니다. 즉 금지, 강제, 처벌, 규율, 의무 등이 이러한 사회의 본질적 기제가 됩니다. 이 속에서 살아가는 인간은 복종적 주체입니다.

그러나 포스트모더니즘 사회는 성과사회이고, 그 속에서 살아가는 인간은 복종적 주체가 아니라 성과주체입니다. 근대사회와는 달리 성과사회에서는 부정성이 아니라 긍정성의 패러다임이 지배적으로 작동합니다.

저자가 말하는 위 진술들이 다소 난해한 것처럼 들릴 수도 있습니다. 그러나 이걸 짧게 추리면 이렇게 말할 수 있습니다.

현대사회의 인간은 성과를 위해 달리고, 그 성과는 타자가 부과한 것이 아니라 자기 스스로 부과한 것입니다. 착취하는 자와 착취당하는 자의 이분법적 도식은 사라지고, 자기 스스로 착취자이면서 동시에 피착취자라는 것입니다.

저자는 이렇게 말합니다. "자기 착취는 자유롭다는 느낌을 동반하기 때문에 타자의 착취보다 더 효율적이다. 착취자는 동시에 피착취자이다."(29쪽) "그렇게 인간은 자기 자신을 착취한다. 이로써 지배 없는 착취가 가능해진다. 우울증, 경계성성격장애, 소진증후군으로 고생하는 사람들은 나치 강제수용소의 무젤만과 유사한 증상을 나타낸다."(44쪽)

스스로를 착취하며 살아가는 현대인은 무한대의 성취를 향해 달리기 때문에 결국 자기소진과 피로에 빠질 수밖에 없고, 우울증에 사로잡히기 쉽다는 것입니다.

저자가 이 책을 통해서 우리에게 하고자 하는 말이 있습니다. 그것은 육체적 이완과 정신적 이완을 하라는 것입니다. 잠과 깊은 심심함이 필요하다는 것이며, 이는 우리에게 중단, 막간, 막간의 시간(Zwischenzeit)이 있어야 한다는 것입니다.

성취사회에서 인간은 너무 지나치게 "예"라고 말합니다. 저자는 이

것을 가리켜 긍정성의 과잉이라고 표현합니다. "아니라고 말하는 주체적 행위를 통해서 사색적 삶은 어떤 과잉활동보다도 더 활동적으로 된다."(48쪽)

이 책은 어느 교사로부터 받은 책입니다. "교육감님에게 꼭 필요한 책인 것 같습니다"라는 말과 함께 이 책을 건네받았습니다. 책을 읽으면서 뜨끔했습니다. 제 삶의 쳇바퀴를 들여다보는 데 매우 가치있는 책이었기 때문입니다.

14
현시창

제18대 대통령선거일, 아침식사를 끝내고 아내와 함께 어머니를 모시고 투표장으로 갔습니다. 장모님은 투표권을 행사하시기 위해 어제 오후 주소지인 전주로 가셨습니다. 장모님께 전화를 걸어 "어머님, 투표하셨습니까?"라고 여쭤봤더니 "그럼, 하고 왔지"라며 대답하셨습니다.

투표를 한 후 모처럼 조용한 시간을 보내면서 책 한 권을 읽었습니다. 임지선 글, 이부록 그림, 『현시창』입니다. 지은이 임지선은 한겨레신문 기자입니다.

그는 이 책의 프롤로그 제목을 「청춘이 절망하는 나쁜 사회」로 했습니다. 이 책이 무엇을 말하고자 하는지 선명하게 드러나는 문구입니다.

이 책은 소설이 아니라 르포르타주입니다. 단순한 보고기사가 아니라, 현장취재기자의 시각에서 시대를 고발하는 글입니다.

이 책은 4부로 구성되어 있습니다. 1.「일터의 배신」, 2.「경쟁의 끝은 어디인가」, 3.「당신도 여자라면」, 4.「그리고 사건은 계속된다」.

화가 이부록의 삽화는 책의 장마다 그 장이 무엇을 말하고 있는지를 칼날처럼 정확하게 묘사하고 있습니다.

군복무를 하는 기간 내내 입대하기 전에 빌렸던 1천만 원의 학자금 대출이 목에 걸려 제대 후 복학하기 전까지 학자금을 마련하기 위해 일자리를 찾았던 22살의 청년. 그는 냉동설비 수리업체에 들어가서 대형마트의 냉동설비를 수리하던 중 질식사했습니다.

사고가 발생하자 해당 대형마트측은, 자신들은 냉방설비를 구입했을 뿐이고 고장이 나서 애프터서비스를 신청했을 뿐이라는 입장을 밝힌 후, 숨진 이의 장례식장에 조화조차 보내지 않았다고 합니다.

노동자를 위한 최소한의 안전장치도 해 주지 않은 채 섭씨 1,600도의 전기로 위에서 작업을 하다가 용광로에 빠져 숨지게 만든 H철강의 사례도 나옵니다.

책을 읽다가 어쩔 수 없이 눈물을 쏟고 말았습니다.

"흥미 위주의 자살 보도는 사회에 독이 된다"(206쪽), "동네 빵집을 잡아먹은 대형 체인점 본사는 돈을 벌지만, 빵집 주인에서 가맹점주로 전락한 이들은 갈수록 가난해지고 있다"(229쪽)라는 말 속에서 글쓴이의 치열한 기자정신을 읽을 수 있습니다.

저는 이 책을 읽으면서 구조화된 사회적 불의 속에서 불행한 삶을 살다간 이들의 삶 속에 투영되어 있는 국가권력과 자본의 야수성과 나 자신을 포함한 우리들의 일그러진 모습을 적나라하게 들여다보았습니다.

15
화폐전쟁

2013.1.1.

새해가 밝았습니다. 올 한 해 우리나라의 정치, 경제, 사회, 문화영역에서 무슨 일이 어떻게 전개될지 모든 것이 미지수입니다. 교육 역시 계속 악화일로를 걸을지 아니면 희망의 싹이라도 드러낼지 알 수 없는 일입니다.

새해 첫날 눈으로 뒤덮인 길 위를 운전하면서 흰눈 속에 파묻힌 들과 강을 유심히 바라보았습니다.

오늘은 정말 모든 사람들이 꼭 읽기를 바라는 마음으로 책을 소개합니다. 쑹훙빙이 쓰고 차혜정(1권)과 홍순도(2권, 3권)가 옮긴 『화폐전쟁』입니다. 총 3권으로 구성되어 있습니다. 시간 여유가 없는 경우에는 1권이라도 읽어보셔야 합니다.

제1차 세계대전과 경제대공황은 누가 무슨 목적으로 일으켰는가, 미국은 왜 화폐발행권을 국가가 소유하지 못하고 금융재벌들의 소유인 민간은행 FRB가 소유하도록 할 수밖에 없었는가, 화폐발행권을 금융재벌의 손에 넘기지 않기 위해 버티다가 암살당한 앤드루 잭슨과 에이브러헴 링컨을 비롯한 미국의 대통령들은 누구인가?

국제금융재벌의 효시라고 볼 수 있는 로스차일드 금융재벌의 네이선 로스차일드는 워털루 전투를 통해 런던 금융시장의 주도권을 장악함으로써 영국의 경제 명맥을 손에 쥐게 되었는데, 그런 막강한 힘을 가진 국제금융재벌들은 어떤 방식으로 세계의 부를 약탈하는가?

국제금융재벌들의 하수인인 IMF는 구제금융이라는 그럴싸한 양의 탈을 쓰고 얼마나 잔인하게 주권국가의 부를 탈취해 가는가?

국제금융재벌에게 전쟁은 무엇인가? 그것은 "산해진미로 가득한 밥상이었다"(1권 81쪽)라는 필자의 지적은 무엇을 의미하는가?

"윌슨 대통령은 세상을 뜨기 전에 자신이 연방준비은행 문제에서 '사기'를 당했다고 털어놓았다. 가책을 느낀 그는 '나의 무의식중에 내 나라를 망쳤다'라고 고백했다"(1권 144쪽)는 것은 무엇을 의미하는가?

"윌슨 대통령은 훗날 세계대전은 경제적 전쟁 때문에 벌어졌다는 것을 인정했다"(1권 161쪽)는데, 그렇다면 진짜 전쟁을 만든 세력은 누구인가?

"1929년 대공황의 궁극적 목적은 금본위제도를 폐지하고 엽기화폐 정책을 실시함으로써 금융업계에 제2차 세계대전을 향한 탄탄한 대로를 깔아주는 것이었다"(1권 202쪽)는 것은 무슨 뜻인가?

"1924년 독일 슈퍼인플레이션이 막 진정된 후 월가의 은행가들은 독일의 전쟁 준비를 어떻게 도울지 계획하기 시작했다. 1924년부터 시작된 도스안과 1929년 영플랜 모두 이를 목적으로 기획한 것이다"(1

권 212쪽)라는 지적은 무엇을 설명하고자 하는가?

1983년 소련 영공에서의 KAL 007기 격추사건의 진실은 무엇인 가?(제2권)

이 세 권의 책을 읽으면서 저는 학창시절 그 많은 시간을 경제학과 세계사, 그리고 국사 공부에 바치고서도 인류사를 직시하는 눈을 제대로 기르지 못한 이유를 어느 정도 찾게 되었습니다.

이 책이 독자들에게 가장 크게 기여하는 것은, 인류를 지배하는 실제적 권력은 정치권력이 아니라 금융재벌이라는 사실을 깨닫게 한다는 것입니다.

그리고 이 책은 독자들에게 왜 우리나라의 재벌들이 금산분리를 저지하거나 금산분리를 완화시키기 위해서 그토록 전방위적이고 단발마적인 공격과 로비를 해 왔는지 그 이유를 알게 해 줍니다.

지은이 쑹훙빙은 『화폐전쟁』 3권에서 자신의 조국인 중국정부에 중국의 금융 하이 프런티어 구축을 권고합니다. 세계 최대의 은 생산국가인 중국이 국제금융재벌, 그리고 그들과 이해관계를 같이하는 몇몇 강대국에 먹히지 않아야 한다는 충정에서 나오는 그의 고언을 보면서, 이런 인재를 갖고 있는 중국이라는 나라가 부럽기 짝이 없었습니다.

16

그대를 사랑합니다

2013.2.5.

만화에 대한 제 어릴 적 기억은 이렇습니다. 중학교 1학년 때 저를 데리고 함께 하숙을 하시던 총각 선생님 두 분이 계셨습니다.

하루는 하숙집 방에서 두 선생님과 시간을 보내고 있었습니다. 그 중 한 선생님과의 대화입니다.

"승환아! 너 지금 뭐 하냐?"

"예, 신문 읽고 있습니다."

"임마! 선생님은 만화 보고 있는데 너는 신문만 읽고 있어?"

곧이어 제 앞머리에 군밤 한 대가 날아왔습니다.

그 전에도 그랬지만, 그 후로 저는 만화를 거의 읽지 않았습니다.

그러던 제가 정말 늦은 나이에 한 편의 만화에 넋을 잃고 말았습니다. 그건 강풀 글 그림의 『그대를 사랑합니다』입니다. 잘 아시는 것처럼 강풀은 영화 「26년」의 원작자이기도 합니다.

『그대를 사랑합니다』는 노인들의 사랑을 만화로 그린 것입니다. 주인공들은 송이뿐, 김만석, 장군봉, 조순이입니다. 그들 가운데 주인공 중 주인공이라면 송이뿐 할머니라고 해야겠지요.

새벽에 낡은 오토바이를 타고 우유를 배달하는 할아버지 김만석, 폐지를 모아다 팔아서 생계를 이어가는 할머니 송이뿐. 그 두 분 사이에 사랑이 싹틉니다.

김만석 할아버지의 나이는 1998년 기준으로 76세. 그에게는 원래 사랑하는 아내가 있었습니다. 그러나 그의 아내는 허망하게도 위암으로 남편과 세상을 등집니다.

송이뿐 할머니에게는 원래 이름이 없었습니다. 그래서 그냥 송씨라고 불렀습니다. 송이뿐이라는 이름은 김만석 할아버지가 지어준 이름입니다. 주민등록도 없었습니다. 왜 나에겐 이름이 없느냐고 엄마에게 짜증도 내봤지만, 끝내 이름은 받지 못한 채 동네 오빠와 함께 강원도 두메산골 영월 수라리 고개를 뛰쳐나왔습니다. 그러나 그와의 부부생활은 가정폭력으로 얼룩졌고, 그 사이에서 딸을 하나 낳았지만 질병으로 잃고 맙니다.

장군봉 할아버지는 주차장 관리 일을 하면서 아내 조순이 할머니와 아기자기한 삶을 살고 있었습니다. 그러나 장군봉 할아버지는 그 아내 조순이 할머니가 질병에 신음하면서 삶을 정리할 순간을 찾게 됩니다. 그래서 그는 (자식들이 아니라) 친구 김만석 할아버지에게 유서를 남기고 세상을 등집니다.

장군봉 할아버지가 남긴 유서의 내용은 이렇습니다.

"아내는 늘 함께였던 우리가 병으로 인해서 따로 떨어지는 것을 견디기 힘들어했다네. 그래서 난 다시 아내와 하나가 되어 함께 가기로 했네. 긴 세월 우리는 늘 함께였어. 나는 아내를 위해 끝까지 함께하는 길을 택하려고 하네. 내 아내는 겁이 많아서 그 먼 길을 혼자 가기 힘들다네. 내가 같이 가 줘야지. 우리는 함께 갈 거야."

한편 송이뿐 할머니는 길에서 구걸하고 있는 남편을 우연히 만나게 됩니다. 그 모습을 외면하고 돌아왔는데, 어느 날 그 남편이 길에서 숨졌다는 소식을 듣게 됩니다. 남편은 송이뿐 할머니에게 전해달라며 얼마의 돈을 남겨둡니다. 그리고 송이뿐 할머니는 고향으로 돌아갈 결심을 합니다.

충격을 받은 김만석 할아버지. 장군봉 할아버지가 생전에 타던 털털거리는 승용차에 송이뿐 할머니를 태우고 수라리 고개를 향해 갑니다.

친정집에 들어선 송이뿐 할머니의 시야에 친정어머니의 모습이 들어옵니다.

"어, 엄마……."

"엄마…… 나도 이렇게 할머니가 되어서…… 난……."

"우리…… 이뿐이가…… 왔구나……."

"엄마…… 허어어어엉…… 어어어엉…… 엄마……."

17
바보 빅터

2013.2.9.

몇 달 전 악수를 나눈 초등학교 어린이가 있습니다. 이름은 지우! 이제 4학년에 올라갑니다. 그날 종이에 사인을 해주고 인증샷도 찍었습니다.

그 아이가 며칠 전 제 생일 날 "이 책은 교육감님이 꼭 읽으셔야 해요"라며 엄마의 손에 들려 보내준 책이 있습니다. 호아킴 데 포사다의 『바보 빅터』입니다. 초등학생이 무슨 생각으로 교육감인 저에게 이 책을 꼭 읽어보라고 권했을까? 궁금해 하는 마음으로 책을 읽었습니다. 놀랍게도 책의 내용은 제 마음을 강하게 흔들었습니다.

이 작품의 주인공은 국제멘사협회 회장 빅터 로저스입니다. 이 협회는 상위 2퍼센트의 IQ를 가진 사람들만 가입할 수 있는 단체입니다.

샌프란시스코의 메를린 학교에 다녔던 빅터는 IQ 73의 바보로 친구들의 따돌림과 구타, 그리고 그를 저능아라고 믿었던 로널드 선생님의 멸시를 받았습니다. 그래도 그에게 용기를 준 선생님이 한 분 계셨습니다. 레이첼 선생님은 학생들에게 잠재력을 발휘하도록 도와주는 것이야말로 교사의 진정한 임무라고 확신했습니다.

중학생이던 빅터는 노트에 리모컨 그림과 간단한 설명을 적어놓았습니다. 그것은 일명 '소리 나는 리모컨'이었습니다.(45쪽) 그러나 그의 천재성은 로널드 선생님에 의해 묵살되고 맙니다.

빅터와 비슷한 심리적 고통을 겪으며 같은 학교를 다니던 여학생이 있었습니다. 그의 이름은 로라 던컨. 집에서 부르는 이름은 '못난이'였습니다. 실제로는 얼굴이 예뻤지만 아빠는 그렇게 불렀고 그래서 "아름답게 만들어달라"는 것이 그의 기도소원이었습니다.

빅터는 힘들기만 했던 학교생활을 견디지 못하고, 자동차정비공이었던 아버지를 따라 세상으로 나옵니다. 학교문을 나서던 빅터의 눈에 처음으로 들어온 글귀가 있었습니다. 그건 청동 독수리 조각상 기둥에 새겨져 있던 짧은 한 문장 "Be Yourself(너 자신이 되어라)"였습니다. 이 말은 자신을 믿으라는 뜻을 함축하고 있습니다.

컴퓨터 기업인 애프리사는 101번 도로의 한복판에 광고판을 세워놓았는데, 그 광고판에는 수학문제가 적혀 있었습니다. 모든 사람들이 그냥 지나쳤는데, 딱 한 사람 빅터만이 '왜?'라는 의문을 제기하면서 이 문제를 풀었고, 그 답은 테일러 회장의 손에 들어갑니다. 결국 빅터는 회장에 의해 정규직원으로 특채됩니다.

자신이 없어하면서 머뭇거리는 중학교 중퇴 학력의 빅터에게 테일러 회장이 말합니다. "학벌 때문에 고민했다지? 학벌 따위는 아무 것도 아니야. 세상의 기준이지 내 기준은 아니니까."(102쪽)

그러나 테일러 회장이 퇴진하면서 빅터의 직장생활도 이내 종말을 고합니다. 다시 막막한 떠돌이 생활이 시작됩니다. 그러다 우연한 기회에 빅터는 자신의 IQ의 진실을 알게 됩니다.

그가 다니던 매를린 학교에서는 매년 4월 셋째 주에 7학년(중학교 2학년) 학생들을 대상으로 IQ 테스트를 실시했습니다. 테스트를 주관한 서비스 업체는 한 달 뒤에 평가표를 학교에 보냈고, 로널드 선생님은 그것을 학적부에 옮겨 적었습니다.

빅터를 저능아라고 믿어 의심치 않았던 로널드 선생의 눈에는 빅터의 IQ 평가표에 적힌 173이란 숫자가 73으로 보였습니다. 단지 누락된 한 자리 숫자로 인해 빅터는 17년 동안 바보로 살았던 것입니다.(189쪽)

빅터는 처음으로 다른 사람이 아닌 자신에게 물었습니다. 그러자 새로 태어난 영혼의 목소리가 들려오기 시작했습니다.(193쪽)

나는 세상의 눈으로 살았던 내 인생을 돌려받겠다.

나는 그 어떤 세상의 말보다 내 생각을 가장 존중하겠다.

나는 나를 사랑하겠다.

나는 내가 좋아하는 일을 하겠다.

나는 나의 미래를 두려워하지 않겠다.

지우야! 고맙다. 아저씨에게 꼭 필요한 책을 보내줬구나. 네가 엄마께 여러 번 말씀드렸다지. 이 책은 교육감님이 꼭 읽어야 한다고. 평소에 어린이는 누구나 자신의 가능성을 가지고 있다고 믿어 왔는데, 이런 나의 생각을 좀 더 구체화시켜 나가야겠구나. 엄마, 아빠, 할아버지, 할머니와 함께 설날 재미있게 보내기 바란다.

18

시 읽는 CEO

2013.2.23.

몸을 너무 혹사시켰던 탓이었을까요. 이번 주에는 얼굴이 부어오르는 느낌이 들었고, 눈두덩은 무거워졌습니다. 그러면서도 아이들을 만나면 그 순간에는 치유되는 경험을 반복했습니다.

토요일 아침 8시 반 무렵에 겨우 일어났다가, 아침식사를 하고 11시 반부터 다시 잠에 빠져들었습니다. 다시 눈을 떴을 때는 오후 3시 반이 가까워오고 있었습니다.

모처럼 긴 휴식을 취한 탓인지 눈이 맑아지고 몸도 상쾌해졌습니다. 한적한 시간을 보내면서 책 한 권을 읽었습니다. 마지막 페이지를 덮으면서 제 입에서는 "잘 읽었다"라는 말이 절로 나왔습니다.

바로 고두현 지음, 『시 읽는 CEO』입니다. '20편의 시에서 배우는 창조의 지혜'라는 부제가 설명하듯, 창조적인 삶을 사는 데 시를 읽는 것이 얼마나 중요한가를 알려주는 책입니다. 이 책을 읽다 보면 책의 제목에 적혀 있는 'CEO'는 바로 현시대를 살아가는 '우리 모두'라는 것을 깨닫게 됩니다.

지은이 고두현은 중학교에 들어간 해 여름에 아버지를 여의게 됩니다. 그 시절 그의 가족은 남해 절집에 얹혀살고 있었다고 합니다.

그 절에는 땔감할 나무를 베고 궂은일을 도맡아 하는 하석근이라는 처사가 계셨는데, 하루는 그 분이 학교로 찾아와 "너그 아부지가……돌아가셨……"다고 말해 줍니다. 그때 그 분이 하셨던 한 마디 "절대 기죽지 말그래이"가 지은이의 가슴에 가장 오래 남는 격려가 되었다고 합니다.(19쪽)

이 책에는 수많은 인물이 자신의 삶 속에서 터득한 지혜의 말이 나옵니다.

스페인 바르셀로나의 파밀리아 대성당을 설계한 안토니오 가우디는 "즉흥곡은 결코 즉흥적으로 만들어진 작품이 아니다. 영감은 노력하지 않고 나오는 것이 아니라, 힘겨운 노력 끝에 생성되기 때문이다"라고 합니다.(77쪽)

한국에서 의류업을 하다가 미국으로 건너가 7년 동안 열심히 일했던 진수테리가 해고를 당한 후 어이가 없고 분해서 직장 상사에게 전화를 걸어 자신이 해고된 이유를 물어봅니다.

직장 상사는 진수테리에게 "당신이 해고된 건 인종차별 때문이 아니에요. 엔지니어로서 일도 잘 하고 학벌도 좋지만, 너무 잘 하려고 늘 긴장해 있어서 얼굴에 미소를 볼 수가 없습니다. 그래서 아랫사람들이 당신을 따르지 않아요. 그게 문제였습니다"(80쪽)라고 대답합니다. 그 진수테리는 지금은 펀(Fun) 경영으로 세계적인 스타가 되었다고 합니다.

'태클 코치' 류석우 씨는 프로와 아마추어의 차이를 이렇게 정리합니다. 프로는 '그럼에도 불구하고'를 자주 쓰고, 아마추어는 '그렇기 때문에'를 주무기로 사용한다는 것입니다.(91쪽)

방송 프로그램에서 "진짜 성공한 인생이란 무엇일까요?"라는 진행자의 질문에 이어령 선생의 대답이 의미심장합니다.

"우린 모두 태어날 때 울게 됩니다. 대신 곁에 있는 사람들은 다들 좋아하고 축하하지요. 반대로 세상을 떠날 때는 나는 편안하게 웃고, 남들은 모두 보내기 싫어 슬피 우는 인생, 이것이 바로 성공적인 인생이지요."(128쪽)

독서의 중요성에 대해서 지은이는 민재기 교수의 말을 옮깁니다. 민 교수는 "선인들도 돈이 가득한 금고보다 책이 가득한 서재를 가지라고 권했다"며, "독서처럼 돈 안 드는 오락도 없고, 독서처럼 오래가는 기쁨도 없다"고 합니다.(171쪽)

다음의 글만은 꼭 기억하고 싶습니다. 오드리 햅번이 죽기 1년 전 아들에게 읽어줬던 샘 레븐슨의 시 「아름다움의 비결」입니다.

> 매력적인 입술을 갖고 싶다면 친절한 말을 하라.
> 사랑스런 눈을 갖고 싶다면 다른 사람의 좋은 점을 발견하라.
> 날씬한 몸매를 원하거든 굶주린 사람들과 음식을 나누어라.
> 아름다운 머리를 갖고 싶다면 하루 한 번 아이의 손으로 쓰다듬게 하라.
> 멋진 자태를 원한다면 혼자 걷는 게 아님을 명심하라.
> 사물이야 말할 것도 없고 사람은 늘

회복되고 새로워지고 되살아나고 개선되며

다시 채워져야 하느니

그 누구도 외면해선 안 된다.

기억하라, 도움의 손길이 필요할 때

바로 그것이 네 손끝에 있다는 것을.

나이가 들면서 알게 될 것이다. 손이 왜 두 개인지.

여자의 아름다움은 옷이나 생김새, 머리 모양이 아니라

눈에서 나온다. 눈은 사랑스러운 마음의 문.

진정한 아름다움은 얼굴의 매력이 아니라

영혼에서 반사된다. 그것은 온화한 손길과 뜨거운 열정.

그래서 여자의 아름다움은 나이와 함께 원숙해진다.

19
아니야, 우리가 미안하다

2013.3.23.

눈이 아파 약 3주간 책을 제대로 읽지 못했습니다. 불과 30분을 넘기면 눈이 피곤해졌습니다. 읽고 싶은 책, 읽어야 할 책을 쌓아놓고 읽을 수 없는 상태에 있다는 것이 얼마나 답답하고 고통스러운지 잘 알고 계실 것입니다.

그러던 중 오랜만에 책을 한 권 읽었습니다. 아이들의 이야기이지만, 누구보다 우리 어른들이 읽어야 할 책입니다. 창원지방법원 천종호 부장판사가 쓴 『아니야, 우리가 미안하다』입니다.

소년이 비행을 저지르면 형사재판을 받거나 소년재판을 받게 됩니다. 소년재판의 가장 무거운 처분은 2년간 소년원에 보내는 것입니다. 하지만 형사재판을 받으면 징역 등의 형벌을 선고받게 됩니다.

소년법은 형법과는 달리 처벌을 목적으로 하는 것이 아니라, 소년의 건전한 육성을 그 목적으로 합니다. 소년을 비행 또는 범죄에서 벗어나게 하여 스스로의 힘으로 자립해서 살아가는 인간으로 성장하게 하는 것이 소년법의 목적입니다. (328쪽 참조)

천종호 판사는 여러 해 소년재판을 전문으로 해 왔습니다. 그 스스로 말하는 것처럼 참으로 보기 드문 판사 경력이라고 할 수 있습니다.

이 책은 천종호 판사가 소년보호사건을 다루면서 경험했던 주옥같은 사례들을 정리해 놓은 것입니다.

스스로 고백하듯 그는 어린 시절 도시 빈민으로 몹시 가난하게 자랐습니다. 가난이 그에게 안겨 준 것은 육체적으로는 배고픔이었고 정신적으로는 걱정이었다고 합니다. 오늘도 육성회비를 못 가져가는데 집으로 쫓겨나면 어떡하지? 수업료를 반만 내고 다니는 것을 친구들이 알면 어떡하나? 같은.

그는 타고난 소년부 판사입니다. 그래서 소년법정에 나오는 아이들을 대하는 그의 각오는 '어떻게 해서든 한 아이도 버리지 말고 건져보자'는 것이었습니다.

이 책에는 그가 만난 수많은 소년이 있습니다. 소년재판을 둘러싸고 함께 고민하는 지역의 일꾼들이 있습니다. 국선보조인과 청소년회복센터, 샬롬 센터, 이레 센터 등에서 일하시는 분들입니다.

소년법은 용서와 관용을 전제로 한다고 말하는 지은이는 "소년들이 나의 처분을 죄에 대한 응보가 아니라 새로운 인생의 전환으로 받아들일 수 있게 해 달라"고 기도합니다. (27쪽)

"소년과 소년범은 다르지 않습니다. 법도 그것을 알고 있습니다. 소년들의 비행은 처벌이 아니라 교정의 대상으로 바라보아야 합니

다."(59쪽)

"비행소년들은 마음 둘 곳도 편히 쉴 곳도 없는 아이들이 대부분이다. 잘못을 저지른 아이들이지만 마음의 상처를 달래고 편히 쉴 곳이 있다면 안정을 찾고 변화하여 새로운 인생을 살아갈 수 있을 것이다."(77쪽)

"소년법정에서 소년은 재판절차의 대상이 아니라 주인공이 되어야 한다."(80쪽)

"이 아이들에게 필요한 것은 용서와 관용이다."(85쪽)

2004년 12월경 밀양에서 발생한 집단성폭행사건의 피해자는 당시 15살 소녀였습니다.

"이 사건과 같은 불행한 사태가 다시는 되풀이되지 말아야 한다. 그러기 위해서는 무엇보다 집단성폭력사건을 처리할 때 피해자에 대한 배려가 절실하다. 피해자가 입은 상처는 가해자들에 대한 엄벌만으로는 치유되지 않기 때문이다"(89쪽).

"법정에서 미안합니다. 사랑합니다 라고 외치며 눈물을 쏟았지만 그건 아직 소년들의 의지에 불과하다. 그 의지의 싹이 잘 자랄 수 있도록 도와주는 것이 어른들의 역할이다. 그 싹이 세상 밖으로 나오기도 전에 짓밟아서는 안 된다."(104쪽)

"학교폭력 중 집단따돌림 같은 인성형 폭력은 기실 모든 학교에 있다고 해도 과언이 아니다. 인성형 학교폭력이 법적 분쟁으로 확대된 경우, 가해자에 대한 처벌보다는 가해자와 피해자의 관계를 회복하는 화해적 분쟁해결이 우선되어야 한다."(128쪽)

"가해학생들은 퇴학이나 전학을 당하지만 여전히 학교에는 가해학생들과 관계를 맺고 있는 학생들이 남아 있고, 그럴 경우 이들과의 갈등이 또다시 불거질 수 있기 때문에 가볍게 볼 일이 아니다. 그렇다고 이들 모두를 학교에서 퇴출시킬 수는 없으므로 퇴학이나 전학으로 문제를 해결하려는 것은 적절한 해결책이 아니다."(151쪽)

지은이는 우리 사회의 강한 이중성도 꼬집습니다.

"누군가 잘못을 저지르면 가차없는 엄벌을 주장하지만 정작 자신이나 가족이 잘못을 저지른 경우에는 합리화하기 바쁘거나 가볍게 처벌받기만을 바란다."(176쪽)

"비행내용의 참담함에만 분노하고 비행을 저지른 소년들을 비난하기 전에 왜 어린 소년들이 비행으로 치닫게 되었는지, 우리 사회가 어떻게 그들을 내몰았는지 반드시 되물어야 한다."(194쪽)

"소년법정에서 만나는 아이들 중에는 유난히 일찍 철이 든 아이들이 많습니다. 비행이라는 드러난 거푸집을 벗기고 나면 삶의 부조리와 폭력에 아무런 보호막 없이 내던져진 아이들의 슬픔과 여린 마음이 보입니다."(217쪽)

"어떤 학부모는 민경이를 바로 앞에 세워두고, '부모 없이 자라서 아주 못 됐다'라는 말을 서슴지 않고 내뱉기도 했다. 자신의 비밀이 선생님들을 통해 알려지게 됐다고 생각하게 된 민경이는 선생님들에 대한 불신과 원망으로 무단결석과 거친 반항을 반복하는 가운데 점점 학교의 '골칫거리'가 되어갔고, 보호기간 중 재 비행을 저질러 또다시 소년법정에 서게 되었다."(228, 229쪽)

"소년들이 인생에 서둘러 마침표를 찍기 전에 그들이 발 딛고 선 벼랑 끝, 그 가파른 현실에 먼저 눈을 돌려야 합니다."(240쪽)

어려서부터 고아원에서 자란 혜수의 소원은 엄마, 아빠, 자신과 동생 등 네 식구가 한 자리에 모여 밥 한 끼 먹는 것입니다. 혜수는 자신의 잘못을 뉘우치며 천종호 판사에게 쓴 편지에서 연거푸 죄송하다는 말을 합니다.

이 편지를 읽으며 천종호 판사는 깊은 시름에 잠깁니다.

"무엇이 그리 죄송하더냐. 무책임한 부모 밑에서 태어난 네 죄가 아닌데 (……) 꿈 많은 소녀의 소원이 겨우 가족이 모여 밥 한 끼 먹는 것이라는데, 그 작은 소원조차 들어주지 못한 네 부모를 원망조차 할 줄 모르는 어린 너의 마음이 무슨 죄가 있느냐. 사과해야 할 사람은 네가 아니라 오히려 우리 어른들이란다. 오히려 우리가 미안하다. 외로운 네가 방황할 때 따뜻한 말 한 마디 건네지 않은 우리가, 어린 네가 죽고 싶을 만큼 힘들어 할 때 손 내밀어주지 못한 우리가, 너에게 좋은 환경을 만들어주지 못한 우리가……."(252쪽)

오늘은 다른 때보다 책 소개가 길었습니다. 이 책을 꼭 일독하시기를 간절한 마음으로 바랍니다.

그리고 천종호 판사님!

당신은 수많은 판사들 중 한 분이 아니라, 흔히 보기 어려운 양심적 법관이십니다. 앞으로도 가능한 한 민사, 형사, 행정재판 등은 다루지 마시고 길이길이 소년재판에만 전념해 주십시오.

당신은 학교가, 교육자가, 교육부가, 국회가, 헌법재판소가, 대법원이 하지 못하는 고귀한 사명을 수행하고 계십니다.

당신의 고뇌를 통해서 이 땅에서 버림받은 우리의 아이들이 부활하고 있습니다.

"법관은 직업이 아니라 고독한 사명입니다"(346쪽)라는 당신의 고백을 오래도록 기억하고 있겠습니다.

정말 감사합니다.

20
학급경영 멘토링

2013.5.13.

20여 일 전, 현직 초등학교 교사 한 분으로부터 페이스 북 메시지를 받았습니다. 책을 한 권 썼는데 서평을 부탁한다는 것이었습니다.

그 무렵 눈이 좋지 않아 안과에 다니고 있던 터라 책을 정독할 수 있는 상태가 아니었습니다.

고민을 했습니다. 대충 몇 장 읽고 미사여구를 동원해서 덕담을 쓸 것인가, 책의 내용과 수준이 좋지 않을 때 어떻게 할 것인가였습니다.

일단 원고를 모두 보내달라고 한 후 출력을 해서 읽기 시작했습니다. 시간의 조각들을 이어붙이는 식으로 책을 샅샅이 읽었습니다.

책을 다 읽은 후 느낌이 매우 좋았습니다. 무엇보다 제 자신에게 매우 유익했습니다. 초등학교 교실에서 무슨 일이 일어나고 있는지 현미경을 통해 들여다보듯 훤히 떠오르고 있었습니다.

오늘 저자이신 김성효 선생님(군산 개정초)으로부터 출간된 책을 받았습니다. 『학급경영 멘토링』입니다. 저의 서평은 추천사로 되어 있습니다.

저는 이런 말을 썼습니다.

"이 책의 가장 큰 매력은 책의 컨셉만 본다면 '교사들을 위한 전문서'라는 느낌이 들지만 교사뿐만 아니라 학부모, 그리고 더 나아가서는 교육정책을 수립하는 사람들까지 두루 읽을 수 있는 메시지가 있다는 데에 있습니다. 더불어 같은 길을 가고 있는 교사들에게 저자 자신의 교사로서의 삶을 진솔하게 드러내고 있는 자기고백서이기도 합니다."

이 책에 등장하는 저자의 언어 몇 가지를 소개하면 이렇습니다.

"교사가 행복해야 아이들이 행복합니다. 마음을 열고 아이들에게 다가가야 합니다. 아이들의 입장에서 한 번 더 생각하세요. 교사도 공부해야 합니다. 천천히, 길고 멀리 봐야 합니다. 이벤트나 일회성 행사를 지양합니다. 아이들 손으로 학급을 꾸려갈 수 있는 시스템을 갖추어야 합니다."

이 책에서 가장 도드라지게 다가오는 말이 있습니다. 그것은 Part 1의 제목인 「나만의 스토리로 학급을 디자인하라」입니다. 이것은 교사의 교육철학, 교사관, 학생관 등이 올바로 세워져 있지 않으면 도달할 수 없는 지점이기도 합니다.

이 책 속에서 우리는, 배움과 성장의 들숨과 날숨을 쉬고 있는 우리 아이들을 만날 수 있고, 그 아이들을 사랑의 품으로 감싸안고 있는 교사를 만날 수 있습니다.

21
의도적 눈감기

2013.6.6.

금요일 샌드위치 데이를 앞두고 사람들의 발걸음이 분주한 이때 책을 한 권 소개합니다. 마거릿 헤퍼넌 지음, 김학영 옮김, 『의도적 눈감기』입니다.

저자 마거릿은 의도적 눈감기는 우리 모두가 빠질 수밖에 없는 일종의 인간적인 현상이라고 말합니다. 저자는 또한 복종하고 순응하려는 무의식적인 충동은 우리의 방패가 되고 군중은 우리의 타성에 친절한 알리바이가 되어준다고 말합니다.(8쪽)

의도적 눈감기는 의식 안에서가 아니라, 우리의 관점을 서서히 그러나 단호하게 제한하는 결정들이 얽히면서 시작된다는 것입니다.(38쪽)

역학자 엘리스 스튜어트는 임신 중 엑스레이 촬영이 유아의 암 발병률을 높인다는 발견을 했고, 그의 의견은 「브리티시 메디컬 저널」

에 실렸습니다.

그러나 그 후 25년 동안 의사들은 여전히 임신중인 여성에게 엑스레이 촬영을 했습니다.(79, 80쪽) 그 이유는 의사들이 방사선학을 맹신했기 때문입니다.(83쪽)

한때 월스트리트에서 일했고 지금은 샌디에이고 대학의 교수로 있는 프랭크 파트노이는 파생상품 시장으로부터 시작된 미국의 금융위기에 대해서 "이런 식의 거래가 지속될 수 있었던 것은 그린스펀이라는 한 사람의 이데올로기에 장단을 맞추었기 때문"(96쪽)이라고 말합니다.

파생상품들은 자격에 대한 규제들은 물론이고 부정 조작이나 사기에 대한 규제도 없이 계속 거래되었다는 것입니다.(98쪽)

2005년 3월 BP(British Petroleum) 텍사스 시 현장에서 폭발이 일어나 15명이 사망하는 미국 최대의 산업재해가 발생했습니다.

비극의 원인을 밝히기 위해 조사관, 법률가, 행정가들이 모여들었고, 그들은 사각지대를 거론했습니다. "모든 사람들이 볼 수 있었지만, 어떻게든 보지 않으려고 했던 사각지대"(107쪽)가 있었다는 것입니다. 그것은 직원들의 높은 피로감이었습니다.

야간근무자나 주간근무자 모두 죽을 만큼 지쳐 있었다는 것입니다. "무엇보다 수면부족은 뇌를 굶주리게 만든다"(113쪽)는 것입니다. 인간의 정신은 과부하가 걸리거나 수면 부족에 시달리면 도덕적으로 눈을 감는다고 합니다.(125쪽)

영국에서는 4시간마다 한 명씩 피부암으로 죽는다고 합니다. 그 원인은 태닝인데, 햇빛에 과다 노출되었을 때의 위험성에 대해 모르는 사람은 별로 없다고 합니다.

국제 암 연구기구가 선 베드와 선 램프를 '알려진 발암물질'로 규정했지만, 영국에서 태닝 살롱은 여전히 성업중이라고 합니다.

여기에는 가무잡잡하게 탄 피부에 대한 사회적 선호도가 폭넓게 자리잡고 있기 때문이고, 이러한 결과의 이면에는 사회적 지지에 바탕을 둔 인지부조화가 있다고 합니다.(133, 134쪽)

비즈니스 세계에서는 '현상유지의 함정'이 있다고 합니다. "현상을 유지하면 안전하고 익숙하기 때문에 사람들은 굳이 변화를 일으키려 하지 않는다. 변화는 마치 강바닥을 다시 파는 것과 같다. 노력도 필요하고 위험도 따른다"(140쪽)는 것입니다.

뉴욕 대학 스턴 경영대학원의 교수 엘리자베스 모리슨과 프랜시스 밀리컨은 한 연구에서 기업의 직원들이 주변의 문제를 보면서도 그 문제를 명확히 제기하거나 논의하려는 의지가 없는 현상을 '종업원 침묵'이라고 정의했습니다.(143쪽)

두 교수는 이 연구에서 사람들이 직장에서 타조처럼 머리를 박고 침묵을 지키는 이유가 괜한 갈등을 일으켜서 트러블 메이커가 되기 싫고, 문제를 제기해 봐야 달라질 것이 없기 때문이라고 합니다.(145쪽) 그리고 직원들의 침묵의 결과는 연속적인 눈감기로 이어질 수밖에 없다고 말합니다.(146쪽)

몬태나 주 깊은 시골 마을인 리비는 질석 광산으로 유명했습니다. 어느 날 주의 보건소 조사원 웨이크는 보고서에 "공기 중 석면 양은 아주 심각하게 유해한 수준이다. 석면 분진을 흡입하면 폐섬유증에 걸릴 수 있다"고 지적했습니다.(150쪽)

광산의 경영주 W. R. 그레이스는 이러한 사실을 초기부터 알고 있었습니다. 그러나 지역의 언론들과 대부분의 정치가들마저도 경영주 그레이스에게 주눅이 들어 있었습니다.

그런데 시애틀 출신의 부정 폭로 저널리스트 앤드류 슈나이더의 글이 「시애틀 포스트 인텔리전서」에 실리면서 이 사실은 세상에 알려졌습니다.

석면 분진 피해로 아버지와 어머니를 차례로 잃은 딸 게일라는 그레이스 측이 리비의 오염 수준을 알고 있었고, 사망한 작업장 직원들의 부검도 은밀하게 행해졌다는 사실을 알게 되었습니다.

뿐만 아니라 의사들은 침묵했고, 정부 당국은 진실을 은폐했습니다. 더욱 충격적인 것은 게일라의 친구들과 이웃들이 게일라가 발견한 진실을 알기 원하지 않았다는 것입니다.(156, 157쪽) 공동체 전체가 사람을 죽게 내버려 두었다는 것입니다.

미국 연방교통안전위원회는 37건의 항공기 사고를 조사한 후, 사고의 4분의 1은 조종실 내부의 '파괴적 복종' 때문에 발생했다는 결론을 내렸습니다. 비행기 승무원들의 실수 중 상당수는 기장이 판단을 잘못하고 있는 경우에도 기장의 권위를 인정하는 데서 비롯되었다는 사실이 밝혀졌습니다.(182쪽)

미국의 서브 프라임 모기지 사태 때 과학교사였던 데보라 레어드는 "집을 사들이기 시작했어요. 왜냐고요? 다른 사람들도 다 그렇게 하고 있었으니까요"(216쪽)라고 말했습니다.

금융기관들이 모럴 해저드에 빠져 있던 이 시기에는 심지어 죽은 사람 이름으로도 대출을 해줬다고 합니다.(219쪽) 더욱 놀라운 것은 신용

평가기관인 무디스와 스탠다드앤푸어스는 모기지담보부증권들이 실제보다 더 안전성이 높아 보이도록 자료를 잘 조작했다고 합니다.(220쪽)

심리학자 빕 라타네와 존 달리는 '방관자 효과'라는 말로 자신들의 발견을 설명했습니다. 그 배경이 된 것은 키티 제노비스라는 뉴욕의 젊은 여성이 살해된 사건이었습니다.

키티가 뉴욕의 한복판에서 칼에 찔려 죽을 때 38명의 사람들이 30분 이상 지속된 여성의 죽음을 지켜보고 있었는데도 불구하고 경찰에 신고조차 하지 않았다는 것입니다.

위의 두 심리학자들은 이렇게 설명합니다. "긴급상황을 목격한 사람이 많을수록 상황에 개입하는 사람은 훨씬 적다. 우리는 혼자일 때는 사건들을 잘 보지만 집단일 때는 눈을 감는다."(226쪽) 우리 모두는 방관자처럼 행동할 가능성을 갖고 있다는 것입니다.(227쪽)

어빈 스토브는 방관자 행동이 시작되는 곳을 학교로 봅니다. 아이들은 학교에서 방관자 행동을 익힌다는 것입니다. 괴롭힘에 대한 그의 관심은 모든 집단폭력이 방관자들을 필요로 하고 방관자들로 인해 더 부채질된다는 사실을 관찰하면서 시작되었습니다.

어빈 스토브는 아이들에게 "가해자들에게 동정심은 갖되 괴롭힘은 인정하지 않는 태도를 익히기를 바란다"(241쪽)고 충고합니다. 괴롭힘을 막는 것은 아주 작은 행동 하나인데 사람들은 자신들이 가진 그 힘을 깨닫지 못한다는 것입니다.

심리학자 달리는 광범위한 타락과 광범위한 부도덕이 가능하기 위해서는 엄청난 수의 협력자와 방관자들이 필요하다고 말합니다. 미국

업계 순위 6위였던 엔론이나 MCI 또는 은행들과 같은 조직의 괴멸에
는 자신이 하는 일의 도덕적 의미에 대해 눈을 감아버린 수천 명의 협
력자가 있어야 했다고 말합니다.

또한 사실상, 똑같은 지름길을 선택한 수백만 명의 개인이 존재하
지 않았다면 홀로코스트와 같은 역사적인 대재앙은 없었을 것이라고
말합니다.(244쪽)

이 책의 저자 마거릿 해퍼넌은 이렇게 결론을 내립니다.

"알지 않겠다고 결정을 내릴 때 우리는 스스로를 무력하게 만든다.
그러나 보겠다고 주장할 때는 우리 스스로에게 희망이 생긴다. 의도
적 눈감기가 의지에 의해 결정된 일이며 경험과 지식, 생각, 뉴런, 신
경증 등이 한데 섞인 산물이라는 사실은 의도적 눈감기를 바꿀 능력
이 우리에게 있다는 의미이기도 하다."(381쪽)

22
교육의 배신
내몰리는 아이들

2013.6.20.

현직 교사 박명섭이 쓴 『교육의 배신 내몰리는 아이들－현장에서 쓴 교육개혁 블루프린트』를 소개합니다.

2009년 PISA 보고서에 따르면 OECD 34개 회원국 중 우리나라는 학업성취도가 핀란드와 더불어 세계 최상위권입니다. 그러나 학습 흥미도와 자기학습관리능력은 최하위권입니다.(90쪽) 그것만이 아닙니다. 행복지수 최하위, 청소년 자살률 1위입니다.

어쨌든 세계 최고수준의 학업성취도를 기록한 학생들을 선발해 간 국내 대학들 중 세계대학평가 순위에서 200위권에 드는 대학이 세 손가락 안에 들 정도입니다.

미국에 이어 세계 2위로 높은 등록금, 국민소득 수준을 감안한다면 미국보다 더 높은 등록금 장사를 하는 국내대학들은 그 돈으로 부동산 구입과 증권 및 펀드 투자에 열을 올리고 있습니다.

이 책을 통해서 우리가 읽어내야 하는 것은 교육이란 무엇인가입니다. 필자는 이에 대한 대답을 에크하르트 톨레의 「Practicing the Power of Now」를 인용하는 것으로 말문을 엽니다.

"어린 자식이 있다면 최선을 다해 돕고 안내하고 보호하라. 하지만 더 중요한 것은 그들에게 공간을 주는 일이다. 존재할 공간을. 그들은 당신을 통해 이 세상에 왔을 뿐이지 '당신의 소유'가 아니다."(5쪽)

필자는 교육은 경쟁이 아니라 존중과 협력이어야 한다는 것을 명확히 합니다.

"시험점수 올리는 것이 교육경쟁력 향상의 척도라고 여기는 나라는 이 지구상에 어느 나라도 없다. 오직 대한민국이라는 국가 하나뿐이다. 수능시험의 점수를 올리는 것은 교육경쟁력의 본질도 정체성도 아니다. 지금의 학교교육은 점수 높이는 '입시기계'를 만드는 교육이지 21세기에 능동적으로 적용할 수 있는 인재육성 교육과는 거리가 멀다."(103쪽)

성적순을 매기지 않고도, 즉 경쟁교육을 시키지 않고도 세계 최고의 학업성취도와 학업흥미도 그리고 행복지수를 유지하고 있는 핀란드 교육.

필자는 그 핀란드 교육의 현장을 보고난 느낌을 시로 옮긴 도종환의 글을 소개합니다.(105쪽)

푹 빠져서 놀 줄 알아야 집중력이 생긴다고 믿어

몇 시간씩 놀아도 부모가 조용히 해 주고

바람과 눈 속에서 실컷 놀고 들어와야

차분한 아이가 된다고 믿는 부모들을 보며

배우고 싶은 내용을 자기들이 자유롭게 정하는데도

교실 가득한 생각의 나무를 보며

그는 피요르드처럼 희고 환하게 웃었다.

아는 걸 다시 배우는 게 아니라

모르는 걸 배우는 게 공부이며

열의의 속도는 아이마다 다르므로

배워야 할 목표도 책상마다 다르고

아이들의 속도가 생각보다 빠르거나 늦으면

학습 목표를 개인별로 다시 정하는 나라

변성기가 오기 전까지는 시험도 없고

잘 했어, 아주 잘 했어, 아주 아주 잘 했어

이 세 가지 평가밖에 없는 나라…….

많은 사람들이 대학의 정신에 대해서 말합니다. 하지만 그 많은 견해들에도 불구하고 저는 필자의 견해가 가장 간명하고 적확하다고 생각합니다.

필자는 대학의 정신을 이렇게 말합니다.

"가장 중요한 것은 대학의 정신이 진정 무엇인가를 알려주는 것이라고 생각한다. 진리 탐구를 향한 지칠 줄 모르는 지적 욕구와 열정, 기존 체제가 부여하는 특혜나 편안함에 안주하지 않고 끊임없는 의문과 비판의식으로 새로운 세상을 향한 배움에의 의지와 노력, 지배적인 정치권력과 지배 이데올로기의 조종에 굴하지 않으려는 학문 탐구를 위한 자유의지 등이 대학의 진정한 정신이라고 생각한다. 물론 지금 우리의 현실 사회로 눈을 돌려보면, 진리탐구가 대학의 모든 것일 수는 없다."(146쪽)

언제부터인가 국내외 언론사들이 대학을 평가하여 순위를 공표하는 작업을 해 오고 있습니다. 필자는 그 이면의 세계를 이렇게 파헤칩니다.

"언론사들의 국내대학평가순위가 기업자본과 결탁하여 대학교육의 획일화를 조장하며 사적인 광고 수익 창출에서 비롯되고 있음에도, 대학들은 특성에 맞는 발전 계획이나 경쟁력을 높이려는 움직임에는 손을 놓고 있는 실정이다. 경쟁과 효율성과 순위는 교육과는 아무런 관계가 없는 공허한 기표에 지나지 않는데도 말이다."(151쪽)

진정한 의미의 경쟁은 어느 단계에서 일어나야 하는가에 대해 필자는 일갈합니다.

"한국사회에서 교육의 경쟁은 이미 대학입시에서 모두 끝난다. 제대로 된 사회라면, 그리고 제대로 된 교육이라면 (교육의) 경쟁은 초중고등학교가 아니라 대학에서 이루어져야 한다. 그런데 한국에서는 어떻게 된 것이 경쟁을 하지 말아야 할 (초중고교의) 시기에 경쟁을, 그것도 무자비하고 비인간적인 무한 경쟁을 강요하고, 진정으로 경쟁이 시작되어야 하는 (대학의) 시기에는 경쟁이 끝난다. 자연히 대학의 교육은 대충대충 이루어진다."(197쪽)

도대체 무엇이 우리나라의 교육을 이렇듯 만신창이로 만들어놓았나? 필자는 그 일단을 이렇게 말합니다.

"해방 이후 지금까지 우리나라의 각종 교육정책은 사실상 교육관료에 의해 입안하여 추진되어 왔다. 하지만 실패한 교육정책에 대한 반성과 성찰, 책임을 지는 교육관료는 안타깝게도 단 한 명도 없었다. 정책 실명제가 있어도 그들만의 안전판에 의지하면 그만이다. 한국 교육계에서 없어져야 하고, 개혁되어야 할 최우선 대상이 교육과학기술부(지금의 교육부)와 그곳에 있는 교육 관료 집단이다."(181쪽)

필자는 교육개혁의 필요성에 대해 절규합니다.

"교육개혁은 한국 사회 전체의 구조적인 개혁과 동시에 추진되어야 한다. 사교육 문제 해결은 학벌 따기와 명문대 진학 풍토를 해소하려는 '대학 체제 개편' 문제와 연동해 풀어야 할 성질의 것이다."(220쪽)

아울러 이러한 교육개혁을 가로막는 교육개혁 5적을 설정하고 있습니다.

"보수적인 일부 언론과 정치인, 학교를 돈벌이로 이용하는 일부 사학 집단, 교육부의 관료 집단과 기득권을 지키려는 대학당국자들, 자본으로 교육을 장악하려는 재벌집단이 대표적이다. 나는 이들을 교육개혁을 가로막거나 반대하는 '교육개혁의 5적'으로 규정한다."(220쪽)

이 책의 에필로그를 읽다가 오래도록 눈을 떼지 못한 부분이 있습니다.

"한국과 역사적 사회문화적 조건은 다르지만, 인도 속의 작은 티베트라고 불리는 '라다크'에서는 오지의 산골 마을에 사는 두 명의 학생을 위해 학교를 신축하고 두 명의 교사를 파견하여 가르친다고 한다. 한국의 경우라면, 학교 신축은커녕 기존의 학교마저 '경제의 효율성'을 앞세워 당장 통폐합 학교로 결정하고, 아이들은 통근버스 제공을 미끼로 인구가 많은 큰 지역으로 내쫓았을 것이다."(315쪽)

필자는 이 책에서 이 시대 한국사회가 안고 있는 교육의 문제가 무엇인지에 대해 객관적 증거자료들을 통해 일목요연하게 정리해 놓았을 뿐만 아니라, 결코 이상에만 치우치지 않는 매우 현실적이고 구체적인 대안을 제시하고 있습니다.

　아무리 보고 또 보아도 꼭 나와야 할 시기를 알고 이 세상에 나온 소중한 책이 틀림없습니다.

23

먼지 없는 방

2013.7.7.

일정을 마치고 집에 돌아와 몸을 씻고 앉아 있으니 열어둔 창문으로 선선한 바람이 들어옵니다. 그 바람에 몸을 내맡기며 더위를 식히고 있습니다.

주말을 이용해 읽은 만화책 한 권이 있습니다. 김성희 만화, 『먼지 없는 방—삼성 반도체 공장의 비밀』입니다.

여고(군산여상)를 졸업하고 많은 사람들이 부러워하는 삼성반도체에 당당히 취직하여 성실하게 일하다가 남편을 만났고, 그와의 사이에서 딸과 아들을 낳아 살던 정애정 씨가 이 작품의 주인공입니다.

눈물겹게 고맙고 꿈결 같은 부부생활도 잠시 남편 황민웅 씨는 백혈병에 걸렸고, 투병생활을 하다 결국 아내 정애정 씨와 어린 자녀 호준과 수진을 남겨두고 눈을 감습니다.

처음에는 남편이 얻은 백혈병의 원인을 잘 몰랐던 정애정 씨는 뒤

늦게 삼성반도체의 작업환경을 통해서 걸리게 된 산업재해일 것이라는 의심을 하면서 기나긴 법적 투쟁을 합니다. 삼성반도체의 회유와 협박이 지속되고, 심신이 탈진상태에 빠지면서도 끝까지 진실규명의 의지를 놓지 않습니다.

이러한 정애정 씨를 반올림(반도체 노동자의 건강과 인권 지킴이. 반도체 직업병 문제를 밝혀내기 위한 사회단체)이 돕기 시작합니다.

1995년 10월, 군산여상에는 큰 경사가 생겼습니다. 바로 삼성반도체에 이 학교의 많은 학생들이 합격했기 때문입니다. 1차에 80명, 2차에 70명, 합해서 150명 정도였습니다. 교장선생님은 "한 명의 낙오 없이 모두 삼성에 취업되길 바란다"라고 격려합니다.

이들은 삼성반도체의 기숙사에 들어가 단체생활을 하고, 서서히 삼성가족이 되어 갑니다. 이들이 일하는 장소는 이른바 청정라인, 어떠한 먼지도 허용하지 않습니다. 심지어 일하는 사람조차도 먼지를 유발하는 존재로 봅니다. 그래서 방진복을 입힙니다. 방진모, 마스크, 비닐장갑, 면장갑, 방진화로 온 몸을 감쌉니다.

이들에게는 엄격한 수칙이 적용됩니다. 첫째, 화장하지 않는다. 둘째, 셋 이상 모여 있으면 안 된다. 셋째, 뛰면 안 된다. 넷째, 고함 등 큰 소리 내지 않는다. 그 밖에 속옷은 나일론 재질의 파자마를 입는다, 등.

반도체라는 신선한 이름과는 달리 반도체를 만드는 데 수많은 화학약품들이 들어갑니다.

그렇게 낮과 밤을 교대해 가며 일하던 그들에게 이상한 일들이 나타나기 시작합니다. 달거리가 멎는 일, 몸무게가 빠지는 일, 어지럼증,

결국 그 무서운 백혈병까지.

정애정 씨의 남편 황민웅 씨도 결국 백혈병에 걸리고 짧은 생을 마감합니다.

"백혈병은 피의 세포들이 암세포가 됐다는 거래요. 항암치료라는 게 이 피 속에 독약을 넣는 거래. 근데 이 독약은 암세포와 면역세포를 구분하지 못해. 몸 안에서 열심히 일하는 세포들, 소화시키는 세포들, 피부를 되살리는 세포들, 얘네들도 죽어. 정상 세포를 포함해서 암세포가 다 죽을 때까지 그 독을 집어넣고 방사선 쐬어. 그게 사전 항암치료야……."(85쪽)

이렇게 죽어간 노동자들은 정애정 씨의 남편 황민웅 씨만이 아니었습니다. 근로복지공단에 산재신청을 해 보았지만 돌아오는 대답은 차가운 거부처분이었습니다.

이 책의 마지막 페이지를 옮깁니다.

"정부에서 조사한 결과, 1급 발암물질로 알려진 벤젠은 삼성반도체 공정 웨이퍼 가공라인과 반도체 조립라인 일부 공정에서 공정의 부산물로도 발생하는 것이 확인됐다. 2012년 2월까지, 삼성반도체 등 전자산업 현장에서 백혈병 등 희귀질환으로 사망한 노동자는 62명, 반올림에 제보된 피해사례만 해도 150여 건에 이르고 있다. 정애정 씨는 삼성에 노동조합이 있었다면 상황이 이 정도로 나빠지지는 않았을 거라고 생각한다. 지금은 삼성 일반노조 비상근 활동을 하면서, 고 황민웅 씨 산재 승인을 위해 반올림과 함께 계속해서 싸우고 있다."(138쪽)

24
바르톨로메는
개가 아니다

2013.8.10.

이번 유럽 출장 중에 읽었던 몇 권의 책 가운데 하나를 소개합니다. 라헐 판 코에이가 쓰고 박종대가 옮긴 『바르톨로메는 개가 아니다』입니다.

바르톨로메의 가족은 아버지 후안 카라스코, 어머니 이사벨, 누나 후안나, 형 호아킨(13살), 바르톨로메(10살), 여동생 베아트리스(6살), 남동생 마누엘(1살)입니다.

바르톨로메는 소리 지르고 뛰어다니며 공을 차고 싶지만 그렇게 할 수가 없습니다. 바르톨로메는 곱사등이에 난쟁이이기 때문입니다. 걸어 다니는 것보다 차라리 네 발로 기어 다니는 게 더 편할 정도로 그의 장애는 심했습니다.

어머니는 바르톨로메가 기어 다니려 할 때마다 매질을 합니다.

"너는 짐승이 아니야. 너는 우리와 똑같은 사람이야. 알겠니?"

마을에서 열 살이 되도록 밖에서 밤을 새운 적이 없고, 개천에서 멱도 감지 않고 물고기를 잡아본 적도 없는 아이는 바르톨로메 뿐입니다. 그런 바르톨로메가 드디어 마을을 떠나게 되었습니다. 아버지 후안이 스페인 국왕 펠리페 4세의 다섯 살 된 공주 마르가리타의 마부로 일하게 됐기 때문입니다.

아버지는 바르톨로메가 다른 사람의 눈에 띄지 않도록 집안에서만 생활하도록 합니다. 좁은 집안에 갇혀 지내는 바르톨로메는 집을 감옥처럼 느끼기 시작합니다. 그러던 어느 날 바르톨로메는 우연히 크리스토발 수사를 만납니다. 바르톨로메는 크리스토발 수사에게 이렇게 말했습니다.

"저는 글을 배우고 싶습니다."

그 말을 들은 크리스토발 수사는 깜짝 놀라고 맙니다. 이렇게 추악한 난쟁이의 입에서 어떻게 이렇게 아름다운 목소리가 나올까. 크리스토발은 바르톨로메의 비뚜름한 얼굴 속에서 또 하나의 기적을 찾아냅니다. 그건 검은 진주처럼 반짝이는 바르톨로메의 두 눈이었습니다.

그런데 공부를 시작한 바르톨로메에게 사고가 생깁니다. 마르가리타 공주가 바르톨로메를 인형처럼 갖고 놀고 싶다고 한 것입니다.

"저길 봐. 꼭 개 같이 기어가. 재미있지 않아? 생긴 것은 사람 같은데 하는 짓은 꼭 개 같아. 나 저 인간 개를 갖고 놀고 싶어."

결국 바르톨로메는 인간 개가 되어 공주와 지내게 됩니다. 네 발로 걷고 개가 짖는 것을 흉내 내게 되었습니다. 바르톨로메가 유일하게 마음을 붙인 것은 궁중 화가 벨라스케스를 따라 그림을 그리는 일뿐입니다.

　바르톨로메는 그림을 그려보라는 벨라스케스의 말에 고향을 떠나 마드리드로 출발한 첫날, 고된 여정을 마치고 물방앗간에 도착했을 때 처음 보았던 소나무 숲을 그리기로 마음먹습니다. 바르톨로메가 그린 그림을 바라보던 벨라스케스가 묻습니다.

　"물방앗간을 왜 하얗게 칠했지?"

　"기나긴 하루의 목적지였기 때문이에요. 제 아버지는 해가 떨어지기 전에 이곳에 도착할 계획이었는데, 그렇게 하지 못했어요. 뙤약볕 아래에서 우리가 너무 천천히 걸었기 때문이죠. 우리가 도착했을 때는 벌써 어두워져 있었어요. 그래도 지금 제 기억 속에는 물방앗간이 진회색보다는 흰색으로 남아있어요. 마치 한낮의 햇빛을 오래 품은 채 지친 나그네에게 편하게 밤을 쉬어 가라고 손짓하는 듯이 보였기 때문이죠."

　이 말을 들은 벨라스케스가 말합니다.

　"네 안에 화가가 잠들어 있구나. 바르톨로메."

　제가 보호하고 지켜야 할 우리 아이들의 가슴에도 화가와 시인이 잠들어 있을 것입니다. 이 책을 읽는 내내 나 자신이 바르톨로메가 되었습니다. 바르톨로메가 고통스러워할 때 저도 고통스러웠고, 바르톨로메가 희망을 발견하고 기쁨에 겨워할 때 제 마음 속에서도 기쁨이 솟아올랐습니다. 바르톨로메는 '개'가 아니라 '잠들어 있는 화가'였습니다.

25
다시,
학교를 디자인하다

2013.8.15.

8·15 광복절 68주년을 기념하는 날이 벌써 늦은 오후로 넘어가고 있습니다. 더위가 한풀 꺾였는지 열어놓은 창문을 타고 바람이 들어옵니다. 그 바람은 후텁지근하지 않고 몸에서 더위를 씻어내는 바람입니다.

책 한 권을 소개합니다. 한상준 지음, 『다시, 학교를 디자인하다』. 저자는 교육위원, 교육연구사, 교감을 거쳐 중등 공립학교에서 8년간 교장을 역임하고 지금은 고등학교에서 평교사 생활을 하고 계신 분입니다. 또한 그는 소설가로서 「오래된 잉태」, 「강진만」 등 작품도 꾸준히 발표하고 있습니다.

저자는 섬마을 학교에 교생실습을 나가고 섬마을에서 교사생활을 시작합니다. 섬마을 선생의 기록은 이 책의 도입부에 해당하고, 나머지는 8년간 교장을 하면서 느꼈던 것을 적어 놓았습니다.

책은 4장으로 구성되어 있습니다. 1장 「섬마을 학교에 봄바람 불다」, 2장 「화양연가를 꿈꾸다」, 3장 「학교 숲을 상상하다」, 4장 「다시, 학교를 생각하다」입니다. 각 장마다 들어 있는 글들은 하나의 주제를 설정해 놓고 학교현장에서의 경험을 바탕으로 그 주제를 풀어나가고 있습니다.

저자는 학교가 달라져야 한다는 강한 소신을 갖고 있습니다. 그 기준은 아이들의 눈높이입니다. "성장과정에서 마땅히 통과해야 할 학교가 재미를 왜 주지 못하는 것일까? 아이들이 변했기 때문이다"(40쪽)는 진단이 그것입니다.

학교 도서관을 운영하는 아이들이 교장선생님께 보낸 통지문이 있습니다.

> **독촉장**
> 『현산어보를 찾아서 1, 2, 3』 / 교장 선생님 한상준
> 귀하는 반납 기일인 6일을 넘겼습니다. 2일 내로 책을 반납하지 않으면 담당자의 이름으로 당신을 용서하지 않을 것입니다.
> **정의의 도서 관리 담당자들**

아이들로부터 독촉장을 받은 저자의 독백입니다.

"참 사납다. 꽤 두꺼운 책을 세 권이나 빌렸기 때문에 좀 더 기일이 필요했지만 얼른 돌려 주었다. 나는 흐뭇함을 느꼈다. 이를 두고 우리 아이들이 이제 제대로 문화를 인식하는 시각을 갖는구나, 하는 느낌

을 갖게 된 나의 생각이 지나친 것일까?"(41쪽)

교사들의 근무평정을 하면서 겪었던 어려움도 토로합니다. 교무부장과 학생부장 중 누구에게 1등수를 줄 것인가입니다. 둘의 점수를 따졌더니 교무부장이 미세하게나마 우세한 것으로 나왔습니다.

교무부장과 학생부장은 둘 다 좋은 분이었고, 서로 사이도 좋았습니다. 학생부장은 아이들에 대한 체벌을 삼가고 아이들을 따뜻하게 대해줄 뿐만 아니라 동료 교사들 사이에서도 늘 배려하고 함께 일하는 분이었습니다.

그런데 어느 날 교무부장에게서 암이 발견되었습니다. 곧바로 수술을 받았고, 다행히 초기였습니다. 이때 학생부장이 교장선생님을 찾아왔습니다. 교무부장은 아직 병원에 입원해 있을 때였습니다.

학생부장은 교장선생님께 교무부장의 상태로 보아 2학기에는 역할을 해내기가 어렵지 않겠느냐, 그러니 자신에게 교무부장 자리를 달라고 말했습니다. 그것은 근평에서 1등수를 받을 기회를 자신에게 달라는 것과 마찬가지였습니다.

이 순간 저자는 놀랐습니다. 그 동안 학생부장에게서 전혀 볼 수 없던 냉혹함을 보게 되었기 때문입니다.(44쪽) 이 사례를 소개하면서 저자는 "그래서 근평의 객관성과 투명성 확보를 통해 구성원들에게 확신을 주는 것이 교장의 존재감을 더욱 공고히 확인하는 지름길임을 인식할 필요가 있다"(47쪽)고 말합니다.

저자는 학교를 이끌어 가는 일에서 교사들의 자발성이 얼마나 중요한가를 잘 알고 있습니다.

"자발적인 모임은 막힘없이 잘 굴러간다. 교장이 나서서 이래라저

래라 하는 교육 활동은 늘 어디만큼 가다가, 아니면 처음부터 멈칫거리거나 멈추고 만다. 에둘러 표현하지 않으련다. 교장이 하라면 우선 듣고 본다. 이유가 분분하다. 하지 않는다, 않으려 한다. 그런데 멍석 깔아 주고 스스로 하게끔 뒷받침하면 정말 잘 굴러간다."(70쪽)

저자는 교장의 자리는 어떤 자리인가에 대해서 다음과 같이 정리합니다.

"교장은 인내하는 자리이다. 나는 기다리는 데 참을성이 결여된 자는 교장으로서 어느 한 편, 부족함을 지닌 자라고 믿고 있다. (……) 교육이 갈망하는 시대정신을 익히 알면서 또한 구성원들을 위한 감성적 표출을 제대로 할 줄 아는 교장이 절실히 요망된다."(77쪽)

아이들 수학여행을 여행사에 위탁하는 방식이 아니라 학교가 직영하는 방식을 강구할 것을 학년부장에게 부탁한 후, 수학여행지 결정과 관련하여 제주도를 고집하는 교사들에게 한 말이 재미있습니다.

"제주도는 아이들이 커서 결혼기념일에 가는 낭만지로 놔 두세. 여기 시골 애들에게 서울, 보여 주세. 말은 제주도로 보내고 사람은 서울로 보내라는 옛말을 따르고자 한 게 아니네. (……) 나는 아이들에게 문화영역을 보여 주고 싶은 거야. 서울 가서 연극도 보여 주고, 미술관도 보여 주세. 음악회도 갈 수 있으면 가 보세. 미술관에 가 본 녀석이라야 애인 데리고 미술관에도 갈 것 아닌가?"(83쪽)

그는 교과서에만 의존하는 학교교육에서 벗어나야 한다는 것을 힘주어 말합니다. 교과서에만 의존하는 학교교육 때문에 문화중심지로서의 학교 역할도 상실해 버렸다고 말합니다.

"아이들 세대의 특징이 이성보다는 감정(감성)을 앞세우는 데 반해 교과서는 이성만을 고집하는 관점이 관철되어 있다. 그런 까닭에 아이들로부터 외면당하고 있다. 교과서에만 안주하는 교사를 아이들은 그다지 좋아하지 않는다. 교과서만으로는 아이들의 도전적이면서 진취적인 행동을 끌어내지 못한다. 한계가 분명하다. 교과서 밖에서 새롭고도 도발적인 상상력을 찾도록 가능한 많은 기회를 제공해 주는 것이 오늘의 학교 교육이어야 한다."(239쪽)

이 책에는 교육감이 고민해 보아야 하는 사항들도 많이 있습니다. 시설 공사와 관련하여 학교 현장의 필요와 도교육청 시설직 공무원들의 인식의 차이 등이 그 예입니다.

책 읽기를 마치면서 저는 '교장의 삶이란 이런 것이구나'라는 생각을 했습니다. 학교 현장에서 교사들과 학생들과 행정직원들과 부대끼면서 일하는 교장 선생님을 책을 통해 매우 현실감 있게 들여다 본 것 같아서 저자께 깊은 감사를 드립니다.

26
꽃할머니

2013.8.28.

전주시 완산구 고사동에 디지털독립영화관이 있습니다. 그곳에서 영화 「그리고 싶은 것」을 봤습니다. 다큐멘터리 영화입니다.

주인공 심달연 할머니. 열세 살 때 언니와 함께 산에 나물을 캐러 갔다가 일본군에게 끌려가 1930년 중일전쟁 시기부터 1945년 태평양전쟁이 끝날 때까지 위안부로 통한의 삶을 사셨던 분입니다.

한민족에게 저지른 죄악에 대해 전혀 반성하지 않는 천인공노할 일본 정부는 지금도 역사교과서 왜곡 작업을 꾸준히 진행시켜 왔습니다. 이런 상황에서 작가 권윤덕은 일본 제국주의 하에서의 위안부의 진실을 그림책으로 담는 작업을 시작했습니다.

원래의 계획은 일본의 출판사와 계약을 맺고 책을 내는 것이었습니다. 그러나 일본 측 출판사는 권 작가의 그림책에 대해 거듭 수정요구를 합니다.

천황의 그림이 들어가서는 안 된다, 욱일승천기가 포함돼서는 안 된다, 일본군인의 얼굴이 나타나서는 안 된다 등등. 작가는 무려 열두 차례의 가제본을 만들어야 할 정도였습니다.

일본 측 출판사의 수정 요구를 거의 다 들어줬지만, 최종적으로 돌아온 답변은 출판할 수 없다는 것이었습니다. 그래서 권윤덕 작가는 우선 한국에서 출판하기로 결심하고 그림책 『꽃할머니』를 냈습니다.

영화 「그리고 싶은 것」은 바로 이 책을 바탕으로 한 것으로, 일본에서 『꽃할머니』를 내고자 갖은 애를 썼지만 결국 좌절되고 마는 과정을 그린 영화입니다.

심달연 할머니는 꽃을 무척 좋아하셨다고 합니다. 노년에 즐겨 하셨던 일도 꽃누르미* 였다고 합니다.

일본제국주의에 의해서 꽃다운 삶을 송두리째 짓밟힌 위안부 할머니들의 맺힌 한은 거기에서 끝나지 않았습니다. 정작 조국이라고 숨어들어오듯 찾아왔지만, 이승만 정권 이래 역대 정권들은 위안부 할머니들을 국가적 차원에서 치유하고 보호하고 껴안는 노력을 전혀 하지 않았습니다. 조국으로부터도 버림을 받은 것입니다.

이것은 친일반민족행위자들과 그 후손들이 주류세력으로 득세해 온 우리의 비극적인 역사정치 상황에서는 필연적인 결과인지도 모를 일입니다.

이 영화를 보러 디지털독립영화관을 찾은 관객은 열 명도 되지 않았습니다. 철학자 산타야나의 말을 옮깁니다. "역사를 기억하지 않는

---

* 눌려서 말린꽃과 잎으로 그림을 구성하는 일

자는 그걸 다시 겪으며 살게 되어 있다(The one who does not remember history is bound to live through it again)." 이 말은 아우슈비츠 수용소 첫째 건물 정면에 새겨져 있습니다.

"지금 세상에는 그런 일 없어야지. 나 같은 사람은 다시는 없어야지. 내 잘못도 아닌데 일생을 다 잃어버리고……."

심달연 할머니의 말씀입니다.

"지금도 끊임없이 지구 곳곳에서 전쟁이 일어난다. 열세 살 꽃할머니가 겪은 아픔은 베트남에서도 보스니아에서도 이어졌다. 그리고 지금 콩고에서도 이라크에서도 되풀이되고 있다."

작가 권윤덕의 말입니다.

참고로 UN 등 국제기구를 포함한 영어권에서는 위안부를 가리켜 '성노예(Military Sexual Slavery by Japan)'라 공식 표기한다고 합니다.

27
중국을 인터뷰하다

2013.9.14.

현대 중국을 이해하는 데 이만한 책도 없을 것 같다는 생각으로 이창휘와 박민희가 엮은 『중국을 인터뷰하다』를 소개합니다. 이 책은 오늘날 중국에서 주목할 만한 인물 11인과 인터뷰 한 책입니다. 첸 리췬, 원 톄쥔, 장률, 친 후이, 추이 즈위안, 야오 양, 쑨거, 한 둥팡, 쑨헝, 아포 레옹, 조셉 청이 그들입니다.

책은 크게 세 부분으로 구성되어 있습니다. 제1부 「중국은 왜 여기서 있는가」, 제2부 「국가, 시장, 그리고 인민」, 제3부 「대륙의 안과 밖, 변화의 목소리」입니다.

첸 리췬, 그는 무소불위의 국가권력에 무릎 꿇지 않고 끊임없이 현실을 일깨우는 비판적 지식인입니다. 문혁 시기에 철저한 마오주의자였던 그는 1981년~2002년에 베이징대 중문학과 교수였습니다. 그의 사회적 발언과 영향력을 두려워한 당국의 우회적인 압력으로 2002년

퇴임한 이후, 첸 리췬은 농촌 지원활동을 비롯한 다양한 사회운동에 참여하고 있습니다.

첸 리췬은 말합니다. "오늘날의 중국사회에 대해 신랄하게 표현하자면 가장 나쁜 자본주의와 가장 나쁜 사회주의가 결합된 상황이라고 할 수 있죠. 사회주의에서는 독재정치만 남았고, 자본주의에서는 착취만 남았습니다. 이것이 중국이 직면한 가장 큰 문제예요."(44쪽)

원 톄쥔, 그는 런민대학 교수로서 삼농문제, 즉 농민, 농촌, 농업 문제의 전문가입니다. 그에 따르면 중국은 세계 최대의 프롤레타리아 국가가 아니라 농민이 주축이 된 최대의 소자산계급 국가입니다. 그는 전통을 지키면서 더 나은 사회를 만들려 하는 중국 지식인의 표상입니다.

그는 한국에 대해 이런 고언을 합니다. "자유주의정책과 자유무역 씨스템을 지나치게 신봉하는 한국의 지식인들과 정책결정자들에게 경고합니다. 한국경제는 규모가 크지도 않고, 인구도 너무 적고, 시장도 너무 작다는 걸 깨달아야 합니다. 사실 중국 자본의 입장만 고려한다면 한국이 산업자본을 모두 중국으로 옮겨 한국경제가 공동화되는 것도 나쁜 일은 아닐지 모릅니다. 하지만 이것이 한국에게 무엇을 의미하는지 생각해볼 필요가 있습니다."(83쪽)

장률, 그는 중국 국적의 조선족으로 북한과의 접경지역인 옌볜 조선족 자치주에서 태어났습니다. 문혁 이후 옌볜 대학에서 중문학을 공부해 교수가 됐습니다.

그는 이런 말을 합니다. "절대권력자 주변에서 다른 사람들은 모두 거짓말을 해야 하지만 절대권력자만은 솔직하게 말할 수 있습니다.

마오가 에드가 스노우와 함께 톈안먼 위에 올라가 군중들 앞에서 '이 사람은 외국인 친구'라고 소개한 적이 있죠. (……) 당시 스노우가 군중들을 보면서 '사람들이 저렇게 당신을 사랑하고 있군요'라고 하니 마오 쩌둥은 '저것은 다 쇼'라고 했답니다."(121쪽)

친 후이, 그는 1966년 중국 남서부 광시 좡족자치구 난닝에서 열세 살 소년으로 문화혁명 급진파인 조반파 조직 '422'의 일원이 되어 혁명에 참여했습니다. 문혁 후 대학원에 입학하여 농촌과 농민의 역사를 연구하는 학자가 되었습니다.

그는 이런 말을 합니다. "심각한 경제위기에 빠진 오늘날 세계는 1929년 대공황 당시와도 비슷해 보입니다. 이런 상황에서 사람들은 강력한 철권통치로 세상을 구하자는 주장에 기울게 마련이며, 민주와 자유는 퇴조하고 극좌와 극우의 두 전제세력이 득세하게 됩니다. 따라서 지금 최우선 과제는 민주와 인권의 사상으로 이 위기를 해석하고 정확한 극복방안을 제시해 파시스트화 현상이 출현하는 것을 막는 것입니다."(165쪽)

친 후이의 위 경고는 이미 대공황과 전체주의와 냉전, 그리고 매카시즘으로 인류가 큰 비극을 겪었던 것과 맥을 같이합니다. 또한 지금의 우리나라 국민에게 주는 무서운 경고로 들리기도 합니다.

추이 즈위안, 그는 중국 신좌파 지식인 그룹의 대표적 이론가입니다.

그는 문혁의 의의와 한계에 대해 이렇게 말합니다. "문혁은 분명 실패한 경험이지만 문혁이 지닌 여러 가지 측면들을 잘 살펴보고 평가해야 합니다. 마오가 문혁 시기에 말한 '대민주'라는 사상은 중요합니다. 현재 중국정치는 점점 더 엘리뜨주의화되고 있는데, 이런 점에서 기존 권위를 타파하려고 했던 문혁의 의의를 과소평가해서는 안 됩니다. 물론 문혁이 지나치게 나아갔던 것은 사실이지만요."(200쪽)

쏜거, 그는 1955년 중국 지린성 장춘에서 태어났습니다. 문혁 이후 1978년 대학입시가 회복된 뒤 첫 입학생으로 지린 대학에 들어가 중국 문학을 전공했습니다. 당시 문학을 전공으로 택한 것은 문혁을 겪으며 정치는 가장 추악한 것이라고 여기게 되었기 때문이라고 합니다.

그는 학생들에게 이런 농담을 한다고 합니다. "너희들은 이 세상의 모든 문제에는 답안이 있고, 답안에는 단답형과 선택형만 있다고 생각한다. 하지만 인류의 가장 기본적인 문제는 모두 답이 없다."(247쪽)

그는 문혁의 특징을 국가기구가 국가기구를 파괴한, 즉 국가기구가 위로부터 아래로 정치체제를 파괴한 매우 특수한 정치적 변동이라고 봅니다.(247쪽)

인터뷰 대상 11명 가운데 6명만 간략하게 소개했습니다. 이들의 인터뷰 전체 내용을 읽다 보면 문혁 이후 현재에 이르기까지의 중국의 역사, 변화, 가능성과 위기를 볼 수 있을 뿐 아니라 우리나라의 현재를 평가하고 미래의 방향도 가늠해 볼 수 있는 단서들을 찾을 수 있습니다. 또한 세계가 다시 한 번 파시즘의 역사를 반복할 수 있다는 경고음도 들을 수 있습니다.

28
우리는 학교에 가요

2013.9.27.

황동진 글 그림의 그림책 『우리는 학교에 가요』에는 케냐의 이삭, 캄보디아의 뽀얀, 콜롬비아의 올란, 그리고 네팔의 시타라는 어린이들이 등장합니다.

케냐의 이삭은 매일 한 시간씩 달려서 학교에 갑니다. 그가 학교 가는 길에는 타조, 치타, 코끼리 등 동물들이 함께 달려 줍니다. 이삭은 말합니다. "넓은 초원을 달려 온몸이 땀으로 젖어도 학교에 가는 길이 나는 참 좋아."

캄보디아의 뽀얀은 배를 타고 학교에 다닙니다. 그런데 그 배가 너무 낡아서 배 속으로 물이 들어오고, 밀려들어온 물을 퍼내면서 학교에 다녀야 합니다. 그래도 뽀얀은 "우리는 늘 물을 퍼내지. 가끔 친구들과 물장난에 옷이 다 젖기도 해. 하지만 괜찮아"라고 말합니다.

콜롬비아의 데이지는 남동생과 함께 아주 특별한 방법으로 학교에 다닙니다. 학교에 가려면 집에서 커다란 자루와 튼튼한 나뭇가지를 챙겨야 합니다. 산꼭대기에 이르면 자루를 펼쳐서 동생을 자루 속으로 밀어 넣습니다. 그리고 끈으로 단단히 묶습니다. 그 자루를 케이블에 매달고 동생과 함께 건너편 산으로 미끄러지듯 내려갑니다. 그래도 데이지는 희망을 갖고 있습니다. "동생도 언젠가 혼자서 이 케이블을 탈 수 있을 거야."

네팔의 시타는 가파르고 높은 고개를 넘어 학교에 다닙니다. 도중에 야크를 만나기도 합니다. 그래도 시타는 학교가 자랑스럽습니다. "우리 학교야! 세상에서 가장 높은 곳에 있는 우리 학교."

때로는 힘들고 지치고 포기하고 싶고 가끔 딴 생각을 하다가도 이삭, 뽀얀, 올란 그리고 시타가 학교에 가는 이유가 있습니다. "우리에겐 꿈이 있기 때문이야."

우리 전북에서 학교에 다니는 모든 아이들도 그 꿈을 가지고 있습니다.

29
말과 권력

2013.9.28.

오늘 소개해 드릴 책은 이준웅 지음 『말과 권력－레토릭에서 의사소통 민주주의로』입니다. 필자는 이 책에서 의사소통 민주주의(communicative democracy)를 구성하는 데 필요한 7개의 핵심 명제를 제시합니다.

그가 의사소통 민주주의를 정당화 하는 것은, 이론으로서의 민주주의가 위기에 처해 있다는 문제의식에서 출발합니다. 그는 '말을 통한 권력의 확립과 정당화의 원리'를 핵심적 구성 원칙으로 삼는 민주주의만이 정당화될 수 있는 민주주의라고 보면서, 그러한 민주주의를 의사소통 민주주의라고 부르고 있습니다.

그는 흔히들 민주주의란 다중의 통치라고 이해하지만, 그것은 다수와 소수 사이의 권력 분화를 함축하는 구조적 개념인 데 반하여, '말을 통한 권력의 확립과 정당화'는 권력의 형성에 대한 과정적 개념이라고

말합니다.(33쪽)

필자는 자신이 제시하는 민주주의는 역사적으로 실존했던 고대 아테네 민주주의에 대한 탐색을 통해 얻은 영감으로 이론 구성을 한 것이라고 말합니다. 또한 고대 아테네 민주주의에서 '평등하게 말할 수 있는 자유'를 의미했던 이세고리아(isegoria), 무엇이든 말할 수 있는 자유를 의미했던 파레시아(parrhesia)가 어떻게 확립되었는지, 그리고 돈을 주면 누구나 배울 수 있었던 말하기 기예인 레토릭(rhetoric)이 어떤 기능을 수행했는지, 누가 레토릭을 주창하고 활용했으며 레토릭이 활성화되면서 나타난 사회정치적 결과는 무엇이었는지 등에 대한 다양하고 깊이있는 독서가 이 책의 토대가 되었다고 말합니다.

필자는 고대 아테네 민주정의 성립과 발전에 대한 논의에서 출발하여 그 과정에서 레토릭이 수행한 역할을 고찰한 후, 현대 숙의 민주주의(deliberative democracy) 이론에 대한 검토를 거쳐 의사소통 민주주의의 이론화 작업을 했습니다.

그는 의사소통 민주주의를 다음과 같이 요약하고 있습니다.

첫째, 의사소통 민주주의는 일종의 미래체계입니다. 그것은 미래운명에 대한 공동체의 대처방안을 결정하는 방식을 제도화한 것입니다.

둘째, 의사소통 민주주의는 공동체 운명의 자율결정 원칙을 채택합니다. 여기에서의 자율은 자유주의적 '사적 자율성' 개념만으로는 충분하지 않고, 집합적으로 공통의 규칙을 만들고 그것을 실천을 통해 현실화시키는 '공적 자율성' 개념이 중요합니다.

셋째, 의사소통 민주주의는 다른 민주주의와 마찬가지로 강력한 정치적 평등성을 주장합니다. 여기에서 말하는 평등은 공동체의 미래운명을 결정하는 일에 평등하게 '참여'한다는 것을 의미합니다.

넷째, 의사소통 민주주의는 서로 다른 능력과 덕성을 갖춘 시민들이 각자의 방식으로 공동체에 기여할 것을 기대합니다.

다섯째, 의사소통 민주주의는 비폭력 원칙을 분명하게 채택하며, 힘 대신 말이 권력을 창출합니다. 여기에서 지도자란 '설득의 힘'을 행사하는 자를 가리킵니다.

여섯째, 의사소통 민주주의의 성공은 레토릭 문화, 즉 경연적 말하기 문화의 활성화에 달려 있습니다. 레토릭이 중요한 역할을 하는데, 레토릭은 말의 효과를 산출하는 소통양식입니다.

일곱째, 의사소통 민주주의는 공동체의 미래 운명을 결정하는 과정에 모두가 공정하게 참여할 수 있는 제도적 조건을 제공하며, 이러한 공정성이 민주주의가 산출하는 권력을 정당화합니다.

필자는 다중을 설득시키는 것이 권력의 근거라고 보면서, 정당화된 민주주의 이론(justified theory)만이 정당한 권력(legitimate power)의 산출을 보장한다고 강조합니다.

이 책은 언론정보학과 교수인 필자의 중량감있는 연구서로서의 성격을 갖기 때문에 가벼운 마음으로 쉽게 읽기는 어렵습니다.

하지만 책의 페이지를 넘길수록 고대 아테네 민주주의에서 현대 민주주의에 이르기까지 민주주의의 길고 유쾌한 항해를 하는 듯한 만족감을 느끼게 됩니다. 아테네 민주주의에 대해서는 이 책에 정리된 부분만을 가지고도 기초적 교양을 쌓는 데 부족함이 없을 것 같습니다.

저는 이 책을 읽으면서 우리 학생들을 생각해 보았습니다. 중요한 것은 필자가 역설하는 의사소통 민주주의를 통해서 우리나라 민주주

의의 현주소와 상태를 자가진단하고, 우리의 미래를 그려볼 수 있다
는 것입니다.

30
어머니의 노래

2013.10.4.

이와이 요시코 지음, 길문숙 옮김, 『어머니의 노래』에 나오는 현시옥 씨는 1924년 4월 15일 제주도에서 태어났습니다. 일제에 의해서 제주 주민들의 토지가 수탈당하면서 살기가 힘들어지자 중일전쟁이 나던 1937년 불과 열네 살의 어린 나이에 배를 타고 일본 오사카로 건너갔습니다. 오사카에는 큰오빠 창효와 둘째 오빠 창성이 노동자로 일하고 있었습니다.

소녀는 "내가 일하러 나가 식구가 한 사람 줄면 그만큼 동생들이 먹을 밥이 늘어나는 것"(197쪽)이라고 생각했습니다. 도착하자마자 공장에 취직하여 온갖 일을 합니다. 일당은 1엔 50전을 받았습니다.

그곳에서 같은 제주 출신의 강찬종이라는 남성을 만나 가정을 이루고 3남 3녀를 낳아 길렀습니다. 현시옥 씨는 가게에 가는 것도 두려웠고, 버스를 타는 것도 어려웠습니다. 문맹이었기 때문입니다.

그러다가 마흔여덟 살의 나이에 사립 덴노지 야간 중학교에 입학을 합니다. 그곳에서 만난 스승이 한 살 아래인 이와이 요시코로, 바로 이 책의 저자입니다.

이와이는 이 책을 쓰는 데 무려 7년의 세월이 걸렸습니다. 그 기간 은 현시옥 씨의 삶을 들여다보는 기간이었습니다.

현시옥 씨는 남편과 함께 술을 만들어 팔았고, 그 수입으로 6남매를 길러냈습니다. 그녀가 어린 시절 가장 부러워했던 것은 같은 또래의 여학생들이 교복을 입고 걸어다니는 모습이었습니다. 그리고 "글을 모른다는 사실을 남들이 알까 무서워 평생을 가슴을 졸이며"(45쪽) 살 았습니다.

18 더하기 18은 216이라고 생각했던 현 씨가 수학을 배우면서 18엔 과 18엔을 더하면 36엔이라고 쓰자, 뒤에 서 계시던 선생님이 빨간 펜 으로 동그라미 두 개를 겹쳐서 그려 주셨습니다. 그녀는 속으로 외쳤 습니다. '동그라미야, 전부 맞았어. 백점이야.' 그러면서 속으로 울었 습니다. '선생님, 고맙습니다.'

현 씨는 그 때까지 빨간 동그라미를 받거나 칭찬 받아본 일이 단 한 번도 없었습니다. 마흔여덟이 되어서 처음 받은 빨간 동그라미가 그 때까지의 자신의 인생을 모두 보상해 주는 커다란 원처럼 보였다고 합니다.(51쪽) 그 때부터 구구단이 익숙해지기까지 또 몇 달이 걸렸습 니다.

현 씨가 다니는 야간중학교에 공부하러 모인 학생들은 한국인 어머 니 학생, 일본 정부의 정책에 따라 중국이나 남미의 브라질 같은 데로 이민 갔던 사람의 자식으로 간신히 모국 일본으로 돌아온 사람들, 만주사변부터 시작된 15년 전쟁에서 부모를 잃거나, 같은 일본인이면서도 차별당하고 있는 '부락'의 사람들이었습니다.(106쪽)

1949년 큰 아들 영웅이가 태어나 매우 기뻐하고 있을 때 고향 제주에서 많은 사람들이 죽었다는 것을 알게 되었습니다. 이와이 선생님은 이렇게 말합니다. "시옥 씨가 말한 '한국전쟁'은 남과 북으로 나뉜 채 치러진 제1회 대통령 선거에 반대하는 제주도 민중들의 싸움이었어요."(157쪽)

1939년에 한국인에게 일본식 이름으로 창씨개명하라는 포고령이 내려집니다. 창씨개명을 하지 않는 사람들을 사회주의니 빨갱이니 하면서 잡아갔습니다.(219쪽) 이 모든 것이 전쟁 때문이고 한국이 식민지였기 때문이라는 것도 당시에는 몰랐습니다.(220쪽) 현 씨는 자신의 이름을 도쿠하라 로시코로 창씨개명합니다.

1944년 일제의 징용에 끌려갔던 남편은 결핵과 영양실조에 걸려 돌아왔습니다. 남편은 1961년 12월 14일에 병이 악화되어 갑자기 죽었습니다. 그때 현 씨의 나이는 서른여덟 살. 그리고서 1945년 3월 13일에는 오사카 대공습이 있었습니다.

1945년 8월 15일 일제가 항복을 하고 나서 현 씨는 어머니를 만나러 서울에 살고 있는 둘째 오빠 창성의 집으로 갑니다. 이때의 장면은 이렇습니다.

"어머니, 시옥이에요. 일본에서 돌아왔어요. 어머니 이쪽이 큰 아들 영웅이에요.
이렇게 말하자 어머니의 눈에서 눈물이 뚝뚝 떨어졌습니다.

"둘째 딸 만나 기쁘다!"

"우리 손자 잘 왔다. 기쁘다. 기쁘다."

열네 살이었던 내가 마흔두 살. 어머니는 내 뺨을 여윈 손가락으로 몇 번이나 몇 번이나 쓰다듬었습니다. 영웅이의 손을 꽉 쥐고 놓지 않으셨죠. 눈에서 눈물이 줄줄이 흘렀어요. 그러나 그 눈은 아무것도 볼 수 없었습니다.

1948년 4월 3일부터 벌어졌던 제주의 동란 속에서 아버지, 오빠 부부, 조카, 남동생, 갓난아기를 업은 여동생, 여동생의 남편이 죽었어요.

"같은 민족끼리, 인간끼리 어째서 서로 죽이는가?"

아버지는 이렇게 말하는 찰나 살해당했다고 했습니다. (270, 271쪽)

우리는 이 책을 보면서 전쟁과 조선의 식민지화가 한 인간의 삶에 얼마나 깊고 잔인한 상처를 냈는지 생생하게 깨달을 수 있습니다. 더구나 그 상처가 지금 이 순간까지도 치유되지 않을 뿐만 아니라, 더욱 깊어지고 있다는 데 우리의 슬픔과 아픔이 있습니다.

31
후쿠시마
이후의 삶

2013.10.18.

청명한 가을 아침에 매우 소중한 책 한 권을 소개합니다. 한홍구·
서경식·다카하시 데쓰야 좌담, 이령경 책임번역, 『후쿠시마 이후의
삶』입니다.

역사학자 한홍구 교수, 문학과 예술을 전공하는 재일조선인 서경식
교수, 철학자 다카하시 데쓰야 교수가 1년여의 기간에 걸쳐 후쿠시마,
합천, 서울, 도쿄, 제주, 오키나와를 오가며 나눈 좌담을 책으로 엮은
것입니다.

이들이 나눈 대화의 핵심은 핵(核)문제입니다. 핵이 무기의 형태로
사용되든, 에너지의 형태로 사용되든, 일단 사고가 발생하면 그 피해
를 입는 것은 전문가 집단이 아니라 광범위한 일반 대중이라는 문제
의식에서 출발하고 있습니다.

이 책에서 합천이 등장하는 이유는 무엇일까? 거의 모든 한국인들

은 그 이유를 잘 모릅니다. 합천은 히로시마에서 피폭된 한국인 피해자들이 많아서 '한국의 히로시마'라고 불리는 곳이라고 합니다.(7쪽)

이들의 마지막 대담은 2012년 12월말 오키나와에서 진행되었는데, 그 분위기는 매우 우울했다고 합니다. 한홍구 교수는 "한국과 일본 두 나라에 제국주의와 군사 독재로 얼룩진 과거를 미화하고 핵발전을 유지, 강화하려는 정권이 들어섰으니 그럴 수밖에 없다"고 말합니다.(8쪽) 제국주의와 군사 독재와 경제 발전 지상주의를 겪은 한국과 일본에서 아직 민주주의는 탈핵의 길을 확고히 할 만큼 성숙하지 못했다는 것입니다.(8쪽)

이들의 좌담은 2011년 3월 11일에 발생한 원전 사고의 현장, 후쿠시마에서 시작합니다.

후쿠시마 원전 사고에는 체르노빌이나 스리마일 사태와는 비교되지 않을 만큼 어머어마하게 많은 사람들이 피해자 범위 안에 들어가 있습니다. 더구나 이 사건은 아직 끝나지 않은 채 현재진행형으로 계속되고 있어 그 피해가 언제 어떤 식으로 나타날지 아무도 모른다고 합니다.(33쪽)

다카하시 데쓰야는 후쿠시마 지사였던 사토 에이사쿠의 말을 인용합니다. "국가와 도쿄 전력은 같은 구멍에 사는 너구리인데, 진짜 대장 너구리는 국가라는 거지요. 언뜻 보기에는 도쿄 전력이 제일 나쁜 것처럼 보이지만, 사실 가장 문제가 큰 것은 국가라고 지적하고 있어요."(46쪽)

한홍구 교수는 한국인 원폭 피해자에 주목하고 있습니다. "일본에서는 흔히 자국이 유일의 피폭국이라며, 국가와 민족을 동일시해서 일본인들이 원자폭탄에 희생되었다고들 하죠. 그런데 피폭자들을 살펴보면 무려 7만 명의 조선인이 히로시마와 나가사키에서 피폭됐고, 그 중 4만 명가량이 사망한 것으로 추산되고 있습니다. 하지만 한국인 피폭자 문제는 한국에서조차 잘 알려져 있지 않죠. 그 중에서 원폭 2세들은 또 다른 마이너리티라고 할 수 있습니다."(71쪽)

다카하시 데쓰야 교수는 후쿠시마 원전 사고를 통해서 통감한 문제점을 세 가지로 정리합니다. 첫째, 국가가 국민을 속인다는 것입니다. 그것을 상징적으로 보여 주고 있는 것이 원전의 안전 신화입니다. 둘째, 국가가 국민을 내버린다는 것입니다. 특히 이번 후쿠시마의 피폭자들은 기민 정책의 대상이 되었다고 합니다. 셋째, 국가가 국민 이외의 존재를 무시한다는 것입니다. 간토 대지진 당시 조선인뿐만 아니라 중국인과 아나키스트들도 살해당했다고 전해지는데, 이는 국가가 국민 이외의 존재를 적대시하고 배척한 사례라는 것입니다.(75~77쪽)

서경식 교수는 이번 후쿠시마 사고를 보면서 전쟁이 끝난 후에도 일본의 천황제가 그대로 유지된 이유를 되새기고 있습니다.

"이번 사고가 1945년 이후 일본 복구 과정에서 천황제가 상징적으로 행한 역할을 다시금 알려 주고 있다는 느낌이 듭니다. 그 때 미국이 전후 일본을 자신의 극동 체제에 넣기 위해서 천황의 전쟁 책임을 면제해 주고 천황제를 남겨 둔 것은 굉장히 교묘한 정책이었습니다. 그 정책의 위험천만한 위력을 다시금 느낍니다."(84쪽)

그는 또한 "원자력의 평화적 이용을 위한 여러 박람회가 히로시마의 평화자료기념관에서 열리게 됩니다. 이런 것을 보면 결국 히로시마의 비참한 기억을 없애기 위해 원자력의 평화적 이용이라는 수사를 이용했다는 것을 알 수 있습니다"(112쪽)라고 말합니다.

서경식 교수의 말을 이어받아 한홍구 교수는 한국에서의 상황을 분석합니다. "박정희 시대에 대해 한 가지 더 짚고 넘어가야 할 것이 있습니다. 오키나와에서 미군이 철수할 때 한국이 오키나와 대신 제주도를 핵 기지로 제공하겠다고 했었는데 그 후 40여 년이 지난 현재, 실제로 제주 해군 기지 문제가 제기되고 있지요. 적어도 1960~70년대에 한국은 유럽 이외의 지역에서 미국에 핵 기지를 제공한 유일한 지역이라는 위상을 가졌던 겁니다."(117쪽)

이 책을 읽으면서 드는 의구심이 하나 있었습니다. 한홍구, 서경식, 다카하시 교수 모두 인문학 전공자들이어서 그랬을까요. 그들은 원전, 핵의 배후를 건드리지 않고 있었습니다.

그 배후는 바로 자본인데요. 국가마저도 조종의 대상으로 삼을 수 있는 힘을 가지고 있는 자본, 오죽했으면 히로세 다카시는 자본을 가리켜 '제1권력'이라 했으며, 그 자본이 역사를 소유해 왔다고 했을까요. 쑹훙빙은 자본의 뜻을 거스르는 자는 비록 그가 미국의 대통령이라 할지라도 가차없이 응징을 당하는 사례들을 말하고 있는데요.(쑹훙빙 지음, 『화폐전쟁』 참고)

그런데 좌담의 종착점에 이르러서 다카하시 데쓰야가 이 점을 지적합니다.

"우리들의 논의는 아무래도 자본이나 경제보다는, 국가에 대한 비판으로 경도되기 쉽습니다. 저희 셋 다 인문학자로 경제학자가 없다보니, 불가피한 부분일지도 모르겠습니다. 아까 창밖을 통해 거대한 미군 기지를 바라보면서 그 뒤에는 거대한 자본이 웅크리고 있다는 생각을 했습니다. 미군과 그 배후에 있는 군사 산업의 밀월 관계는 미국에서도 국가적인 문제가 될 겁니다. 거대한 자본의 힘은 노동자와 민중의 반기지운동, 혹은 반원전운동의 큰 벽이 될 겁니다. 여기에 어떻게 대항할 것인가는 참 어려운 문제입니다만, 역시 민주주의의 기본으로 돌아가야겠지요. 그래도 시민, 민중 속에서 대항 운동이 끊임없이 나오고 있다는 점은 희망입니다."(260쪽)

아마도 이 책을 읽은 후 오래도록 제 기억에 남을 말은 이것입니다. "야스쿠니식 방식은 전쟁을 낭만화하고 정당화하지만, 히로시마식 방식은 평화를 낭만화하는 데 전쟁의 책임 문제를 분명히 하지 않습니다."(231쪽)

32
중학생,
기적을 부르는 나이

2013.11.7.

30년 현장 교사가 전하는, 부모가 알아야 할 중학생의 모든 것을 담고 있는 책 『중학생, 기적을 부르는 나이』를 읽었습니다. 지은이 박미자 님은 현재 인천 청천중학교 교사로 근무하고 있습니다.

이 책은 크게 아홉 개의 파트로 구성되어 있습니다. 파트 별 제목을 보면 이 책이 무엇을 말하고자 하는지를 쉽게 짐작할 수 있습니다.

−중학생, 너 어디에서 왔니?

−중학생 자녀의 눈높이 맞춰 대화하는 법

−아이를 살리는 말, 아이를 죽이는 말

−중학생, 친구 없이는 못 살아

−중학생은 아프다

−'질풍노도'를 봄바람으로 지나가게 만드는 가족의 역할

−사랑'만' 받는 부모에서 존경'도' 받는 부모로

－담임선생님과의 소통

　－부모, 나 자신을 사랑하라

신경과학자들에 따르면 14~16세의 중학생들에게 다시 한 번 신생아 시절과 같은 성장과 발달의 기회가 주어진다고 합니다.(15쪽) 그런데도 어른들은 아기들이 자는 모습은 귀엽다며 지켜보지만, 중학생이 잠을 자면 대체로 걱정을 하거나 한심하게 여긴다고 합니다.(29쪽)

지은이는 중학생의 과정을 닭으로 따지면 중닭의 과정이라고 합니다. 어른들 눈에는 사사건건 말이 많고 미운 짓만 골라서 하는 듯하지만, 아이들에게 기존의 질서를 거부하고 자기 나름대로 세계를 재구성하는 일은 사명이나 다름없는 것으로, 어른으로 성장하기 위해서 꼭 필요한 과정이라고 합니다.(32쪽)

지은이가 중학교 1학년들을 대상으로 '생활 속에서 언제 들어도 힐링이 되는 말'을 조사해 보았는데, 가장 많이 나온 답변이 "너를 믿는다"라는 말이었다고 합니다.(36쪽)

중학생들은 자기가 옳다는 확신을 가지고 공격적으로 이야기하기 때문에, 무슨 이야기를 하든 항의하듯이 보일 때가 많다고 합니다. 이 때문에 아이의 태도에만 초점을 맞추면 대화가 성립되지 않는다는 것입니다.(47쪽)

어른들이 듣기에는 좀 불편한 말이지만 지은이는 아이와의 관계에서 잘못했을 경우, 가급적 빠른 시간 안에 사과를 하라고 충고합니다.

아이에게 사과하는 경우 '나쁜 사과'와 '좋은 사과'의 예를 다음과 같이 듭니다.(51쪽)

　－나쁜 사과 : 미안, 미안. 야, 아빠가 사과하잖아. 그 태도가 뭐냐.

사과 안 받겠다는 거야?

　－좋은 사과 : 미안하다. 아빠가 너한테 나쁜 말을 했어. 진심으로 사과할게.

　중학교 남학생들이 가장 선망하는 직업 중 하나가 축구 선수인데, 이는 축구 선수로 진로를 정하겠다는 뜻이 아니라 운동장에서 마음껏 뛰어놀고 싶다는 속마음을 드러낸 것이라고 합니다.(56쪽)

　중학교 여학생들이 가장 선망하는 직업은 가수인데, 이는 화려한 조명 아래 많은 사람들의 관심을 받고 싶다는 속마음이 반영된 것이라고 합니다.(56쪽)

　많은 부모들이 아이와 대화할 때 정답이 뻔히 보이기 때문에, 대신 결정을 내려 주고 싶은 마음을 참기 힘들다고 합니다. 그렇지만 부모는 아이의 문제를 해결하는 사람이 아니라 아이가 문제를 해결할 수 있도록 돕는 사람이라는 사실을 기억하고, 아이의 이야기를 더 많이 들어 주려고 노력해야 한다고 합니다.(61쪽)

　중학생에게 친구는 목숨이라고 합니다. 지은이가 중학교 1학년 네 개 학급의 학생들에게 간단한 설문 조사를 했는데, 그 첫 번째 질문이 "학교에 오는 이유가 무엇인가?"였다고 합니다. 가장 많이 나온 대답이 "친구를 만나려고"였다는 것입니다.(106쪽)

　따라서 친구와 함께 뛰어놀고 협력하면서 문제를 해결하는 즐거움을 누리는 기회를 많이 접할 수 있도록 교사와 부모가 함께 도와야 한다고 합니다.(107쪽)

　우리나라 청소년 자살률은 OECD 평균 자살률의 3배에 이릅니다. 지은이는 학교와 어른들이 아이들을 아프게 한다고 말합니다.

"아직도 우리 학교는 민주사회의 시민을 육성하기보다는 성적으로 줄을 세우는 일에만 열을 올리고 있습니다. 그뿐이 아닙니다. 학생이라는 이유로 여름에도 반바지를 입을 수 없으며, 겨울에도 교실에서 외투를 입을 수 없고, 아침마다 교문에서 머리카락 길이, 치마 길이 등을 검사받는 구습에 시달리고 있습니다. 일제강점기에 생긴 이 관습은 일본에서는 이미 폐기되었음에도 불구하고 우리나라에서는 아직도 없어지지 않고 있습니다. 일제고사 등 성적 서열화 위주의 시험은 아이들의 숨통을 점점 조이기만 합니다.(132, 133쪽)

부부 사이에 갈등이 생길 때는 그 이유를 아이에게 솔직하게 이야기해 주는 것이 좋다고 합니다. 아이들이 "엄마와(아빠와) 결혼했던 것 후회 안 하세요?"라고 묻는 것은 자신을 낳은 것에 대한 소회를 묻는 질문이기도 하다는 것입니다. 그런 경우에 "후회하면 뭐 하겠냐?"라는 소극적인 답변보다는, "결혼해서 어려운 일도 많았지만, 네가 태어난 것은 고마운 일이었지. 너를 보면 즐거웠던 시절이 생각나서 고마워. 너를 잘 키우고 싶어서 어려움을 참아보려고 노력했는데 여러가지 조건도 힘들고 능력도 부족했어. 너에게는 미안하다"(152, 153쪽)는 방식으로 말해 주는 게 좋다고 합니다.

2011년 인터넷에서 관심을 모았던 초등학교 2학년 아이의 시가 실려 있습니다.(168쪽)

엄마가 있어서 좋다. 나를 예뻐해 주서서

냉장고가 있어서 좋다. 나에게 먹을 것을 주어서

강아지가 있어서 좋다. 나랑 놀아주어서

아빠는 왜 있는지 모르겠다.

우리나라 청소년들 중 고민이 있을 때 아빠와 상담하는 비율은 3퍼센트에 불과하다고 합니다. (2013년 여성가족부, 통계청 발표 자료, 171쪽)

담임선생님과 만난 후 아이를 혼내는 것은 금물이라고 합니다. 아이에 대한 조언을 들은 뒤의 부모의 태도는 상담의 성공 여부를 결정짓는 중요한 요소라는 것입니다. (211쪽)

이 책을 참으로 재미있게 읽었습니다. 책을 읽으면서 '내 아이들이 중학생일 때 이런 책을 읽었더라면 얼마나 좋았을까'라는 생각을 많이 했습니다.

동시에 지은이 박미자 선생님에 대해 '이 시대의 참 스승이구나'라는 존경심을 갖게 되었습니다.

'이런 선생님을 지난 날 만났고 지금 만나고 있는 아이들과 학부모님들은 얼마나 행복했고 행복할까'라는 생각을 하면서, 이 책이 중학생 자녀를 둔 부모님들에게 많이 읽히면 좋겠다는 희망을 품어 봅니다.

33
인생만화

2013.11.16.

우리에게 한겨레신문 만평으로 익히 알려져 있는 박재동 화백이 글을 쓰고 그림을 그린 책 『인생만화』를 읽었습니다. 총 91개의 그림과 그에 얽힌 사연들이 담겨 있습니다. 읽는 순간순간 웃음도 나오고 한숨도 나오곤 했습니다. 통렬한 풍자 앞에서는 나 자신도 모르게 몸이 흔들거렸습니다.

지하철에 올라타 너무 피곤해서 몸 가누기가 힘들 때는 근처에 가기도 싫었던 노약자석에 가서 흰 머리를 들이밀고 앉아, 난 노인이다…… 난 노인이다…… 난 노인이다를 되뇌이는 모습에서는 천진한 익살이 느껴졌습니다.(19쪽)

도토리거위벌레는 도토리에다 구멍을 뚫고 수십 개의 알을 낳은 다음 끈끈한 액으로 입구를 막고 가지를 잘라 떨어뜨린다고 합니다. 그래서 이 벌레는 참나무과의 해충으로도 알려져 있는데 과연 해충이기만 할까? 물음을 던지면서 도토리거위벌레에 대한 기대감과 신뢰를 붙잡는 모습에서 지은이의 탐구심과 약한 것에 대한 연민을 느낄 수 있습니다.(31쪽)

3호선 출근길 전철에서 뻥 뚫린 구멍 하나를 발견하고 잽싸게 스케치북을 꺼냈습니다. 그 구멍은 객석에 앉아 얼굴을 위로 든 채 잠을 자고 있는 승객의 벌린 입이었습니다. 스케치 하는 동안 네 정거장을 건너왔고, '어떻든 부탁이니 다 그릴 때까지 제발 깨지만 말아다오……'라는 간절한 부탁을 보면서 지은이의 짓궂음을 볼 수 있습니다.(50쪽)

세계적으로 유명한 설치미술가 크리스토가 한국의 리움 미술관에서 강연을 했다고 합니다. 지은이는 평소에 돈이 많으니까 저런 짓을 하는 것은 아닐까? 저런 작업을 하는 의미는 무얼까? 하는 의문을 가졌는데 누군가 대신 질문을 했다고 합니다. 이 질문에 대해 크리스토는 "의미는 없어요. 오직 즐거움과 아름다움을 위해 합니다"라고 대답했는데, 순간 지은이의 머리가 뻑쩍!해졌다고 합니다.(275, 276쪽)

이 책을 느낌을 한 마디로 표현하면 '새로운 세상으로 유쾌한 여행을 다녀왔다'입니다. 뒷맛이 참 좋습니다.

34

박재동의 손바닥 아트

2013.11.19.

손바닥만한 종이만 있어도 그 위에 그림을 그린다는 박재동 화백의 책 『박재동의 손바닥 아트』는 1부 「마음을 그리다」, 2부 「손바닥 만인화」, 3부 「지하철에서 만난 사람」, 4부 「풍경의 안과 밖」, 5부 「찌라시 아트」로 구성되어 있습니다.

그는 그림을 그리는 이유를 이렇게 말합니다. "사람을 그리면 사람이 소중해지고, 꽃을 그리면 꽃이 소중해지고, 돌멩이를 그리면 돌멩이가 소중해진다."

자신의 그림 솜씨에 대한 고백은 이렇습니다. "남들은 내가 그림을 잘 그리는 줄은 알지만 얼마나 내가 서투른지는 잘 알지를 못합니다. 그러나 지금은 옛날처럼 큰 걱정은 않고 조금씩 하는 만큼 하면 나아지겠지 하며 그리고 있습니다."(14쪽)

그는 문득, 마치 잠자리의 수많은 눈처럼 나눠져 있지만 하나인 것

처럼 모든 사람이 하나라는 생각이 든다고 합니다.(15쪽)

밤 11시~12시가 되어야 퇴근하다가 8시에 퇴근한 자신의 모습을 보면서 "오늘은 저녁 8시에 집에 오니 너무 일러 마치 조퇴를 한 것 같다"(29쪽)는 말에 마치 제 모습을 보는 것 같았습니다.

도대체 '내 마음'이란 무엇일까? 누구나 스스로에게 해 볼 수 있는 질문입니다. 이에 대해 지은이는 "내 마음이 따로 없더라. 나 때문에 생긴 모든 사람의 마음의 총합체가 나의 마음"이라고 말합니다.(37쪽)

지은이는 모든 국민의 캐릭터화를 꿈꾸고 있다고 합니다. "나는 우선 우리나라 사람들은 다 그리겠다는 야심을 갖고 있다. 길에서 만나는 사람들 하나하나가 이 땅에서 피어난 꽃, 아니 꽃보다 아름다운 존재들이다……."(40쪽)

화장실에서 소변을 보는데 바로 뒤에서 아주머니가 밀대걸레로 바닥을 밀고 있자 "아줌마는 여자가 아니다"(48쪽)라는 자기합리화식 독백을 합니다.

이 책의 표지 그림은 여학생이 "선생님 너무 웃겨요"하면서 웃는 모습입니다. 이 그림은 「우리말과 삶을 가꾸는 글쓰기」 2010년 3월호 표지에 있는 사진을 보고 표정이 너무 좋아 그린 것이라고 합니다. "화끈하게 웃을 일 별로 없는 요즘, 하도 우스워 배가 아파 뒹굴었던 중고등학교 때가 생각났다"고 합니다.(51쪽)

여자 아이와 대화를 나눈 다음 그린 그림이 있습니다. "몇 살? 여덟 살요. 1학년이구나. 예. 학교 재밌니? 없어요"(53쪽)라는 대목에 이르러서는 제 자신이 부끄럽고 제 마음이 슬퍼졌습니다.

동아일보 만평 「고바우 선생」으로 유명했던 김성환 씨의 캐리커처에는 이런 말이 있습니다. "박정희 때는 내가 자꾸 비판하는 그림을 그리니까 남산 요원이 아예 우리집 옆에 이사를 와서는 한 번씩 술 먹고 소리 지르고 술 취한 것처럼 욕을 하는 거예요. 생각해 보세요. 얼마나 끔찍한가."(80쪽)

35
좌우지간 인권이다

2013.11.25.

안경환 전 국가인권위원장. 한평생 전형적인 헌법학자의 길을 걸어온 분입니다. 2006년 10월 30일부터 2009년 7월 8일까지 제4대 국가인권위원장을 지냈습니다. 그가 펴낸 책으로 『좌우지간 인권이다』가 있습니다.

헌법 제1조 제1항이 "대한민국은 민주공화국이다"라고 규정하고 있음에도 불구하고, 우리는 여전히 인권과 민주주의가 불온시되는 나라에서 살고 있습니다. 헌법이나 법률이 규정하는 임기조항이 권력자들의 입맛에 따라 무력화되어 버리는 시대가 우리가 살고 있는 시대입니다.

이 책의 지은이 안경환 교수도 국가인권위원회법이 규정하는 국가인권위원장의 3년 임기를 채우지 못했습니다. 본인이 사퇴하는 형식이었지만, 실질은 권력자에 의해 퇴진을 강요당한 것입니다. 그는 "민주시민은 태어나는 게 아니라 교육을 통해 길러지는 것이다"(16쪽)라는 지론을 갖고 있습니다.

그는 이 책의 곳곳에서 "인권은 좌도, 우도 아니다. 진보도 보수도 아닌 인류 보편의 가치"(29쪽)라는 말을 합니다. 그러나 자신이 인권위원장으로 재직하던 시절 인권위의 기구가 축소되는 수모를 겪었습니다.(30쪽)

그가 인권위원장 후보로 물망에 오르내릴 때 악성 루머에 시달리기도 했다는 말은 이 책을 읽으면서 처음 알게 되었습니다. "내가 술을 마시면 상습적으로 아내를 구타한다는 제보가 있었다는 것이다."(38쪽)

그는 2006년 저녁 인권위원장 취임사를 직접 썼다고 합니다. "가슴속에 식지 않는 열정을 지니되, 분별 있는 열정으로 임하기를 바랍니다."(44쪽) 제가 2010년 전북교육감 취임사를 직접 쓴 순간이 불현듯 스치고 지나갔습니다.

북한 인권의 문제에 대해 그는 이렇게 소신을 밝히고 있습니다. "북한 인권의 핵심은 인도적 지원의 문제가 아닌가? 2008년 9월 30일 인권위는 '인도주의적 대북 식량 지원'을 권고했다. 이것이야말로 정치를 초월한 인권위의 본연의 자세가 아닐까?"(79쪽)

세계국가인권기구협의회(ICC)는 2007년 3월 23일 캐나다의 제니퍼 린치를 의장으로, 대한민국의 안경환을 부의장으로 선출했습니다. 이에 따라 안경환 위원장은 특별한 이변이 없는 한 차기 ICC 의장으로 예정되어 있었습니다. 그러나 인권에 알레르기 반응을 보인 MB정권에 의해 ICC 의장국의 지위는 다른 국가로 넘어가고 말았습니다.

그는 인권위원장을 하면서도 늘 교수 생활을 그리워하고 있었던가

봅니다. "나는 교수 생활이 그립기 짝이 없었다. 그동안 밀린 독서와 연구, 자유로운 여행과 집필에 심한 갈증이 나 있었다. 시종일관 사방에서 공격만 받는 대한민국 인권위의 수장 자리는 내게 너무나도 불편한 자리였다."(149쪽)

그는 자신이 직접 쓴 이임사에서 이렇게 말합니다. "'국제사회에 나가 보니 내가 한국 사람인 것이 부끄러웠다'는 유엔 수장(반기문 총장)의 솔직한 고백이 곧바로 국제 인권지도에 기록된 우리나라의 현주소가 아닐까 싶습니다. 이 서글픈 현실을 수치스럽게 받아들이는 정부 관료나 국민의 숫자도 많지 않다는 사실이 더욱 수치스럽기도 합니다."(156쪽)

퇴임 후 그에게 훈장을 수여한다는 정부의 방침이 전달되었지만, 그는 정부의 제안을 정중히 사양했다고 합니다. 그런데 그에게 들려온 말은 "아직도 안 교수가 대통령에 대해 각을 세운다"는 말이었다고 합니다.(178쪽)

인권위원장으로서 그가 남긴 마지막 말은 "정권은 짧고 인권은 영원하다"였습니다.

36
연어 이야기

2013.11.29.

2010년 어느 날 책 한 권을 받았습니다. 그것은 시인 안도현이 쓴 어른을 위한 동화 『연어 이야기』였습니다. 책의 여운은 매우 길게 남았습니다. 어느 날 그 책에서 반복적으로 사용되는 용어를 사용하고 있는 제 자신을 보고 놀라기도 했습니다. 그 말은 '스며들다'였습니다.

이 책은 연어가 강물에서 6mm의 알껍질을 벗고 강물을 따라가다가 바다로 들어가기까지의 삶을 생생하게 그리고 있습니다.

주인공인 어린 연어는 물속 자갈 틈에서 다른 연어들보다 한 달이나 늦게 알에서 빠져나왔어도 나름 완벽하다고 생각했지만, 세상은 그를 완벽하게 봐주지 않았습니다.(13쪽)

암컷으로 태어난 어린 연어는 엄마와의 마지막 순간을 잊지 못합니다. "어머니는 알을 낳은 뒤 뚫어지게 나를 내려다보았다. 그때 어머니의 몸은 헝겊처럼 너덜너덜해져 있었고, 꼬리는 힘없이 흔드는 손 같았다. 어머니는 다른 물고기가 침범하지 못하도록 체력이 다할 때까지 나를 지켰다. (……) 나는 어머니의 눈이 슬픔으로 가득 차 있는 것을 보았다. 그때 슬픈 눈은 이 세상에서 가장 맑은 눈이었다."(27쪽) 그리고 엄마는 숨을 거두었습니다.

초록강을 따라 내려가던 어린 연어는 자기보다 훨씬 큰 수컷 연어를 만납니다. 멀리까지 날아가는 새가 되고 싶은 연어였습니다. 그 연어는 엄마와 아빠가 누구인지도 모릅니다. 연어사육장에서 태어났기 때문입니다. 그는 연어사육장을 학교라고 불렀습니다.

"인공수정 이후 사람들에 의해 부화된 연어는 똑같은 시간에 잠을 깨고, 똑같은 시간에 먹이를 먹고, 똑같은 시간에 목욕을 하고, 똑같은 시간에 약을 먹고, 똑같은 시간에 공부를 하고, 똑같은 시간에 잠을 잔다"는 것이었습니다.(32쪽) 그는 학교를 감옥이라고 했습니다.

"학교에 다니는 친구들은 다들 똑똑하겠구나?"라는 어린 연어의 질문에 그는 "처음엔 누구나 똑똑하지. 그런데 공부를 하면 할수록 똑똑한 애들이 줄어드는 게 문제야"(36쪽)라고 대꾸합니다. 부모가 누구인지 모르는 그는 자신을 사육한 인간을 부모로 생각했습니다.

알에서 깨어난 연어는 삼개월 가까이 강에서 생활한다고 합니다. 그 기간에 연어는 몸무게를 늘리고 뼈를 군세게 단련해 거친 바다로 나갈 준비를 한다는 것입니다.(52, 53쪽)

바다에 이르기까지 어린 연어와 수컷 연어는 나비도 만나고, 고라니도 만납니다. 혼자 물을 먹고 있는 고라니를 본 수컷 연어는 "너도 나처럼 학교에서 쫓겨났구나?"(69쪽)라고 물어 봅니다.

그 뒤로도 그들은 개구리를 만나고 수달과 자작나무도 만납니다.

어린 연어가 수달에게 "왜 그렇게 조심스럽게 헤엄을 쳐요?"라고 물어보자 수달은 "우리가 사는 세상을 사랑해야지. 우리는 물을 사랑해. 그래서 물로 뛰어들지 않고 스며들어"(75쪽)라고 대답합니다.

어린 연어를 기다리는 곳은 바다였습니다. 바다로 가는 동안 연어의 숫자는 점차 늘어나기 시작해서 5천마리의 거대한 무리를 이루게 됐습니다. 연어떼가 바다에 이르는 길은 험난했고, 갈매기와 숭어의 공격으로 많은 희생자를 냅습니다.

"바다가 우리를 기다리고 있을까?"라는 어린 연어의 질문에 수컷 연어는 "자유가 우리를 기다리고 있을 거야"라고 답합니다.

그리고서 자유에 대해 다음과 같이 말합니다. "나 혼자 자유로운 것은 자유가 아니야. 우리는 혼자가 되면 언제 어느 곳에서든지 자유가 보장된다고 생각하지. 하지만 그것은 착각일 뿐이야. 그 누구도 혼자서는 자유로울 수 없어. (……) 바다는 혼자가 아닐 거야. 바다는 자유니까! 바다는…… 그런 곳일 거야."(116쪽)

동화인데도 시처럼 정련된 언어와 문장으로 구성되어 있다는 것이 놀라웠습니다.

"달빛은 은빛으로 부서지고 있었다. 수달은 하얀 발톱으로 달빛을 반사해 물속을 비춰주었다."(76쪽)

그대로 외워두고 싶을 정도로 표현 하나하나가 탐스럽습니다.

37
프레임 전쟁

2013.12.9.

죠지 레이코프, 로크리지연구소 지음, 나익주 옮김, 『프레임 전쟁』이라는 책이 있습니다. 원제명은 『생각의 갈래 (Thinking Points)』입니다.

레이코프는 인지언어학의 창시자로 언어학과 인지과학 부문에서 세계적인 명성을 얻고 있습니다. 그가 쓴 『코끼리는 생각하지 마』는 제가 교육감직을 막 수행하기 시작했던 시기에 매우 중요한 영감을 준 책이기도 합니다.

『프레임 전쟁』은 제1장 「승리와 패배」, 제2장 「이중개념주의」, 제3장 「프레임과 두뇌」, 제4장 「가정으로서의 국가」, 제5장 「도덕성과 시장」, 제6장 「근본적 가치」, 제7장 「전략적 의안」, 제8장 「논증의 기술」로 구성되어 있습니다.

저자는 이 책을 쓴 의도를 다음과 같이 밝히고 있습니다. "우리는 왜 슬로건과 정보조작이 대부분의 경우 진보주의자들에게 유리하게 작용하지 않는지 알고 싶었다. 왜 유권자들이 프로그램과 정책의 잡다한 목록에 반응하지 않는지 알고 싶었다. 그리고 진리를 지키는 데 프레임 구성이 왜 필수적인가를 보여주고 싶었다."(9쪽)

이슈를 놓고 레이건과 의견을 달리하는 유권자들이 레이건을 찍은 이유를 저자는 "레이건은 이슈보다는 가치를 이야기"했기 때문이라고 봅니다.(17쪽) 그러면서 저자는 진보주의자들이 명심해야 할 것을 말합니다. "가치와 원리에 집중하라. 진정한 사람이 되라. 그리고 당신이 진정으로 믿는 것을 옹호하라. 당신이 말을 걸고 있는 사람들에게 감정이입을 하고 그들과 유대 관계를 맺으라. 그렇지만 정체성, 즉 당신의 정체성과 그들의 정체성에 근거하여 그렇게 하라."(19쪽)

저자는 많은 진보주의자들이 여론조사를 맹목적으로 따른다고 꼬집으면서 "대중의 믿음과 달리, 여론조사 자체는 정확한 경험적인 증거를 제시하지 못한다. 여론조사는 흔히 부적절한 질문 구성의 정확성만큼만 정확하다"고 말합니다.(21쪽)

저자는 프레임 구성은 정치나 정치적 메시지 전달, 의사소통에 대한 것을 넘어서는 의의를 가진다고 봅니다. "프레임은 인간이 실재를 이해하도록 해 주며 때로는 우리가 실재라고 여기는 것을 창조하도록 해 주는 심적 구조"(45쪽)라는 것입니다.

프레임은 사회제도를 구조화하고 정의한다고 합니다. 저자에 따르면 (미국의) "보수주의자들은 지금까지 프레임 구성 주도권을 가지고 있으며 이것을 계속 '전쟁'이라 부른다"(55쪽)고 합니다. 저자는 이것을 '전쟁 프레임'이라고 호칭합니다.

교육문제에 관한 보수주의자와 진보주의자의 차이에 관한 분석이 우리의 시선을 끕니다. "교육문제에 관해서도 보수주의자들은 당신이 얼마나 많은 교육을 받을 것인지를 시장이 결정해야 한다고 믿는다. 무임승차는 없다. 보수주의자들은 '경쟁'과 소비자 선택의 이슈를 학교교육에 적용한다. 진보주의자들은 인간이 존엄하기 때문에 그리고 민주주의가 성공적으로 작동하기 위해 모든 미국인이 적정한 교육을 받아야 한다고 믿는다."(123쪽)

학교에서의 시험에 관한 보수주의 프레임에 한참 동안 시선이 머물렀습니다. "가장 뛰어나고 영리한 학생들이 성실한 노력과 절제, 학업 성취에 대해 보상을 받아야 한다.(도덕적 가치) 은유적으로 이러한 학생들은 법을 준수하는 도덕적인 사람이다. 시험은 학업 성취의 척도이자 미래 성공의 지표이다. 시험에 맞추어 가르치는 것은 성공을 위해 가르치는 것이다. 시험은 또한 학업 성취가 낮은 학생에게 더 잘 수행할 수 있도록 동인을 제공한다.(일상적 프레임) 계속해서 실패하는 사람들은 '법을 위반하고' 있으며, 진급해서도 안 되고 졸업하도록 허락해서도 안 된다. 그것이 그들의 벌칙이다.(근본 원리) (……) 교육 체계는 성공하는 데 필요한 경쟁과 동인을 제공한다."(203쪽)

이 책을 읽으면서 가장 핵심적으로 잡아낸 것은 이것입니다. '상대방의 프레임에 걸려 들지 말고 내 프레임을 만들어라.' 이것을 종북 프레임에 적용할 경우, 상대방이 나를 향해 '당신은 종북이야'라고 공격할 때 '나는 종북이 아니야'라고 대응하면 그 사람은 종북 프레임에 딱 걸려든다는 것입니다.

38
꿈의 학교
헬레네 랑에

2014.1.16.

몇 달 전 전주에서 가까운 지역의 교육관련 행사장에 갔을 때, 한 중학생이 제게 와서 책을 한 권 줬습니다. 꼭 읽어 보고 자신에게 그 느낌을 말해 달라는 부탁을 했습니다. 책 맨 뒤에는 깨알 같은 글씨로 14개의 질문을 적어 놓았습니다.

그 책은 에냐 리겔 지음, 『꿈의 학교 헬레네 랑에』입니다. 지은이 에냐 리겔은 헬레네 랑에 학교에서 19년간 교장으로 재임하다가 2003년 2월에 퇴직했습니다. 헬레네 랑에 학교는 김나지움, 레알슐레, 하우프트슐레를 종합한 학교, 그래서 종합학교(Gesamtschule)로 분류됩니다.

독일은 16개의 란트(Land, 주)로 구성되어 있고, 교육은 주정부의 관장사항으로 되어 있습니다. 연방정부는 교육에는 관여하지 않습니다. 교육과정은 어느 정도 정형화되어 있어서 어디에서나 비슷합니다. 종교교육에는 약간의 여지가 있습니다.

에냐 리겔이 이 학교의 교장으로 부임했을 때 모든 교사들이 검정색 옷을 입었다고 합니다. '당신을 거부한다'라는 의사표현이었습니다. 교육청에서조차도 에냐를 빨갱이로 볼 정도였습니다.

그러나 에냐는 학교개혁을 시도했고, 결국 헬레네 랑에 학교는 2000년 국제학업성취도(PISA) 연구에서 독일 내 최우수학교로 선정되었습니다.

이 책은 총 15개의 장으로 구성되어 있습니다.

1장 아이들에게 말할 기회를 주기 : 읽기와 쓰기 배우기

2장 학생생활나눔터의 나무 한 그루 : 프로젝트 수업과 교과수업에서 하는 실천학습

3장 네가 만일…… : 상상력과 학습

4장 진지하게 대화하기 : 종교수업

5장 다투고 화해하기 : 민주주의와 책임의식 배우기

6장 학교 문을 나서서 : 실제 상황에서 배우기

7장 연극을 많이 하면 수학을 잘 하게 된다고? : 무대가 곧 학교다

8장 문 걸어 잠근 나홀로 교사를 대신해 : 연대를 이룬 교사공동체

9장 실력이 인정받는다 : 학업성적의 평가

10장 내가 속한 곳은 여기야 : 학교에서의 의례

11장 우리가 개입한다 : 사회정치적 참여 : 학교―울타리를 넘어서

12장 벽을 허물기 : 공부하고 함께 사는 공간

13장 기업으로서의 학교 : 부수입 직접 창출하기

14장 '학교 문지방'을 넘어 들어오세요! : 학부모들과의 협동과 갈등

15장 평가하기 : 학업성취도 평가와 교육의 질 보장

이 책이 무엇을 담고 있는지는 위에 적시한 이 책의 구성을 보면 어느 정도 알 수 있습니다.

많은 사람들이 언급하는 학습이란 무엇인가에 대하여 저자는 이렇게 말합니다. "학습은 하나의 '과정'이다. 시행착오가 허용되고, 그 오류의 원인과 개선방법에 대해 이야기하고 나누는 과정이 반드시 필요한, 끊임없는 시도와 수정의 작업이다."(48쪽)

한번은 학교에서 열 살배기 요나단과 알렉산더는 서로를 미워하면서 때리고 발로 밟고 물어대는 식으로 싸웠습니다. 에냐가 양쪽 부모님의 면담을 요청했지만, 부모들 역시 대립하였습니다.

몇몇 교사들은 요나단을 다른 반으로 옮기자고 했고, 반 아이들 역시 두 아이의 싸움에 지쳐 있었습니다. 그런데 에냐는 이 일을 반 아이들 모두가 짊어져야 할 책임이라고 판단했습니다.

매일 반 아이들이 요나단과 알렉산더를 중심으로 원을 그리고 둘러싼 가운데 두 아이가 서로 하루를 축복해 주는 말을 주고받게 했고, 쉬는 시간에는 두 아이가 너무 가까이 있지 않도록 반 친구들이 지켜봐 줬습니다.(74~75쪽) 아이들의 문제를 아이들 스스로 해결해 보도록 하는 방법입니다.

학교에 다니는 아이들에게 중요한 것이 뭘까요? 저자는 그것을 믿음이라고 말합니다. "여기서 내가 인정을 받는구나, 내가 선생님과 친구들에게 중요한 존재구나, 이곳이 내가 있을 곳이구나 하는 믿음"이 수업을 성공적으로 이끄는 전제조건이라고 말합니다.(199쪽)

헬레네 랑에 학교는 해마다 학교에 입학하는 신입생들의 학부모에

게 당부하는 말이 있다고 합니다. 그것은 "여러분의 아이를 놓아주십
시오"입니다.(265쪽)

이 책을 읽으면서 제 가슴에 가장 깊이 다가왔던 대목입니다.

"어른들도 실수를 한다는 것은 열한 살배기도 아는 사실이다. 어른
들이 자기 실수를 인정하고 용서를 구하는 것을 목격하는 것은 아이
들에게 매우 중요한 경험이다. 아이들은 자기들에게 적용되는 규칙이
어른들에게도 똑같이 적용된다는 사실을 확인하는 것이다. 부모나 선
생님이 실수를 했을 때 눈에 뻔한 변명으로 자기 행동을 정당화하는
것이 아니라, 잘못을 인정하고 용서를 구하며 상황을 만회하기 위해
할 수 있는 바를 행하는 모습은 아이들에게 그 어떤 도덕적 설교보다
깊은 인상을 남겨줄 것이다."(275쪽)

39

마을기업 희망공동체

2014.1.20.

농촌은 살아날 수 있는가? 농촌이 살아날 수 있다면 그 방법은 무엇인가? 기업을 유치하는 것이 농촌을 살리는 최선의 길인가?

농촌과 관련하여 수많은 의문들이 제기되어 왔습니다. 동일하거나 유사한 질문들이 한국에서도 일본에서도 제기되어 왔습니다.

이러한 질문에 대하여 의미심장한 하나의 해답을 던져 주는 책이 있습니다. JTV 정윤성 기자가 쓴 『마을기업 희망공동체』입니다.

이 책은 우리나라 마을기업 성공사례 9개와 일본 마을기업 성공사례 7개, 총 16개의 사례들을 소개하고 있습니다.

「문 닫힌 한증막 '힐링'이 되다」는 전북 완주군 구이면의 안덕파워 영농조합법인을 다루고 있습니다.(41~54쪽) 53명의 시골 주민들이 낸 1억3천만 원의 종잣돈으로 문 닫은 한증막을 인수해서 힐링을 테마로 마을기업을 이끌어가고 있습니다. 어른들을 따라오는 아이들을 위한 놀이시설까지 갖추어 놓고, 2012년 기준으로 연매출액 6억3만 원을 기록했습니다.

「'희망버스' 마을을 달린다」는 백담사에서 내 준 한 대의 버스를 시작으로 설악산 국립공원 주차장에서 백담사까지 7.2km 구간을 셔틀버스로 운행하는 용대향토기업을 다루고 있습니다.(92쪽~102쪽) 2012년 매출액은 16억 원입니다. 현재 버스운전기사는 12명으로 보통 나흘 근무하고 하루를 쉬는 시스템이라고 합니다. 이 기업이 흑자를 낸 것은 회사설립 후 6년이 지나서였다고 합니다. 이 기업은 일자리 창출 못지 않게 지역인재육성도 중요하게 여겨 장학금을 지급하고 있기도 합니다.

「배추밭 금싸라기 땅이 되다」는 여름에는 배추밭이지만 겨울에는 쓸모없는 땅에서 기적을 일구어낸 의야지 청년회 경제사업단을 다루고 있습니다.(117쪽~129쪽) 강원도 평창군 횡계지역은 해발 832m의 고원지대입니다. 이곳에 45도 경사의 배추밭이 있는데, 청년회 경제사업단이 눈썰매장을 만들어 수익을 올리고 있습니다. 처음에는 겨울체험 위주였던 체험 프로그램을 사계절 체험으로 전환하고 양 먹이 주기 등 많은 볼거리를 제공하고 있습니다.

지은이 정윤성 기자는 이 책을 자료를 수집하여 쓴 것이 아니라 직접 현장을 찾아가 눈으로 확인하고 인터뷰를 하면서 썼습니다.

정 기자는 이 책의 마지막 대목인 「당신의 마을기업을 위한 6가지 전략」에서 마을기업이 성공하기 위한 6가지 조건을 제시하면서 동시에 마을기업의 위기 2가지를 지적하고 있습니다.

제가 이 책을 읽으면서 느낀 것은 아래와 같이 정리할 수 있습니다.

지자체가 강조하는 기업유치가 꼭 일자리 창출과 연결되는 것은 아니라는 것입니다.

정부나 지자체가 주는 보조금에 의존하는 마을기업은 실패한다는 것입니다.

마을기업이 성공하기 위해서는 기다림이 있어야 하고, 품질로 승부해야 하며, 기업의 구성원들이 공동운명체 의식을 가져야 한다는 것입니다.

그러면서 동시에 마을기업을 운영하는 철학이 분명해야 합니다. 마을기업을 하면 큰돈을 벌 것이라는 천민자본주의 의식을 가지면 반드시 실패할 수밖에 없다는 것입니다.

이 책은 쇠락해 가는 농촌이 살아날 수 있는 중요한 자료를 제공하고 있습니다. 그 자료는 지은이 정윤성 기자가 직접 발로 뛰면서 얻어낸 것들입니다. 이 책의 생명력은 바로 여기에 있습니다.

40
선셋 블루스

2014.1.30.

40여 년 전 단편소설 한 권을 재미있게 읽은 적이 있습니다. 이병주의 『소설 알렉산드리아』였습니다. 그때 이병주 소설의 매력에 빠져 『관부연락선』도 읽었고, 다른 소설도 차근차근 읽어봤습니다.

요 며칠 사이 오랜만에 단편소설집 한 권에 푹 빠져 있었습니다. 장마리 소설 『선셋 블루스』입니다. 이 소설집에는 「선셋 블루스」를 비롯하여 「불어라 봄바람」, 「꿈꾸는 마미」, 「거기, 어디쯤에서」, 「바이킹을 타다」, 「고래를 찾아서」, 「거미집」, 「산을 내려가는 법」 등 8편의 소설이 실려 있습니다.

이 작품들을 통해서 작가의 주된 시선이 어디를 향하고 있는지를 확인할 수 있습니다. 성공한 사람들보다는 실패한 사람들(루저), 밝고 가벼운 스토리보다는 어두워 보이지만 의식을 건드리는 스토리, 관념과 표현의 사치보다는 현실과 내면의 절박함, 아무런 다툼도 치열함도 없는 삶보다는 갈등 속에 발버둥치는 삶을 주시하고 있다는 느낌을 받았습니다.

「선셋 블루스」는 "노을이 변산 바닷가를 물들였다. 그곳에 하얀 눈이 내리기 시작했다"라는 두 줄 시로 시작합니다. 소설의 주무대는 새만금 간척지. 그곳에 외지에서 온 두 남녀가 지프를 타고 나타나고, 그들은 동네 뒷산 언저리 밭을 구입합니다. 날이 지나면서 그곳에는 통나무 집이 제 모습을 갖춰 갑니다. 그 후로 남자는 어쩌다가 한 번씩 지프를 타고 나타나고, 여자는 병색이 짙어 갑니다. 보름달이 뜬 날 한밤중에 여자는 동네 80세 노인의 집에 나타나고, 그 집에서 아이를 사산합니다. 죽은 채로 세상에 모습을 보인 아이를 품에 안고 다시 통나무 집으로 돌아간 여자는 그 뒤로도 거의 바깥 출입을 하지 않습니다. 그러던 어느 날 동네 이장이 통나무 집으로 들어가 침실을 들여다봤을 때, 침대 위에는 커플 잠옷을 입은 남녀가 누워 있었습니다.

"남자는 오랫동안 깊은 잠에 빠져 있었는지 눈과 입이 시커먼 동굴이 되어 있었다. 하지만 옆에 누운 여자는 곱게 화장을 하고 있어 볼이 발그레했다. 입가에는 미소가 어린듯 보이기도 했다. 처음 이곳에 와서 뒷산 언저리 땅 주인을 물어보던 모습이었다. 여자는 뼈만 남은 남자의 손을 꼬옥 잡고 있었다. 남자의 손은 금방이라도 바스라질 것만 같았다. 이장은 지난봄에 제초제를 움켜쥐고 통나무집으로 돌아가던 여자를 떠올렸다."

이들이 왜 낯선 이곳으로 왔는지, 이 소설에서의 갈등상황이 무엇인지를 옮기는 것은 (의도적으로) 생략하겠습니다. 이 소설을 읽으면서 왜 이 작품이 현대 문학교수 350인이 선정한 『2011 올해의 문제소설』

속에 포함된 것인지 그 이유를 충분히 알 수 있었습니다.

　문학평론가 정은경 교수의 작품평론과 읽는 이의 느낌을 비교 대조해 보는 것도 의미있는 일이 될 것입니다. 일의적인 해석만이 가능한 작품이 있는가 하면, 다의적인 해석을 할 수밖에 없는 작품도 있을 수 있는 일이기 때문입니다. 참으로 오랜만에 단편소설에 대한 갈증을 잔잔하게 풀었습니다.

41

미완의 해방:
한일관계의 기원과 전개

2014.2.21.

제국주의 국가 일본의 식민지였던 조선은 1945년 8월 15일에 해방되었습니다. 그러나 바로 그 날로, 주권이 상실됐던 대한제국이 법적으로 회복되었던 것은 아닙니다. 국제법적으로는 여전히 조선은 식민지 상태에서 벗어나지 못하고 있었습니다.

여기에서 수많은 쟁점들이 생겨납니다. 이러한 쟁점들을 상당한 정도로 풀어주는 책이 있습니다. 이동준·장박진 편저, 『미완의 해방: 한일관계의 기원과 전개』입니다.

1945년 8월 15일 조선이 '해방'되었다는 것은 무슨 뜻인가?

'해방'과 동시에 1910년 8월 29일에 체결된 이른바 '한일합방 조약'의 효력은 확정적으로, 따라서 소급적으로 당연히 무효가 되지 못하고, 법적으로는 아무런 의미도 없는 '어쨌든 무효'로 봉인되고 말았는데,

그 이유는 무엇인가?(219쪽)

일본의 항복으로 제2차 세계대전이 종료하고 전후처리를 위해 연합국과 일본 사이에 1951년 9월 8일 체결된 샌프란시스코 강화조약(1952. 4. 28. 효력 발생)은 왜 일본에게 '식민지 지배'의 책임은 묻지 않고, '전쟁책임만'을 물었나?

제2차 세계대전 당시 조선인들은 일본제국주의를 상대로 각종 전투를 벌였지만, 왜 조선은 샌프란시스코 강화조약에 서명국으로 참여할 수 없었는가?(69쪽)

'해방' 이후 재일 조선인들의 법적 신분은 어떻게 되었나? 즉, 여전히 일본인이었나 아니면 조선인으로 회복되었나? 그리고 그들의 신분에 대한 한국 정부의 입장은 무엇이었나?(255쪽 이하)

샌프란시스코 강화조약 제2조 (a)는 "일본국이 한국의 독립을 승인하고 제주도, 거문도 및 울릉도를 포함한 한국에 대한 모든 권리, 권원 및 청구권을 포기한다"라고 규정하고 있습니다. 즉, 일본이 한국의 독립을 '승인(recognizing)'했다는 것입니다.

이것은 일본의 조선 식민지 지배는 '합법적'이었다는 것을 전제로 하는 것입니다. 이런 내용의 강화조약이 가능했고, 불가피했던 이유는 연합국 역시 일본과 마찬가지로 식민지를 보유하고 있던 국가들이었기 때문이었습니다. 그래서 미국도 일본의 한반도 지배를 합법적인 것으로 인정하고 있었다고 합니다.(139쪽)

참고로 1947년에 체결된 이탈리아 강화조약도 이탈리아에게 식민지 지배의 책임을 묻지 않았습니다.(72쪽)

샌프란시스코 강화조약 초안의 제2조 (a)를 확인했던 유진오는 강화조약에 '독도'를 포함한 섬의 이름을 구체적으로 삽입하려고 연합국 측에 요구했다고 합니다.(56쪽) 그러나 이 요구는 받아들여지지 않았습니다.

1965년 6월 22일에 체결된 한일조약(기본조약) 역시 식민지 지배를 청산하는 것은 아니었습니다.(59쪽) 이 조약 제2조는 식민지 지배 책임을 불문에 부치는 것이었습니다.(214쪽 이하)

한반도가 '해방'이 되었으면서도 법적으로는 해방이 아니라 일본제국주의로부터 '분리'된 것으로 취급될 수밖에 없었던 이유가 궁금합니다.

이에 대하여 장박진은 "해방의 성격은 한반도 독립이 자력이 아니라 한일병합을 인정하던 미국에 의해 주로 이뤄졌다는 것이며, 제약 조건 역시 그로 인해 한국의 대일 과거 처리가 미국의 정책에 따라 결정될 수밖에 없었다는 사실이다"(256쪽)라고 말하고 있습니다.

샌프란시스코 강화조약이 효력을 발생하면서 과거 일본제국주의의 일원, 곧 신민이었던 조선인은 일본 국적을 박탈당합니다.(295쪽)

이와 관련하여 토노무라 마사루는 "일본의 전후 민주주의 확립의 과정에서 재일 조선인은 배제되었던 것이다"(321쪽)라고 말합니다.

역사적 사실을 정확하게 인식하는 것은 올바른 역사관을 형성해 나가기 위한 기초적 조건입니다.

그럼에도 불구하고 우리는 매우 막연하게 1945년 8월 15일에 한반도는 제국주의국가 일본으로부터 해방되었고, 이로써 주권이 회복되었으며, 우리는 3·1운동의 숭고한 독립정신과 상해임시정부의 법통을 이어받았다고 말합니다.

하지만 정작 중요한 물음, 즉 그래서 그것이 국제법적으로 어떤 의미를 갖고 있고, 지금 이 순간의 한일관계 형성에 어떤 영향을 끼치고 있는 것인가에 대한 고민이나 탐구는 하지 않습니다.

바로 그러한 해방 무의식 상태에서 조금이라도 벗어나고자 한다면 이 책을 꼭 읽어야 합니다. 한국과 일본의 전문가 8명이 우리가 올바르고 정확한 역사 인식을 할 수 있도록 길잡이 역할을 하고 있습니다.

42

베이징 특파원
중국문화를 말하다

2014.4.6.

중국을 이해하는 데 매우 유용한 책 한 권을 읽었습니다. 홍순도 외 지음, 『베이징 특파원 중국문화를 말하다―베이징 특파원 13인이 발로 쓴 최신 중국문화코드 52가지』입니다.

책은 총 7개 장, 52개의 주제(코드)로 구성되어 있습니다. 제1장 「중국인의 기질」, 제2장 「중국 남녀」, 제3장 「뒷골목 문화」, 제4장 「암묵적인, 너무나 암묵적인 첸구이저 문화」, 제5장 「전통문화와 대중문화 그리고 청년문화」, 제6당 「사치스런, 한없이 사치스런 졸부 문화」, 제7장 「한류와 혐한류」.

이 책을 읽으면 중국인의 기질과 삶의 문화를 어느 정도 알 수 있습니다. 우리나라 제1의 교역상대국인 중국과 중국인을 이해하는 데 꽤 쓸모 있는 정보들을 제공합니다.

특파원들이 직접 발로 뛰면서 경험한 것들, 때로는 중국문화를 잘 모르고 당한 경험들까지 있는 그대로 기록하고 있다는 점에서 중국을 소재로 하는 각종 소설류와는 그 차원을 달리합니다.

1992년 한중수교 이후 국내 A일보가 런민르바오(인민일보)와 제휴 관계를 맺고서 그것을 독점제휴로 오해함으로써 벌어진 웃지 못할 해프닝은 중국을 몰라도 너무 몰랐기 때문에 벌어진 일입니다.(19쪽)

현대국가는 당연히 법치가 우선시되지만, 중국에서는 법치보다는 관시(관계)가 우선한다고 합니다.(27쪽 이하) 성공하는 관시에는 반드시 돈이 개입되고, 관시는 돈이 결합되지 않으면 끈끈하게 유지되지 않는다는 것입니다.(37쪽 이하)

1인자보다 2인자가 더 좋다고 생각하는 중국인들의 2인자 철학은 기업이나 학교, 심지어는 조폭들 사이에서도 종종 눈에 띈다고 합니다. 그래서 중국인들과 만날 때에는 명함에 '부'자가 들어가는 사람을 눈여겨보아야 한다고 합니다.(54쪽)

중국인들은 남 잘 되는 것은 절대 못 보는 기질을 가지고 있다고 합니다. 스포츠 경기 때 한국에 대한 질투가 극심한 것도 중국인들의 이러한 기질에서 비롯된다고 합니다.(73쪽 이하) 한류와 정반대되는 혐한류도 일부 어글리코리안들의 잘못된 행동의 탓도 있지만, 중국인의 질투 기질과도 깊은 관련이 있다는 것입니다.(76쪽 이하, 347쪽 이하)

중국에서 집안의 주도권은 여성이 장악하고 있다고 합니다. 그래서 중국 남성들은 이런 푸념을 한다고 합니다.

"요즘 주위 선배들이 내게 들려주는 남편으로서의 바람직한 행동 강령이 무엇인 줄 아는가? 첫째, 무엇보다 월급은 봉투째 아내에게 가져다준다. 둘째, 빨래도 적극적으로 알아서 하고 식사 후 남은 음식

은 모두 깨끗하게 혼자 처리한다. 셋째, 아내의 말에는 무조건 복종한다."(103쪽)

중국에서는 인구가 많은 한족이 쓰는 한어를 중국어로 관례적으로 인정할 뿐이지, 공식적으로 중국어라는 것은 없다고 합니다. 56개 민족이 쓰는 언어를 모두 중국어로 본다고 합니다. 이러다 보니 심지어 중국인 부부인데도 서로 말이 통하지 않는 경우가 있다고 합니다.(156쪽)

제가 중국에 처음 갔을 때는 한중수교가 아직 이루어지기 전인 1989년이었습니다. 베이징, 산시, 난징, 상하이 등을 둘러보았고, 많은 중국인 교수들, 대학생들 그리고 조선족을 만나봤습니다. 그 후로도 여러 차례 중국을 방문했고 국내에서도 많은 중국인들을 만났습니다.

이 책을 읽으면서 책에서 이야기 하고 있는 중국 문화코드의 기본을 알고 중국에 가거나 중국인들을 만났더라면 상당히 세련되고 유연하게 행동할 수 있었을 텐데, 하는 아쉬움이 느껴졌습니다.

43
아이들이 주인공이 되는
주제통합 수업

2014.4.8.

2013년 전주신동초등학교는 새로운 교육실험을 했습니다. 학교에서 자율적으로 6학년을 혁신학년으로 지정했고 주제통합 수업을 실행한 것입니다. 그 결과물이 『아이들이 주인공이 되는 주제통합 수업』이라는 책으로 나왔습니다.

이 수업은 당시 6학년 담임교사들을 중심으로 같은 학년 교사들의 협력과 나눔을 바탕으로 교육과정 재구성 작업으로 이루어졌습니다. 이 수업에서 가장 돋보이는 것은 '앎'과 '삶'의 괴리현상을 극복하자는 것, '교과'가 아니라 '주제' 중심으로 배우도록 하자는 것, 그리고 아이들과 선생님들 모두 평가를 배움의 연장으로 삼았다는 것입니다.

제1장 「교육과정 재구성을 위한 첫걸음」은 주제통합 수업을 하기 위한 철학적 토대를 구축하고 있습니다. 이곳에 교육과정 바로 보기,

교육철학과 아동관 바로 세우기, 교과서 신화에서 벗어나기, 평가를 본연의 위치로, 교사부터 협력하자, 라는 기본 설계가 들어 있습니다.

제2장「'삶'과 '앎'이 일치하는 교육과정 만들기」는 왜 주제통합 수업이 필요한지와 이를 위한 교육과정을 어떻게 만들었는지를 설명하고 있습니다.

제3장「주제통합 수업 사례」는 행복한 경제, 나는 시민이다, 세계여행, 지구 등 네 개의 통합수업 주제를 풀어나가는 과정과 결과물을 자세하게 소개하고 있습니다.

제4장「함께 가자 이 길을」에는 교사로서의 1년에 대한 회고, 학부모 편지와 열 분의 공동저자들에 대한 소개가 있습니다.

이 책이 구체적으로 어떤 책인지를 알기 위해 한 군데를 소개해 보겠습니다.

'지구'를 주제로 하는 통합수업에서 주제의 선정부터 발표까지 아이들 주도로 진행합니다. 아이들이 지구에 관해서 궁금해 하는 내용들을 적어냈습니다. 그것은 7대 불가사의, 씽크홀, 빅뱅, 블랙홀과 화이트홀, 괴생명체, UFO와 외계인, 버뮤다 삼각지대, 천재지변, 지구 멸망 등입니다. 블랙홀이나 UFO는 엄밀하게 보면 지구보다는 우주에 더 가까운 주제이기는 하지만, 선생님들께서는 주제 선정을 폭넓게 허용했다고 합니다. 아이들이 주제통합 수업에 참여하는 일을 능수능란하게 할 수 없는 것은 당연합니다. 그래도 선생님들께서는 아이들을 격려하면서 아이들의 창의성을 끌어내고자 힘썼습니다.

모두가 필요성은 절실하게 느끼면서도 선뜻 나서지 못 하는 주제통합 수업! 이 지난한 작업을 신동초 선생님들과 6학년 아이들 253명이 훌륭하게 해냈습니다.

이윤미, 서정아, 정남주, 이우익, 이길화, 하늘빛, 박미영, 원혜진, 송민주, 정광순 선생님들 수고 많이 하셨고, 축하합니다. 선생님들께서 우리 전북의 선생님들이라는 사실이 너무나도 자랑스럽습니다.

그리고 지금은 모두 중학교에 진학해서 배우고 뛰고 노느라 가쁜 숨을 몰아쉬고 있을 우리 아이들! 뜨거운 가슴으로 사랑합니다.

44
마지막 거인

2014.4.12.

프랑수아 플라스 글 그림, 윤정임 옮김, 『마지막 거인』를 보고나면 우리 인간의 어리석음이 어떤 결과를 초래하는지 깊게 느낄 수 있습니다.

백발이 성성한 늙은 뱃사람으로부터 '거인의 이'를 사게 된 주인공 '나' 아치볼드 레오폴드 루트모어는 호기심과 놀라움과 당혹감에 사로잡힙니다.

'나'는 '거인의 이' 뿌리 안쪽 면에 새겨진 미세한 지도를 살피고서 그곳이 흑해의 원천에 있다고 판단합니다. 그리고 '거인족의 나라'를 향해 떠납니다. '나'는 인도의 캘커타, 울창한 삼림, 정글, 어두컴컴한 터널 등을 통과하며 고행을 거듭합니다.

'나'와 함께했던 스무 명 정도의 건장한 남자들은 도중에 '와족'의 기습을 받고 무참히 학살됩니다. '나'의 계획이 무모하다는 것이 드러나는 순간, 거인의 발자국을 발견하게 됩니다.

기력이 다해 깊은 잠에 빠져든 '나'는 눈꺼풀을 겨우 들어 올린 순간, 자신을 향해 기울어지는 돌기둥 하나를 발견합니다. 그것은 바로 '나'가 찾고 있던 거인입니다.

거인들은 남자 다섯에 여자 넷, 모두 아홉 명이었습니다. 거인들은 제각각 민첩함과 경쾌함, 힘과 패기를 뽐내며 행복하게 살았습니다.

거인들과 작별한 '나'는 영국에 있는 집을 떠난 지 2년 7개월여 만에 귀가합니다.

'나'는 귀가 다음 날부터 거인족의 실존을 밝히는 수많은 증거와 여행담과 보고서를 담은 책의 출간을 준비합니다. 그것은 『거인 나라로 떠나는 여행』입니다.

그런데 비극은 여기에서 시작됩니다. 밀수업자들이 거인족의 나라에 들어갔고, 거인들은 모두 죽고 맙니다.

목이 잘린 거인 안틸라를 보면서 '나'는 깊이를 모를 심연의 슬픔을 느낍니다. 그 슬픔의 밑바닥에서 감미로운 목소리가, 아! 너무도 익숙한 그 목소리가 애절하게 말합니다.

"침묵을 지킬 수는 없었니?"

이 책은 자연의 신비가 인간에게 알려지는 순간 자연은 파괴되기 시작하고, 그것은 곧 인간에게 재앙으로 다가온다는 진실을 말하기 위한 책입니다.

인간은 '파괴'에 개발, 축제 등 온갖 가면을 씌웁니다. 생물학자인 최재천 교수의 말이 따끔합니다.

"아무리 큰 거인이라도 감싸주지 않으면 넘어집니다. 생물학자인

제 눈에는 우리도 영락없는 자연의 일부일 뿐인데, 왜 요즘 우린 그걸 자꾸 부정하려 드는지 알다가도 모르겠습니다."

개발물신론에 빠져 있는 우리나라의 지방자치단체장들께 이 책의 일독을 권합니다.

45
스칸디 부모는 자녀에게
시간을 선물한다

2014.8.6.

　4·16 세월호 침몰 참사 이후 중단했던 책 소개를 다시 시작합니다. 오늘 소개해 드릴 책은 황선준·황레나 지음, 『스칸디 부모는 자녀에게 시간을 선물한다』입니다. 이 책에는 '자신감과 행복지수 세계 최고인 북유럽 육아와 교육의 비밀'이라는 부제가 붙어 있습니다.

　지은이 황선준과 황레나는 부부입니다. 슬하에 아들 둘과 딸 하나가 잘 자라고 있습니다. 남편은 직장 관계로 서울에서 근무하고 있고, 나머지 가족은 스웨덴에서 생활하고 있습니다.

　이 책은 지은이들이 스웨덴의 교육정책 수립과 교육현장, 그리고 가정에서 직접 겪은 자녀 육아와 교육에 관한 경험과 생각들을 정리해 놓고 있습니다. '이것은 이렇다'라고 단정적으로 말하는 것이 위험함에도 불구하고, 지은이들은 필요한 경우 과감하게 단정적인 말을 하기도 합니다. 그러나 매우 높은 설득력을 갖고 있기 때문에 전혀 무리가 따르지 않습니다.

우리는 부모로서 누구나 자녀에게 가장 소중한 것, 가치있는 것, 아름다운 것을 선물로 주고 싶어 합니다. 그러나 그 중 '어떤 것이 내 자녀의 삶에 가장 필요한 것이냐'는 물음 앞에 '이것이 정답이다'라고 말하기는 어렵습니다. 그래서 각자의 생각을 들어보는 게 중요합니다.

지은이들은 부모가 자녀에게 주어야 하는 가장 가치있는 선물은 바로 '시간'이라고 말합니다. 그리고 그것은 자신들만의 생각이 아니라 거의 대부분의 스칸디 부모들의 생각이라는 것을 증명함으로써 자신들의 주장을 객관화시키고 있습니다.

스웨덴에는 전업주부라는 개념이 없을 정도로 여성의 사회 진출이 활발하고 그것을 당연시한다고 합니다. 그들은 사랑도 평등한 관계 속에서 이루어져야 진정한 사랑이라고 생각한다는 것입니다.(34, 35 쪽)

남편 황선준이 아내 황레나에게 "나 오늘 너무 피곤한데, 당신이 설거지하면 안 될까?"라고 했답니다. 그러자 아내는 잠시의 망설임도 없이 고개도 들지 않은 채 단호하게 "당신만 피곤한 게 아냐"라고 말했다고 합니다.(56쪽) 이 순간 한국인 남편 황선준이 충격을 받은 것은 당연한 일입니다.

엄마 아빠의 이러한 모습을 자녀들이 보고 자랍니다. 그래서 "딸이지만 스포츠를 좋아할 수도 있고 막내지만 리더십이 뛰어날 수도 있다. 어떤 편견이나 고정관념 없이 아이 그 자체를 바라보고 인정할 때 아이의 가능성은 더욱 커진다"(74쪽)는 것이 그들 부부의 생각입니다.

레고(lego)는 덴마크어로 '잘 논다(leg godt)'라는 말을 줄여 붙인 이름이라고 합니다. 스칸디 부모들은 공부와 놀이를 엄격하게 구분하지 않고, 공부도 놀이처럼 하고, 놀이도 공부라고 생각한다는 것입니다.(83쪽)

황선준은 스웨덴 사회를 부러워합니다. "고등학교만 졸업해도 손가락질 받지 않는 사회, 열심히 일하면서도 가정을 최우선으로 여기는 사회, 일하기 위해 사는 게 아니라 행복하고 의미있는 삶을 위해 일하는 사회, 스웨덴에서 자라는 우리 아이들이 부럽기까지 하다"고 말합니다.(89쪽)

지은이들은 스웨덴 부모들의 자녀 교육법을 전해 줍니다. "스웨덴에서는 어릴 때부터 '이렇게 해라, 저렇게 해라'라고 명령하기보다는 '너는 어떻게 생각해'라고 의견을 묻는다. 부모는 그에 대해 피드백을 해 줄 뿐, 결정은 아이 스스로 내린다. 책임도 스스로 진다"(123쪽)는 것입니다.

스웨덴의 거의 모든 중학교는 매년 또는 적어도 의회 선거가 있는 해에는 학교 내에서 모의선거를 실시한다고 합니다. 각 당을 대표하는 학생들이 선거 유세를 하면 유권자는 각자가 지지하는 후보에게 투표를 하는 방식입니다. 이것은 어릴 때부터 자기 의사 표현과 논리의 중요성을 이해하고, 정치가 우리 삶에 가까이 있음을 느끼게 하기 위한 것이라고 합니다.(150쪽)

교사들이 정치적 의사표현을 했다는 이유로 형사처벌을 하고, 징계처분을 하는 대한민국의 수준을 가늠해 볼 수 있는 잣대이기도 합니다. 주입식 교육을 받고 자기표현을 억누르며 자라는 우리 한국의 학생들이 다른 사람, 특히 사회적 지위가 높은 사람들을 대할 때 움츠러

드는 경우가 많을 수밖에 없는 이유가 명확하게 드러납니다.(152쪽 참조)

스웨덴에서는 중학교 2학년이 되어야 성적표를 처음으로 받아보게 되고, 성적에 따라 서열을 매기지도 않으며, 나아가 서열을 매기거나 다른 아이와 비교하는 것을 금기시한다고 합니다.(158, 159쪽)

스칸디 부모들은 아이들을 위해 온전히 부모의 시간을 저축한다고 합니다. 그리고 이것을 희생으로 여기지 않고 오히려 즐긴다고 합니다. 물질은 아이들에게 줘버리면 그만이지만 함께하는 시간은 부모 자신도 행복하게 해 주기 때문이라는 삶의 철학이 깔려 있습니다. 자녀에게 선물한 시간은 아이와 함께 보낸 한 때, 아이의 웃는 모습, 아이와 나눈 이야기, 같이 걸었던 길에 대한 추억이라는 소중한 선물로 되돌아온다는 문장(211, 212쪽) 앞에서 절로 옷깃이 여며졌습니다.

46
행복한 청소부

2014.8.11.

　모니카 페트 지음, 안토니 보라틴스키 그림, 김경연 옮김, 『행복한 청소부』라는 그림 동화책이 있습니다.

　주인공은 독일에서 거리 표지판을 닦는 청소부 아저씨입니다. 아침 7시에 집을 나서 7시 30분에 청소국에 도착하면 탈의실에서 파란색 작업복으로 갈아입고, 파란색 고무장화를 신고, 비품실로 건너가 파란색 사다리와 물통과 솔과 가죽 천을 받은 후 청소국 문을 나섭니다.

　청소부 아저씨는 몇 년 전부터 똑같은 거리, 즉 작가와 작곡가들의 거리에 걸린 표지판들을 닦습니다. 이 아저씨는 매우 성실해서 그가 맡은 거리의 표지판은 깨끗할 뿐만 아니라 새것처럼 보일 정도입니다.

　어느 날 청소부가 글루크 거리(Gluckstrasse) 표지판을 닦고 있을 때였습니다. 엄마와 함께 가던 한 아이가 "저 아저씨가 글자의 선을 지워버렸어요"라고 말했습니다. "어디 말이니?" 엄마가 깜짝 놀라 위를 처다보며 물었습니다. "저기요. 글뤼크 거리라고 해야 하잖아요."

그러자 엄마가 "그렇지 않아. 글루크가 맞단다. 글루크는 작곡가 이름이야. 그 이름을 따서 거리 이름을 붙인 거란다"라고 가르쳐 줍니다. '글루크'는 작곡가의 이름이고, '글뤼크(Glueck)'는 '행복'이라는 뜻입니다.

청소부는 깨달았습니다. 자신은 늘 표지판을 닦으면서 유명한 사람들의 이름을 눈앞에 두고 있으면서도, 정작 그들에 대해서는 아무 것도 모르고 있었다는 것을 말입니다.

그때부터 청소부는 표지판을 닦는 시간을 제외하고는 작곡가와 작가에 대해서 공부하고, 음악회나 오페라 극장에 가기 시작합니다. 일을 하면서 모차르트의 「소야곡」이나 베토벤의 「달빛 소나타」를 휘파람으로 부릅니다.

도서관으로 가서 괴테, 그릴파르처, 바흐만 등 작가들이 쓴 책들을 빌려 읽습니다. 청소부는 책 속에서 비밀을 발견합니다. "아하! 말은 글로 쓰인 음악이구나. 아니면 음악이 그냥 말로 표현되지 않은 소리의 울림이거나."

그때부터 청소부는 멜로디를 휘파람으로 불며, 시를 읊조리고, 가곡을 부르고, 읽은 소설을 다시 이야기하면서 표지판을 닦습니다. 지나가던 사람들이 그 장면을 보면서 사람들이 모여들기 시작하고, 급기야는 어느 텔레비전 방송의 카메라맨과 기자까지 오게 됩니다.

나아가 네 군데 대학에서 강연을 해 달라는 요청까지 받습니다. 하지만 청소부는 강의 요청을 거절하기로 결심하고 답장을 씁니다.

"나는 하루종일 표지판을 닦는 청소부입니다. 강연을 하는 건 오로지 내 자신의 즐거움을 위해서랍니다. 나는 교수가 되고 싶지 않습니다. 지금 내가 하고 있는 일을 계속하고 싶습니다. 안녕히 계세요."

'글루크(Gluck)' 거리의 표지판을 닦다가 '글뤼크(Glueck)', 즉 '행복'을 발견하게 된 청소부 아저씨의 이야기를 통해서 '삶이란 무엇인가'라는 본질적 물음에 대한 하나의 해답을 얻게 됩니다.

이 책 속에 안토니 보라틴스키가 그려 넣은 그림들은 보고 또 보아도 새로운 맛과 웃음이 납니다.

47

선생님의 책꽂이

2014.8.15.

교사의 모습이 아름다울 때는 언제일까? 사람마다 관점이 다를 것입니다. 저는 교사가 아이들 속에 빠져 있을 때, 강의 듣기에 집중하고 있을 때 아름답다는 생각을 합니다. 그리고 또 하나 정말 아름다울 때는 교사가 책을 읽고 있을 때입니다.

청양교사독서모임 간서치 지음, 『선생님의 책꽂이』라는 책이 있습니다. 청양중학교 교사 여덟 분이 시작한 교사독서모임이 차츰 확대되면서 열아홉 분의 교사들이 독서모임을 가졌고, 그 결과물을 한 권의 책으로 엮어 놓았습니다.

이 책에서 소개하고 있는 책은 총 100권인데, 그것을 교육, 치유, 철학, 문학, 사회·역사, 생태, 건축, 청소년 등 8개 분야로 나누어 정리해 놓았습니다.

저자들은 이 책의 성격을 '책 소개 글'이라고 말하지만, 제가 볼 때는 일종의 '북 칼럼'입니다. 왜냐하면 한 권의 책의 내용을 간추려서 전하는 것에 그치는 것이 아니라, 책의 내용에 교사 자신의 삶을 투영시키고 있기 때문이다.

『교사와 학생 사이』라는 책을 소개하는 최은숙 선생님은 '이게 돼지우리야, 교실이야? 느네 반이 전교에서 가장 지저분한 거 알어? 이런 데서 무슨 공부를 한다는 거야? 공부하면 뭘 해?'라는 부분을 인용한 후 다음과 같이 자신의 이야기를 합니다.

"책을 읽다 보니 유능하지 못한 교사의 예로 내가 하는 말이 나와 있었다. 노련한 교사는 분노를 두려워하지 않는다고 한다. 아이들에게 손해를 입히지 않고, 모욕을 주지 않으면서 분노를 표현하는 방법을 안다. (……) 문제에 대하여 조처를 하지, 사람을 공격하지 않는다."(34쪽)

『내 아이를 위한 사랑의 기술』이라는 책에 대해서 김흔정 선생님은 "이 책은 부모가 아이의 감정을 어떻게 받아들여야 하는지, 아이가 자신의 감정을 바르게 인지할 수 있도록 어떻게 도와야 하는지에 대해 이야기하고 있다"는 평을 합니다.(46쪽) '감정은 다 받아 주고 행동은 잘 고쳐 주라'는 것입니다.

최은숙 선생님은 『성깔있는 나무들』을 읽으면서 "백 번 천 번 나는 참 많이 부끄러웠다"라는 자기고백을 합니다.(62쪽) 그러면서 '아이들은 목재소에서 성깔을 제거해 버린 합판이 아니므로, 어떤 사람이, 어떤 장소가 제 뜻대로 이렇게 저렇게 잘라 정해진 틀에 끼워 넣을 수 없다. 산마루에서 혹은 골짜기에서 자라나는 동안 형성된 제 성깔을 바라보아 주는 게 마땅하다'는 책 속의 말을 옮겨 적습니다.

김흔정 선생님은 『웃기는 학교 웃지 않는 아이들』이라는 책을 소개하면서 교과 교실제의 실상을 묘사합니다. "우리나라는 수업의 형태를 받아들이기 위한 시설 변경에는 천문학적인 돈을 투자하면서도 바탕이 되는 교육 이론과 교육 철학은 수용하지 않는다. 가장 약자인 교사와 학생에게 이유도 설명하지 않고 끊임없이 변덕스럽게 이런저런 옷을 입혀 보고 마음대로 벗기는 꼴이다. (……) 제대로 된 교과 교실제를 실시하는 학교에 다니는 아이라면 어떤 수업을 어떤 시간에 누구에게서 들을지 고민해야 한다. 그러나 어떤 학생도 이런 고민을 하지 않는다. 이미 성적에 따라 어떤 교실에서 누구에게서 수업을 들을지 정해져 있기 때문이다."(82쪽)

류지남 선생님은 『핀란드 교육혁명』을 소개하면서 "이제 학교에는 학생은 없고 수험생만 남게 될 판이다. (……) 경쟁과 시험과 점수와 서열 대신 배려와 협력을 통한, 즉 비경쟁교육을 통해 정작 최고의 경쟁력을 가지게 된 핀란드 교육의 역설을 배웠으면 한다"고 말합니다.(87쪽)

총각 때부터 제자들 주례를 서 준 저의 눈에 들어오는 주례사가 있었습니다. 법륜 지음 『스님의 주례사』에 나오는 말입니다. "우리에게는 사랑할 권리는 있지만, 그 대가로 사랑을 요구할 권리는 없다. 단지 내가 사랑할 뿐이며 내가 사랑한 만큼 너도 나를 사랑해라, 이렇게 요구한다면 이것은 사랑이 아니라 거래이다. 내가 사랑하고 내가 좋아할 뿐이다. 진정한 믿음이 있는 사랑이란 상대에 대한 이해와 존중, 상대방을 있는 그대로 인정하고, 그 사람 편에서 이해하고 마음 써 줄 때 감히 '사랑'이라고 말할 수 있다."(111, 112쪽)

『매와 소년』을 소개하는 김성은 선생님은 "교사와 부모들은 아이들의 가능성을 보려고 노력하면서 그들의 내면에 존재하는 힘을 믿고 격려해 주어야 한다. 잘못이나 실수를 할 때도 현상만을 보고 판단할 것이 아니라 그 너머를 볼 수 있어야 한다. 따뜻한 마음과 여유있는 태도를 가지고 기대하고 기다려야 한다. 학교는 아이들이 마음껏 실수하고 방황할 수 있는 안전한 장소이자 공동체 훈련의 장이어야 한다."(426쪽)

그리고 바로 이 문장! 『희망을 여행하라』라는 책에 들어 있는데, 지금 이 시기에 강렬하게 다가오는 문장입니다.

"갈릴리 호숫가에서 차를 기다리는 여행자를 보고, 가던 길을 돌아와 차를 태워 준 중년 여성 세라는 이스라엘의 텔아비브에 사는 가이드북 작가이다. 가자 지구에 가는 아들에게 그녀는 '네가 만약 가자에서 누군가에게 총을 쏜다면 집에 돌아올 생각을 하지 마라.'"(298쪽)

48

상실의 시간들

2014.9.6.

제19회 한겨레문학상 수상작인 최지월 장편소설 『상실의 시간들』을 읽었습니다.

군대에서 원사 계급으로 정년을 한 아버지, 남편만 바라보고 살다가 남편보다 먼저 세상을 떠난 엄마, 그리고 소희 석희 은희 이렇게 세딸을 낳은 가정을 중심으로 한 이야기를 둘째 딸 석희가 써 내려갑니다. 이야기는 엄마의 49제부터 시작하고, 엄마의 죽음 이후 304일 째로 그 끝을 맺습니다.

작가는 엄마의 장례식장에 모인 사람들, 엄마의 죽음을 대하는 아버지의 태도, 병원의 의사를 비롯한 의료진의 모습, 장례식장에서 화구를 관리하는 사람들의 대화 등으로 사람이 산다는 것은 무엇인가? 하는 물음을 제기합니다. 그러면서 사람들이 살아가고 있는 모습을 무미건조한 듯하지만 있는 그대로 그려 나갑니다.

군대에서 복무하는 것을 최고 유일의 가치로 생각하며 살아가는 아버지, 남편과 시어머니에게 특별히 예우를 받지 못하면서도 삶에 순응하는 엄마. 그 모습을 보면서 소설 속의 화자 석희는 "아버지에게 군대가 진리라면, 엄마에겐 아버지가 절대였다"(78쪽)라고 말합니다.

언니 소희는 호주로 이민 가서 안정된 삶을 누리고 있고, 동생 은희는 박사학위 소지자로 나름 품격을 유지하면서 살고 있는 데 반해, 석희는 홀로 사는 몸으로 엄마의 장례식 처리를 하고, 서울에서 원주까지 다니면서 엄마의 사후 아버지 생활 돌봐드리는 일을 떠안게 됩니다. 그 상황은 이렇게 정리됩니다. "언니가 입을 꽉 다물었다. 장례식 전에 우리는 꽤 가까운 자매였다. 서로 잘 안다고 생각했었다."(244쪽) 그리고 더 이상 말을 잇지 않습니다.

작가는, 이 작품 속의 가정처럼 통속적인 가정이라 할지라도, 그 시대의 역사와 무관할 수는 없다고 봅니다. 그래서 역사 서술은 이 소설의 흐름을 이끌어가는 동력이기도 합니다. 그 중에는 학교의 역사도 나오고 정치의 역사도 나옵니다.

"담임이 3월말에 선거를 통해서 새로 반장을 뽑을 테지만, 그 전에는 성적순으로 임명할 테니 불만을 품지 말라고 했다. 반을 대표하는 사람을 뽑는 데 성적보다 더 공평한 기준은 없다고. 중학교에서 사람의 가치는 성적순으로 정해졌다. 알기 쉬운 질서였다."(151쪽)

"나는 고교평준화 세대였다. 내 모교는 역사가 짧은 신생 사립고였다. 이 학교에 배정받았을 때 엄마 친구들이 전부 동정을 금치 못했다. '재수가 없었구나'로 시작해서 '그 학교도 많이 좋아졌다더라', '어딜 가든지 공부는 다 자기 할 탓이지' 하는 데 이르기까지 다양한 위로를 받았다. 평준화 시대에도 그런 식으로 은근한 차별이 있었는데, 비평준화되면 우리 학교는 삼류로 전락할 가능성이 컸다. 나는 물론 비평준화에 반대했다. 그렇지만 어느 정도로 반대해야 적절했던 걸까?"(181쪽)

석희의 아버지에게는 군대가 모든 것이었습니다. 석희는 이렇게 회상합니다. "아버지는 학비가 없어 고등학교를 그만둬야 했고, 고향을 떠났다. 4·19 시민혁명은 아버지에게 실직을 안겨줬을 뿐이다. 가족도, 일도, 재산도, 인맥도, 학력도 없는 청년에게 독재자 박정희의 군대만이 삶의 터전을 제공했다. 그 뒤로 전두환과 노태우가 군부독재의 명맥을 이어갔다. 아버지가 충성한 국가는 그런 국가였다. 아버지는 할 수만 있다면 33년이 아니라 330년이나 3,330년이라도 군대에서 복무하고 싶었을 것이다. 집에 오면 아내가 있어서 일상을 돌봐주고, 자식들이 우러러보며 존경하고, '나라 지키는 영광' 속에서 사는 삶을 영원히라도 살고 싶겠지. 그런데 아버지의 염원이 실현된다면, 나는 대검에 입이 찢겨 죽는 꿈을 꾸고, 전쟁의 공포와 죽음에 대한 두려움에 찌든 무기력한 어린애인 채로 남아야 한다."(224, 225쪽)

작가에게 '상실한 과거'는 무엇을 의미할까? 그 의문에 대해 작가는 이렇게 말합니다. "가공의 영역에서 이상화된 상실한 과거는 현실의 좌절을 보상하거나 치유해주는 일 없이, 고통과 슬픔만을 더욱 깊고 어둡게 만드는 역할을 한다. 엄마 얘길 하는 아버지는 고독해 보였다. 세상 모든 군대의 위력을 동원해도, 아버지를 그 깊은 고독에서 구할 순 없을 것 같았다."(296, 297쪽)

작가가 경험한 인생의 정체는 무엇일까? 이에 대한 작가의 독백은 이렇게 이어집니다. "삶을 지속한다는 건 끊임없이 낯설어지고, 새로 워지고, 고독해지는 일이다. 형제도 자라서 타인이 되고, 타인이 만나 서 가족이 되고, 그 가족은 다시 서로를 헤아리지 못하는 타인으로 변 해 헤어진다. 만난 사람은 헤어진다. 40년이나 알아온 엄마와 나도 이 제 헤어졌다. 이별만이 인생이다."(269쪽)

작가가 이 책의 독자들에게 거는 기대는 이렇습니다. "나처럼 평범 하게 누군가를 상실한 경험이 있는 독자가 이 책을 읽고 마음의 위안 을 얻는다면, 그래서 그랬다고 말해준다면 내게는 큰 기쁨과 보람이 되겠다."(315쪽, 작가의 말)

49

참여형 수업연구와
교사의 성장

2014.9.7.

천호성 편저, 전수환 · 김미자 · 이병인 · 이동남 · 김현경 · 유승원 · 양미혜 · 김길수 공저, 『참여형 수업연구와 교사의 성장』은 학생의 눈을 통해 학습자적 관점에서 수업을 이해하고 분석하는 책입니다. 간단히 말한다면, 이 책은 교사 중심 이야기가 아니라 학생 중심 이야기입니다.

전라북도 정읍에는 수곡초라는 학교가 있고, 그 학교는 2011학년에 전북교육청이 처음으로 혁신학교를 도입하기 전부터 이미 학교 혁신의 과정을 거치고 있었습니다.

바로 그 학교에서 지난 1년 동안 전주교대 천호성 교수의 지도 아래 모든 선생님들이 참여형 수업연구에 참여했고, 그 결과물을 한 권의 책으로 내 놓았습니다. 그런 점에서 이 책은 단순한 이론서가 아니라 실천적 수업분석의 결과물이라고 할 수 있을 것입니다.

참여형 수업연구의 기본 구도는 수업자, 관찰자, 추출 학생(case student), 수업 후 협의회, 수업자의 자기 평가(수업 성찰)로 이루어져 있습니다.

일곱 분의 선생님들이 총 14차례의 수업 공개를 통해서 느끼게 된 최대의 성찰은 무엇이었을까? 이동남 선생님의 입을 빌려 들을 수 있습니다. "수업은 아이들과 함께 만들어 가는 것이다."(175쪽)

참여형 수업연구란 추출 학생으로 선발된 학생들을 교사가 한 명 또는 한 집단씩 맡아 수업 속의 아이들의 모습을 집중적으로 관찰하고 그 속에서 아이들의 배움이 어떻게 일어나고 있는지를 알아보는 것입니다.(210쪽)

교사의 꿈을 키우던 시절의 김현경 선생님의 자기 다짐의 글이 독자의 시선을 강하게 끌어 당깁니다. "어느 초등학교 미술시간…… 선생님은 아이들에게 가장 따뜻하다고 생각하는 것을 그려보라고 했다. 모닥불을 비롯해서 난로, 이불 등 갖가지 그림들이 그려졌다. 그런데 '손'을 그린 아이가 있었다. 누구의 손이냐고 물어보자 아이는 수줍게 '선생님의 손'이라고 대답했다. 가난하지만 밝게 생활하는 그 아이를 선생님은 평소에 자주 쓰다듬어 주곤 했고 아이는 그 손길의 따뜻함을 마음으로 느껴왔던 것이었다. 나도 아이들에게 좋은 선생님이 되고 싶다. 아이들과 함께 웃으면서 아이들의 가슴속에서 살 수 있는 좋은 선생님이 되고 싶다."(206쪽)

한 학교에 근무하는 선생님들 전원이 1년 동안 수업연구에 매달려, 수업자와 관찰자 그리고 협의회를 통한 평가자의 역할을 감당한다는 것은 결코 쉬운 일이 아닙니다. 그들은 한 번 공개수업을 하고 나면 밤

늦도록 속기록을 남기면서까지 성찰에 성찰을 거듭했습니다. 1차적 목적은 '아이들에게 공부의 즐거움을 알게 하는 것'이었습니다.

수곡초의 선생님들이 수업공개를 하고 수업 후 협의회를 거치는 과정에서 이르게 된 성찰은 매우 값진 것이었습니다. 그 중 하나입니다. "한 두 과목에서의 부진한 모습을 보인다고 해서 그 학생을 성급하게 부진 학생이라고 낙인해서는 안 되겠구나. 그 학생이 잘 할 수 있고 좋아하는 것을 찾아줘서 칭찬하고 격려를 통해 성장할 수 있도록 안내하는 것이 교사의 역할이겠구나!"(211쪽)

50
꼴찌도 행복한 교실

2014.9.10.

의식적으로 또는 무의식적으로 타인의 것을 보다가 나의 것을 들여다보는 경우가 있습니다. 그 느낌은 뿌듯한 자부심일 수도 있고, 감추고 싶은 자괴감일 수도 있습니다.

우리의 교육도 마찬가지입니다. 다른 나라의 교육을 바라보다가 우리 교육의 민낯을 여과 없이 만나게 되는 경우가 있습니다. 우리에게 우리나라 교육의 실체를 파악하는 의미심장한 계기를 제공해 주는 책이 있습니다. 박성숙(무터킨더) 지음, 『꼴찌도 행복한 교실』이 바로 그 책입니다.

지은이 박성숙은 1998년 세 살짜리 큰 아들의 손을 잡고 독일 땅을 밟은 후 그곳에서 두 아들을 키우면서 겪은 교육 이야기를 이 책에 담아 놓았습니다. 경쟁교육을 최고의 가치로 삼는 대한민국에서 태어나서 대학교육까지 받고, 대한민국 학부모의 감성적 인자를 가슴에 품고 독일 생활을 하게 된 지은이. 그러나 그가 찾아간 독일은 경쟁교육을 휴지통에 던져 버린 지 이미 오래고, 협력교육 즉 '더불어' 배우고 성장하는 교육을 최고의 가치로 삼고 있는 나라였습니다.

지은이는 자신이 겪은 독일 교육이라고 해서 결코 결점 없는 완벽한 교육은 아니라는 것을 잘 인식하고 있습니다. 그럼에도 불구하고 그가 우리에게 하고 싶은 말이 있습니다. 그것은 조국의 교육이 지금보다는 훨씬 더 좋은 교육으로 발전하면 좋겠다, 라는 간절한 일념이 있기 때문입니다.

지은이는 한국에서 자신이 무엇을 배웠는가를 회고하면서 "학교는 지금까지 내게 단 한 번도 써먹지 못한 복잡한 수학 공식과 이제는 기억에도 가물가물한 어려운 영어 단어들을 알려 주었을 뿐 복잡 미묘한 세상을 헤쳐 나가는 방법은 가르쳐 주지 않았다"라고 말합니다.

그러면서 한국의 교육과 독일의 교육을 다음과 같이 비교합니다.

"그러나 우리 아이들이 다니는 독일 학교에는 내가 배우지 못해 아쉬워했던 것들이 있었다. 경쟁보다는 함께 어우러져야 행복한 인간이 될 수 있다는 진리를 알려 주었고 수학 공식보다는 논리적으로 사고하는 방법을, 어려운 영어 단어보다는 몇 개의 쉬운 단어로도 영국인과 대화할 수 있는 요령을 가르쳐 주었다."

큰 아이가 김나지움 11학년(우리 기준으로 고2)이 되었어도 성적표로는 도저히 아이가 학급에서 어느 정도 수준인지 알 수 없었습니다. 이와 관련한 아이와 엄마의 대화 한 토막입니다. (18쪽)

"그럼 꼴찌는 누구냐? 이번 학기에 낙제하는 친구는 누구야?"

"꼴찌? 잘 모르겠는데!"

"야! 그럼 아는 게 뭐야? 공부하러 학교 간 녀석이 결과가 어떤지 관심 없다면 그게 학생이야?"

"엄마, 여기에서 꼴찌가 어디 있어! 그런 건 선생님도 이야기하지 않고 아이들도 관심 없는데 내가 어떻게 알아! 그리고 그런 걸 물어보는 사람은 엄마밖에 없어!"

아들과의 대화 끝에 지은이는 자신의 학창 시절을 회상합니다.

"1980년대 초 내가 다니던 학교는 중간고사와 기말고사가 끝나면 언제나 학교 게시판에 전교 1등부터 100등까지의 명단을 떡하니 붙여 두었다. 아마 아이들의 경쟁심을 유발하여 동기를 부여하기 위한 조치였던 것 같다. 당시 공부하는 학생들에게는 자존심도 사치였고 성적만이 자신의 존재를 알릴 수 있는 유일한 도구였다."(19쪽)

참고로 독일 학교에서는 초등학교 1학년부터 졸업학년인 13학년까지 단 한 번도 등수를 알 수 있는 성적표를 주지 않습니다.(20쪽)

독일 학교는 지나치게 우수한 학생들을 수업 시간에 찬밥 신세로 취급한다고 합니다. 발표할 수 있는 마지막 사람이 없을 때까지 손을 들어도 시켜주지 않는다는 것입니다. 그래도 계속해서 다른 아이들과 차이가 많이 나면 차라리 월반을 권유한다고 합니다.(27쪽, 32쪽)

왜 그럴까? 이것은 독일 학교의 교육 목표와 관련되어 있습니다. 독일 학교는 우수한 아이들을 지원하는 데 목표가 있는 것이 아니라 평균에 못 미치는 아이들을 끌어올리는 데 더 주안점을 두기 때문입니다.(55쪽) 공부를 잘 하는 아이들에게는 '너는 혼자서 해도 충분하지 않느냐'며 버림받는 느낌을 줄 정도로 무관심하다고 합니다.(55, 56쪽)

독일의 학교에서는 선행학습은 물론 예습까지도 철저하게 금지시

킨다고 합니다. 예습을 한 아이들은 다른 학생들의 학습 의욕을 저하시키는 피해를 줄 뿐만 아니라 선생님을 무시하는 행위로까지 간주됩니다. 그래도 고쳐지지 않으면 "너 한 번만 더 미리 공부해 와서 수업을 방해하면 월반을 시켜 버리겠다!"(36, 37쪽)라는 정도의 훈계를 듣는다는 것입니다.

초등학교 1학년에 다니던 지은이의 큰 아들이 "엄마! 오늘 수학 시간에 7+8을 맞춘 사람이 나밖에 없었어!"라고 자랑했습니다. 그러나 이것은 결코 자랑스러운 일이 아니라 교육열에 불타던 엄마가 비정상적으로 만들어 낸 결과일 뿐이었습니다.

보통 초등학교에 입학하면 학생들은 독일어는 알파벳을 쓰는 방법부터 시작해서 ABC 순으로 관련된 단어들을 하나씩 익혀 나가며, 수학은 1년 내내 1부터 20까지 덧셈과 뺄셈을 하는 연습을 합니다.(42쪽)

독일에도 학원은 있는데, 학원은 시의 지원을 받아 운영하는 사설 학원이라고 합니다. 그리고 학원에 다니는 아이들은 모두 다음 학기에 낙제를 할 위기에 처한 아이들이라고 합니다.(49, 50쪽)

독일 교육이 주안점을 두는 것은 세상을 바꿀 수 있는 뛰어난 엘리트보다 사회의 구성원으로서 원만하게 조화를 이룰 수 있는 사람을 길러내는 것이라고 합니다.(28쪽)

독일 학교에서 교장은 교감이나 평교사에 비해 월급을 많이 받음에도 불구하고 대부분의 교사들이 기피하는 자리라고 합니다. 교장은 월급을 더 많이 받는 대신 정규수업, 대리 수업, 행정실 대리근무 등 수많은 일을 해야 하기 때문에, 스스로의 삶을 누릴 여유가 많지 않습니다. 교장이 기피직이 된 것은 "명예나 출세보다는 개인의 생활을, 현

실적인 행복을 중시하는 이들의 삶의 방식" 때문이라고 합니다.(69쪽)

독일의 아이들은 역사 교육을 어떻게 받을까? 그 아이들은 우리처럼 '조상의 빛나는 얼과 아름다운 문화유산'으로부터 출발하는 것이 아니라 이들을 가장 부끄럽게 하고 아프게 하는 잔혹한 역사에서부터 출발한다고 합니다. 학교에서 근현대사를 시작할 즈음인 5, 6학년이 되면 정치와 역사 시간에 히틀러와 제2차 세계대전은 빼놓을 수 없는 주제로 등장합니다. 그것도 막연하게 세계대전이라는 주제의 한 부분이 아니라, 그가 왜 전쟁을 일으켰고 얼마나 잔인하게 유태인을 학살했는지에 대해 당시의 사회 배경과 심리적인 문제까지, 희생자의 경험담이나 자서전 등 부교재와 함께 자세하게 배운다고 합니다.(95쪽)

독일은 학생들에게도 참정권을 인정하는가? 독일은 지방선거의 경우 만 16세, 우리나라 고2 정도의 나이인 김나지움 11학년이 되면 선거권이 주어집니다. 이 때문에 시장 후보자들이 학교에 와서 학생들이 지켜보는 앞에서 합동 유세를 한다는 것입니다. 당연히 학생들은 시장 후보자들에게 자유롭게 질문도 하고 답변을 듣습니다.(108, 109쪽)

끝으로 지은이는 큰 아들이 다니는 쿠벤 김나지움의 바츠 교장선생님께 "주입식 교육의 위험성에 대한 한 가지 예를 들어주실 수 있는지요"라는 말씀을 드렸습니다. 바츠 교장선생님의 답변은 이렇습니다.

"이것은 아주 극단적인 예입니다. 있을 수도 없고 있어서도 안 되는 일이지만 예를 들어 대서양에서 해적들이 다섯 명의 양민을 인질로 잡고 100억 유로를 대통령에게 요구했다고 가정합시다. 이때 머릿속에 지식만 가득 들어 있는 대통령이라면 '지금은 경제적으로 힘든 상황이라 돈을 줄 수 없으니 인질을 포기한다'는 결론을 의심 없이 합리적인 해결책으로 생각할 것입니다. 극단적인 이야기지만 우리 역사 속에는 이와 비슷한 예가 의외로 많습니다. 이런 사람이 성공해서 지도자가 된다면 우리 모두에게 불행한 일이지요. 히틀러가 바로 그 대표적인 인물입니다. 참된 인성을 갖춘 사람이 성공했을 때만이 진정한 성공이라고 말할 수 있는 것입니다."(246쪽)

51
야누슈 코르착의 아이들

2014.9.14.

야누슈 코르착. 본명은 헨리크 골드슈미트이고, 필명은 야나슈 코르착인데, 식자공의 실수로 야누슈 코르착으로 인쇄가 되고, 그 후로 쭉 그렇게 이름을 써 버린 사람. 그리고 아이들을 위해 별이 된 사람. 아돌프 히틀러의 나치스 치하에서 자신의 목숨은 구할 수 있었음에도 불구하고, 수백 명의 고아원 아이들과 함께 트레블링카의 가스실이 종착지인 화물차에 올라탔고, 결국 아이들과 함께 생을 마감하고 한 줌 재로 먼지처럼 사라져 간 사람.

그의 책 『야누슈 코르착의 아이들』에서 그는 말합니다. "나는 어린이들에게 필요한 것은 오직 한 가지, 사랑받고 존중받는 것임을 안다."(14쪽)

어린이는 누구인가에 대하여 그는 "어린이는 미래를 살 사람이 아니라 오늘을 사는 사람입니다"(26쪽)라고 말합니다. 이 말에는 어른들은 어린이들의 지금 이 순간의 삶의 가치에 주목해야 한다는 뜻이 담겨 있을 것입니다. 그러면서 그는 "우리는 그들(어린이들)에게 미래의 인류라며 책임감은 잔뜩 부여하면서 오늘의 시민으로서 당연히 누려야 할 권리는 조금도 인정하지 않고 있습니다"(149쪽)라고 비판합니다.

한 아이가 무언가 잘못을 저질렀을 때, 예를 들어 창문 유리를 깨뜨렸을 때 그 아이는 이미 죄책감을 느끼고 있을 거라고 합니다. 이 순간 어른들은 '잘못했어요'라는 말을 들으려 애쓰지 말고, 어른들의 따뜻함을 보여 주어야 할 때라고 합니다.(27쪽)

아기들에게도 언어가 있는 것인지 궁금합니다. 그에 대해 코르착은 말합니다. "아기들은 몸짓으로 말하고 이미지와 기억으로 사고합니다. 아기들은 말을 알아듣지만 단어를 이해한다기보다는 몸짓과 어조를 이해하는 것입니다."(44쪽)

아이들은 불공평한 대우에 익숙하지 않기 때문에 깊은 상처를 받는다고 합니다. "엄마는 어른이 차를 엎지르면 '괜찮아요'라고 말하면서 내가 엎지르면 화를 내요!"(53쪽)

아이들은 어리석지 않다고 합니다. 바보는 아이보다 어른 중에 훨씬 더 많다는 것입니다.(55쪽)

비행청소년에 대한 그의 시각이 남다릅니다. "비행청소년에게는 사랑을 쏟아야 합니다. 그들의 분노와 반항은 정당한 것일 때가 많습니다. 지금 이 아이들에게 아낌없는 미소를 선물하지 않는다면 나중에는 이미 늦습니다."(77쪽)

아이들에게 가장 끔찍한 것은 무엇일까요. 코르착의 목소리를 들어 봅니다.

"세상에는 끔찍한 일이 많지만 가장 끔찍한 것은 아이가 부모나 선생님을 두려워하는 것입니다. 그들을 사랑하고 신뢰하는 대신 겁내는 것입니다."(79쪽)

아이들은 (어른과 달리) 지성으로 사고하지 않고, 감성으로 사고하기 때문에, 아이들과 대화하는 데는 매우 복잡하고 어려운 기술이 필요하다고 합니다.(85쪽) 또한 (아이들은 감정으로 사고하기 때문에) 감정의 세계에서는 아이들이 훨씬 더 부자라고 합니다.(135쪽)

코르착은 우리가 생각하는 내 아이는 내것이 아니라고 단호하게 말합니다.

"'내 아이'? 아닙니다. 수개월의 임신기간이나 아니면 출산 과정에라도, 아이는 당신 것이 아닙니다."(103쪽)

어른들의 말에 아이들이 침묵하면 어른들은 못 견뎌 하는데, 코르착의 생각은 다릅니다. 그는 "아이들의 침묵은 때때로 정직함을 표현하는 방법"이라고 말합니다.(126쪽)

코르착은 교육자들에게 매우 진지하게 호소합니다.

"의사가 열, 기침, 구토를 관찰하듯 교사는 어린이의 미소, 눈물, 홍조를 관찰합니다. 의사의 약이 필요한 곳은 아픈 아이뿐이지만 교육자는 모든 아이를 길러낼 수 있습니다. 교육자는 '아이 영혼의 조각가'가 될 수 있는 것입니다."(76쪽)

52

엄마도 힘들어

2014.9.27.

토요일 저녁에 옷깃을 스치는 바람결이 선선합니다. 이런 가을 저녁의 청신한 바람과 함께 책 한 권을 소개합니다. 문경보 지음, 『엄마도 힘들어』입니다. 지은이는 청소년 상담 전문가입니다.

이 땅의 엄마들은 힘들어도 힘들다는 말도 못 하고 삽니다. 마치 그렇게 사는 것이 당연한 것처럼, 엄마는 그래야만 하는 것처럼. 지은이는 이 점에 착안하여 엄마들에게 자신의 삶을 들여다 볼 수 있는 기회를 제공하고 있습니다.

이 책은 총 4부로 구성되어 있습니다. 1부 「누구의 문제일까요?」, 2부 「미안해서 어쩌니? 그런데 그땐 그럴 수밖에 없었단다」, 3부 「기다림도 너에게 다가가는 것이다」, 4부 「이다음에 우리 무엇이 될까?」.

아주 어린 시절 누군가에게 거절당한 경험이 있는 사람은 평생에 걸쳐 불편한 삶을 살아가게 된다고 합니다.(38쪽) 일곱 살 때 학원에

가고 싶다는 요청을 엄마로부터 거절당한 상처를 안고 있는 진광이 엄마는, 다시 아들이 침묵을 무기로 엄마를 거절하자 그 아픔이 깊게 패입니다.

그래서 팔순이 넘으신 친정어머니를 찾아가 일곱 살 때 일을 말씀 드립니다. 그러자 친정어머니께서는 딸에게 이렇게 말씀하십니다.

"그러냐? 난 기억도 안 난다. 어쨌든 미안하게 되었구나. 그런데 말이다. 어미라는 사람들은 말이다. 자식에게 미안한 마음을 저 수미산보다 높게 쌓아놓고 사는 사람들인 것 같다. 에구, 이년아. 진작 말하지. 가슴에 담고 사느라고 얼마나 힘들었겠냐? 그래서 더 미안해지는구나."(39쪽)

이별 없이 살 수 없을까? 누구나 품는 의문이자 희망이기도 합니다. 이에 대해 지은이는 "누구에게나 이별의 기억은 있을 것이다. 이별이 없는 삶이 행복한 것이 아니라 어떤 모습으로 다시 만나느냐가 인생의 행복을 결정짓는다는 사실을 다시 한 번 생각해본다."(60쪽)

불편한 마음을 가지고 자녀를 키우는 엄마에게 권하는 말입니다. "하나는 엄마도 아이처럼 성장하고 성숙한다는 말씀을 드리려고요. 다른 하나는 세상이 어머니와 멀리 떨어져 있는 것, 그러니까 세상이 어머니를 멀리 대하는 것이 아니라 어머니가 세상을 그렇게 바라보고 있을 때가 더 많을 수 있다는 점이에요."(62쪽)

자녀를 키운다는 것은 무엇일까? 반복적으로 품는 의문일 것입니다. 지은이의 말은 이렇습니다. "역시 여러 가지 답이 있을 수 있겠지만 나는 '잘 떠나보내는 것'이라 생각한다. 뱃속에 있던 아기를 품 안으로, 품 안에 있던 아기를 손만 잡고, 손잡고 지내던 아기를 학교에,

학교에 다니던 자녀를 사회에…… 그렇게 조금씩 부모에게서 멀리 떠나갈 수 있게 만드는 것이 부모의 역할이다…… 자녀를 위해 과하게 희생하는 모습도 자녀를 외톨이로 만들어버린다."(76, 77쪽) 그리고 또 "진실로 자식을 사랑한다면 가끔은 자식에게 등을 보일 필요가 있다"(148쪽)고 합니다.

사람들은 행복하게 살고 싶어 합니다. 그러나 어떻게 사는 것이 행복하게 사는 것인가, 라는 지점에 이르면 여러 가지 생각을 하게 됩니다. 지은이가 생각하는 행복은 이렇습니다. "그냥 내가 좋아서 그 일을 하는 것, 남에게 칭찬을 받지 않아도, 다른 사람이 비난해도 그리 마음 쓰지 않으면서 평온하게 살아가는 것이 행복 아닐까?"(80쪽)

자녀가 완벽한 인간으로 성장하기를 바라는 부모에게 전하는 말입니다. "내 자녀를 흠 없는 존재로 만들고 싶다면, 먼저 어머니는 자신이 신이라는 생각을 내려놓아야 한다. 한 걸음 뒤에서 자녀가 걸어가는 길을 가만히 바라보는 시간을 가져야 한다."(88쪽)

아들과 딸 사이에 차이가 있을까요? 있다면 어떤 차이가 있을까요? 이에 대한 지은이의 말입니다. "아들들은 딸들보다 더 간절하게, 자기가 선택한 일에서 실패해도 자신을 떠나지 않을 마음 든든한 사람 하나가 있었으면 하는 소망을 갖고 살아간다. 그 사람이 바로 아버지다."(129쪽)

학생들에게 학교란 무엇일까? "학교는 학생들에게 울 자리 하나 만들어주지 못하고 있어요. 선생님, 우는 아이와 울음을 참는 아이 중 어느 아이가 더 슬프세요? 우리 아이들은 슬픈 일이 있어도 새벽 찬바람 맞고 학교에 와야 해요. 그리고 와서는 꾹 참고 있어야 해요. 슬퍼도 억울해도 울지 못해요. 그래서 더 슬프고 더 억울해요…… 울음을 참고 또 참으면서 지금 아이들은 어디로 가고 있는 것일까요? 때론 멈추고 싶은데 학교는 주차금지구역이잖아요. 절대 멈추면 안 되잖아요."(153쪽)

이 책에서 전혀 예측하지 못했던 말을 만났습니다. 딸은 엄마를 자신과 쌍둥이라고 생각한다는 것입니다. 그래서 딸에게 문제가 생겼을 때 어머니들은 딸이 바라보는 자신을 잘 살펴보는 시간이 필요하다고 합니다. 그래서 딸에게 절대 해서는 안 되는 말, 즉 금기의 언어가 있다고 합니다. 그것은 '너, 엄마처럼 살지 마'라는 의미를 담고 있는 말이고, 그런 말들은 딸들의 가슴에 비수가 되어 꽂히는 말이라고 합니다.(164, 165쪽)

지은이가 부모에게 간절히 당부하는 말이 있습니다. "부모는 때론 속아 주기도 하고, 마냥 기다려주기도 하고, 늘 먼저 들어주고, 기대를 내려놓기도 하고, 가만히 바라보면서 눈물을 흘리는 시간과도 만나셔야 한다"(252쪽)는 것입니다.

53
조선학교 이야기

2014.10.3.

1945년 8월 15일 조선은 일본제국주의 식민지 상태에서 해방되었지만, 한국인도 아니고 북한인도 아니고 그렇다고 외국인도 아닌 사람들이 있었습니다. 그러다가 그들은 1952년 4월 28일 샌프란시스코 강화조약이 발효되면서 외국인이 되어 버립니다. 바로 재일 조선인들입니다.

그들은 일본에 대를 이어서 거주하고 모든 납세의 의무를 이행하지만 온갖 차별에 시달립니다. 일본 정부도 한국 정부도 그들을 보호하지 않습니다.

그럼에도 불구하고 그들은 민족의 언어와 역사와 문화를 배우겠다는 일념으로 해방 후 국어강습소를 세웠고 이것이 조선학교(초, 중, 고)로 발전합니다.

그러나 일본 정부는 조선고등학교를 졸업했다고 해서 대학 수험자격을 인정하지는 않습니다. 조선고등학교를 졸업한 학생들은 개별적으로 대학입시에 응시해서 입학 허가를 받아야 합니다.

이러한 조선학교의 역사와 실태 그리고 한계와 과제를 정리한 책이 있습니다. 지구촌동포연대(KIN)가 엮은 『조선학교 이야기』입니다.

아무 것도 없었던 해방 직후에 힘이 있는 사람은 힘을, 돈이 있는 사람은 돈을, 지식이 있는 사람은 지식을 모아 만들었던 학교가 조선학교입니다.(70쪽) 그런 조선학교는 전후 유일하게 일본 정부에 의해서 폐쇄당한 고통스러운 경험을 갖고 있습니다.(49쪽)

일본 정부는 고교무상화와 관련하여 유일하게 조선학교만을 그 대상에서 제외하고 있습니다. 그럼에도 불구하고 한국 정부는 단 한 마디의 항의나 시정요구도 하지 않았습니다.

조선학교에 자녀들을 보내면 경제적으로나 대학진학 등에서 상당한 불이익을 당함에도 불구하고 조선학교를 고집하는 이유를 한 어머니는 이렇게 말씀하고 계십니다.

"저는 일본 학교에 다녔는데 머리 모양을 바꾸거나 리본을 달면 '조선인인 주제에!'라는 소리를 들었고 아이들은 전학생이 올 때마다 뒤에서 '저 애는 조선인이니까 조심해'라고 수군거렸습니다. 정말 슬펐습니다. 부모님께 이 사실을 말씀드리면 항상 '공부로 복수해!'라고 하셨지만, 열심히 공부해서 일등이 되어도 조선인으로서 겪는 상황에는 변함이 없었고 선생님들은 오히려 '왜 귀화하지 않니?'라고 물어왔습니다. 당시 나의 가장 큰 불행은 조선인 부모로부터 태어났다는 사실이었습니다. 지금 내가 조선학교에 아이들을 보내고 있는 이유 중 하나는 내 자신의 이러한 차별 경험입니다."(34쪽)

그들은 한국 정부도 자신들에게 가해자였다고 보고 있습니다. 그 대표적인 사례가 박정희 정부였습니다. 박정희 정부는 이른바 '조총련계 재일동포의 모국 방문', '영주 귀국' 유도 등을 통해 재일 조선인 사회의 '분열'을 시도하고, 북과의 체제경쟁에서 우위에 섰음을 과시하려 했다고 합니다. 또한 박정희 정부는 독재정권에 대한 비판을 잠재우는 수단으로 재일조선인 간첩사건을 조작하여 활용했다는 것입니다.(118쪽)

재일조선인에게 '조선적'은 (국적이 아니라) 민족을 나타내는 기호일 뿐인데도, 한국 정부의 재일 조선인에 대한 가해는 지금도 '조선적 재일조선인'에게 '친북'이라는 이데올로기 낙인을 찍고, 그들이 디아스포라로서 당연히 지닌 '이동권', '귀환권'을 가로막는 형태로 계속되고 있다는 것입니다.(120~122쪽)

"조선학교는 항상 식민지 지배 책임을 부인하고자 하는 일본 지배층에게 상징적인 표적이 되어 왔다"(159쪽)는 도쿄경제대학 서경식 교수의 「추천의 글」이 조선학교와 이 책의 내용을 압축적으로 설명하고 있습니다.

참고로 조선학교를 내용으로 하는 두 편의 영화가 있습니다. 김명준 감독의 「우리학교」와 박사유 박돈사 감독의 「60만 번의 트라이(One for All, All for One, 2013)」가 그것입니다.

54
마음오를꽃

자식을 둔 부모에게 가장 고통스러운 일은 무엇일까요? 그것은 아마도 부모가 자식을 앞세우는 일일 것입니다. 다른 각도에서 자식이 부모에게 저지르는 가장 큰 불효는 부모보다 앞서서 세상을 떠나는 것이겠지요.

언젠가 만났던 작가 정도상은 저에게 이렇게 말했습니다. "저는 직접 경험한 것이 아니면 글을 쓰지 못합니다."

작가의 글은 경험을 바탕으로 합니다. 그 경험에는 직접경험도 있고 간접경험도 있습니다. 하지만 직접경험만을 가지고 작품을 쓴다는 것은 거의 불가능에 가까울 것입니다. 그런데 작가 정도상의 눈은 매우 진실해 보였습니다.

그가 최근에 쓴 책으로 『마음오를꽃』이 있습니다. 이 글에는 특정 종교의 색채가 드러납니다. 하지만 이러한 특정 종교의 색채는 이 책에서 결정적 위치를 차지하지 않는다는 것을 작가의 입을 통해서 알 수 있습니다.

"나를 이 책을 종교적 신념이나 특정 종교의 세계를 드러내기 위해 쓰지 않았습니다. 소설은 그냥 소설입니다. 나는 이 소설을 삶의 위기에 처한 청소년들과 깊은 대화를 하기 위해 썼습니다. 이 소설은 내게 있어 한 편의 씻김굿이기도 합니다."(259쪽, 작가의 말)

열여섯 살의 김우규(작품에서는 '규'라는 이름으로 불림). 그가 품고 있는 의문은 '사람이란 무엇일까?' '사람은 무엇으로 살까?' '저 사람들은 무엇일까?'였습니다.

그에게는 하루를 더 산다고 해서 특별할 것이 없었습니다. 초기화를 실행하고 삶을 리셋하는 상상을 하며 지내던 그는 마침내 지하철에 몸을 던질 결심을 합니다. 마지막으로 스마트폰을 꺼내 단체로 문자를 주고받을 수 있게 친구들을 호출한 뒤, 세 줄의 문자를 띄웠습니다. "안녕, 얘들아. 그동안 즐거웠어."(12, 13쪽)

몸이 죽음으로써 유체이탈의 상태로 들어간 '규'는 또 하나의 자살자 정나래(작품에서는 '나래'라는 이름으로 불림)의 령을 만나게 됩니다. 나래는 반 친구들의 왕따, 갈취, 폭력에 시달리다 학교 옥상에서 몸을 날려 생을 마감한 아이입니다.

나래는 규에게 이렇게 말합니다. "사는 게 지옥이었어. 학교도 지옥, 집도 지옥, 학원도 지옥. 그래도 사람이 지옥일 때가 젤로 힘들고 무서웠어. 사실 일진은 지들끼리 놀고 지들끼리 싸우니 별로 겁이 안 나는데, 일진도 아닌 평범한 애들이 그러는 건 정말 견딜 수가 없었어. 어느 날 문득 이 지옥에서 벗어나고 싶더라. 그래서 학교 옥상으로 올

라가…… 너는 어땠어?"(62쪽)

규와 나래는 령이 되어 자신들의 빈소에도 가 보고, 엄마 아빠가 계신 곳에도 가 보고, 동생(규의 동생 수, 나래의 동생 희래)의 모습도 바라봅니다.

나래는 살아 있을 때 전화기에 엄마를 '엄마느님'이라고 저장해 두었습니다. 엄마는 곧 하느님과 동격이라는 뜻이었습니다. 하느님이 인간과 상의하지 않듯 엄마느님도 나래와 상의하지 않고 그저 명령만 내렸고 나래는 따라야만 했습니다. 하느님이 오류가 없듯 엄마느님의 결정도 언제나 신성했고 반드시 지켜야 했습니다.(78, 79쪽)

"나래에 대한 엄마의 최대 관심사는 성장이 아니라 성적이었고, 내면이 아니라 외면이었습니다."(122쪽) "엄마는 나래를 잘 안다고 이야기하지만 사실은 아무 것도 모르는 셈이었습니다."(124쪽) 나래는 옥상에서 뛰어내리기 전 반 아이들을 향해 독백을 합니다. "제발 멈춰. 아니야, 차라리 내가 멈출게."(133쪽)

규는 형의 관을 붙잡고 우는 엄마와 초등학생인 동생 수를 바라봅니다. "규야, 제발 돌아와, 제발. 엄마가 잘못했다. 엄마가 잘못했다고, 제발 돌아와. 규야 제발!"

"형아아, 컴퓨터 많이 양보할게 돌아와. 나 혼자 게임 많이 하지 않을게, 약속해. 돌아와 나랑 놀자, 형아야."(93쪽)

초록빛이 나타나 규와 나래를 휘감았고, 그 빛 속에서 질문이 나옵니다.

"삶이 너를 혹독하게 다룬 적이 있느냐?

네가 겪어낸 삶을 다른 아이들도 견뎌내지 못하더냐?

네 부모와 가족은 남은 삶을 지옥에서 보내게 될 터.

그 지옥을 어찌할 것이냐?"(245쪽)

"자식을 잃은 어미의 상처는 겪어보지 않고는 누구도 그 속을 알 수가 없다. 상처는 치유되지 못하고 쌓여만 간다"(230쪽)는 말에 저의 시선이 머물렀습니다. 이 땅에서 생때 같은 어린 자식을 잃은 수많은 어머니 아버지들의 모습이 가슴 시리게 다가옵니다.

55
눈먼 자들의 국가

2014.10.20.

인류사의 영원한 참극으로 남을 4·16 세월호 참사. 인간성의 유린과 국가이성의 상실로 기록될 참극. 그로부터 벌써 7개월째로 접어들고 있습니다.

세월호의 진실은 무엇일까? 왜 그들은 세월호 참사의 진상규명을 두려워할까?

세월호 참사에 관하여 의미있는 질문을 던져야 할 사람이나 집단들이 음습한 침묵의 카르텔을 형성하고 있는 사이에, 세월호에 관한 글들로 엮어진 한 권의 책이 나왔습니다. 『눈먼 자들의 국가』가 그것입니다.

이 책은 12명의 문학인과 사회과학자들이 계간 「문학동네」 2014년 여름호와 가을호에 연재한 글들을 모아 놓은 것입니다. 글쓴이는 김애란, 김행숙, 김연수, 박민규, 진은영, 황정은, 배명훈, 황종연, 김홍

중, 전규찬, 김서영, 홍철기입니다.

12편의 글 모두 훌륭합니다. 하지만 저는 그 중에서도 작가 박민규가 쓴 「눈먼 자들의 국가」를 읽고 또 읽었습니다.

그는 말합니다. "선사 직원의 증언에 따르면 출항 직전 선박직 선원들이 출항을 거부하며 애걸복걸했다고 한다. 이유는 알 수 없지만 선장의 상태도 평소와 달리 불안해 보였다. 세월호는 국가보호장비로 지정된 배였고 국내 이천 톤급 이상 여객선을 통틀어 유일하게 유사시 국정원에 우선보고를 해야 하는 배였다. 안개가 많이 낀 밤이었다. 다른 여객선의 출항이 모두 취소된 상황에서 그날 밤 인천항을 출항한 배도 세월호가 유일했다. 다음 날 배는 침몰했다. 예견된 사고였다고, 가라앉을 수밖에 없는 배였다고 모두가 말했지만……."(47, 48쪽)

그는 또 말합니다. "해군과 119구조단, 각지에서 모여든 민간잠수사들…… 어느 누구도 아이들을 살리기 위해 바다에 뛰어들 수 없었다. 심지어 해군참모총장이 두 번이나 명령을 내린 통영함도 현장에 투입되지 못했다."(49쪽)

그러면서 그는 단정적으로 말합니다. 세월호는 "선박이 침몰한 '사고'이자 국가가 국민을 구조하지 않은 '사건'이다"라고.(56쪽) 그러면서 의문을 제기합니다. "야당이 왜 '사건'이란 단어를 확보하지 않는지 나는 모르겠다"(57쪽)라고.

많은 사람들이 세월호 참사 희생자들과 그 유족들에 대해서 연민의 정을 갖는 데 대해서, 작가 진은영은 「우리의 연민은 정오의 그림자처럼 짧고, 우리의 수치심은 자정의 그림자처럼 길다」라는 글에서 냉소적 반응을 보입니다. "우리가 보여주는 연민은 우리의 무능력함뿐만 아니라 우리의 무고함도 증명해주는 셈이다. 따라서 (우리의 선한 의도에도 불구하고) 연민은 어느 정도 뻔뻔한 (그렇지 않다면 부적절한) 반응일지도 모른다."(73쪽)

그리고 이렇게 이어갑니다. "그러니 사고 이후 정치인들이 내놓는 주된 수습안들이 모두 연민과 시혜의 관점에서 벗어나지 못하고 있는 것이다. 가엾은 희생자의 가족들을 위해 적절한 보상금을 책정하고 생존자에게 특혜를 베풀어서 착한 정치인으로 남고 싶은 거다."(74쪽)

세월호 피로감을 말하는 무리들을 향해 작가 황정은은 「가까스로, 인간」에서 "유가족들이 아닌 정치권이 우리를 피로하게 만들고 있다는 점을 분명하게 말해야 한다. 참사 당일에도 이후로도 뭘 어쩌지 못하고 우왕좌왕하거나 진상조사를 외면하려는 정치인들 때문에 우리는 피로하다. 이 피로가 그들의 탓인데도 그들은 이것을 적극적으로 이용해 유가족과 특별법을 공중에 띄운 채로 다시 한번의 망각을 기다릴 것이다."(95쪽)

이 책은 「문학동네」 편집주간 신형철의 엮은이의 글로 마무리합니다.

"이 책은 얇지만 무거울 것이다. 말할 것도 없이 그것은 진실과 슬픔의 무게다. 어떤 경우에도 진실은 먼저 자신을 포기하지 않으며 정당한 슬픔은 합당한 이유없이 눈물을 그치는 법이 없다는 것을 증명하기 위해, 이 책은 세상으로 나아간다."(231쪽)

56
유령에게 말 걸기

2014.11.15.

지난 2010년 한국을 방문한 오바마 미국 대통령이 내외신 기자들이 모여 있는 회견장에서 한국의 기자들을 특정하여 질문을 해 보라고 하자, 한국의 그 어떤 기자도 질문 하나 제대로 하지 못 하고 꿀먹은 듯 입을 다물고 앉아 있던 수치스런 모습을 오늘 저녁 제 SNS에 링크해 놓았습니다.

다시 교육에 대해 생각해 봅니다. 오로지 강자의 탐욕으로 무장되어 있는 우리나라의 교육을 파헤치고, 그 대안을 제시하는 책이 있습니다. 김진경·이중현·김성근·이광호·한민호 지음 『유령에게 말 걸기』입니다.

김진경은 「바보야, 문제는 헝겊원숭이야」, 이중현은 「잘 살아 보세 패러다임과 교육」, 김성근은 「강남 패러다임을 무엇으로 대체할 것인가」, 이광호는 「새로운 세상을 만드는 교육생태계를 꿈꾸다」, 한민호는 「마을과 학교의 만남」을 썼습니다.

세월호 참사에서 피해자인 학생과 가족들의 기억은 배제되고 삭제되었고, 구조의 중심에 있었던 어부와 자원봉사자들 역시 철저히 배제되었다고 보는 필자 김진경은 그 이유를 "답은 기득권 상층 카르텔의 우발적인 발언 속에 들어 있다"(17쪽)고 보고 있습니다. 그들은 세월호 참사의 유가족들을 시체 장사나 하는 미개한 자들이라고 말했다는 것입니다.

이러한 기득권 카르텔을 구성하고 있는 사람들의 정신적 뿌리는 어디에 있을까요? 이에 대해 김진경은 "한국 사회의 주류를 이루고 있는 보수 엘리트들의 역사관, 국가관은 명백하게 과거 식민주의의 역사관, 국가관의 연장선 위에 있는 것"(22쪽)이라고 말합니다.

김진경은 또한 강남 엘리트의 압도적인 교육 헤게모니를 극복하는 길은 반 엘리트주의의 보편교육이라고 주장합니다.(26, 27쪽)

그는 또한 "제도교육이 시민, 국민으로서의 정체성을 부여하는 데 실패하고 있다"(51쪽)고 지적하면서 "오늘날의 학교는 과거와는 다르게 지식 전수 기능만이 아니라 언어적 어루만짐을 통해 아이들의 상처를 치유하고 자아정체성을 세워 주는 정의적 기능을 요구받고 있다"(45쪽)고 진단합니다.

이 책의 제목이기도 한 '유령'은 누구일까? 김진경의 다음의 진술에서 그 정체가 나타납니다. "지금의 아이들에게 (……) 지식 중심의 도구적 아동관, 그러한 관점에서 운영되는 교육시스템은 폭력에 가까운 억압일 수밖에 없다. 그래서 지금의 아이들은 가슴에 수많은 유령을 품고 산다. 지난 20년간 아무도 아이들 가슴속의 유령을 호명해 주지 않았다. 그래서 그 유령들은 점점 기괴한 모습이 되어 가고 있다. 이 유령들을 호명하고 말을 걸지 않으면 교육의 변화란 있을 수 없다."(76, 77쪽)

「잘 살아 보세 패러다임과 교육」을 쓴 이중현은 "이제 '어떻게 사는 것이 잘 사는 것인가'를 진지하게 물어야 할 때가 된 것이다"(83쪽)라는 말로 우리들의 무의식을 일깨웁니다.

"돈을 벌기 위한 출세, 출세를 위한 경쟁, 그것이 국가적인 동원 기제인 '잘 살아보세' 패러다임은 현재 우리 사회, 우리 교육의 여러 그늘을 만들어 왔다"(89쪽)고 보는 이중현은 "학교가 변할 수 있다는 것과, 학교가 변하면 아이들이 삶이 변할 수 있다"(88쪽)는 확신을 갖고 있습니다.

이중현은 고교 무시험 전형 이후 교육정책의 방향은 "창의적인 교육, 사교육이 없는 교육, 시험 성적이 아니라 개인의 다양한 진로 적성에 따른 수월성 교육 등 교육과정을 다양화하는 쪽으로 추진되었어야 한다"(109쪽)고 회고합니다.

교육감 1기 4년간 제가 지긋지긋하게 많이 겪은 비판이 있습니다. 그것은 학력(신장)이었습니다. 이중현은 이렇게 말합니다. "우리 사회가 말하는 학력은 가치나 철학이 배제된 채, 돈을 벌기 위한 목적으로서의 점수 위주의 학력이지 삶을 위한 학력이 아닌 것이다."(123쪽) 그는 이러한 견해를 수능으로 이어갑니다. "우리의 수능은 우리 아이들을 자기 생각이 없는 번호 맞히기 기계로 전락시키고 있다."(135쪽)

「강남 패러다임을 무엇으로 대체할 것인가」라는 문제 제기를 한 김성근. 그가 말하는 강남 패러다임의 정체와 그 폐해는 이렇습니다.

"스펙 쌓기의 근간에는 상류층 진입을 위한 필사적 노력이라는 '강남 패러다임'이 있다. 국제화, 세계 일류, 일등으로 대표되는 강남 패러다임에는 특성과 우수성은 있지만 개성은 없다. 고교부터 시작된 과도한 성적경쟁의 문화는 점차 중학교, 초등학교로 내려갔고, 급기야 유치원생들에게까지 파급되었다. 이렇게 성장한 아이들은 자신이 무엇을 좋아하는지, 무엇을 잘 할 수 있는지 알지 못한다. 학교는 아이들이 미래의 행복을 위해 오늘의 즐거움을 포기하도록 요구하고 있다. 과거에는 고3, 한 해 정도의 행복을 포기하도록 하였지만, 유치원까지 파급된 강남 패러다임이 성장기의 삶 전체를 경쟁 속에 밀어 넣고 있다."(157쪽)

그렇다면 강남 패러다임의 대안은 무엇인가? 김성근은 "학교에서 지역 패러다임을 만들어 가야 한다"(148쪽)고 주장합니다. 성장하는 아이들에게는 성공뿐 아니라 실패의 경험도 중요하다고 보는 그는 "아이들의 성장과정에는 실패를 경험하고 내면에서 그것을 교훈삼아 발전하는 피드백 시스템이 작동하는데 어른이 지나치게 개입할 경우 이 피드백 시스템이 망가지게 된다"(159쪽)고 경고합니다.

「새로운 세상을 만드는 교육생태계를 꿈꾸다」를 쓴 이광호는 자사고와 특목고가 배태된 역사적 배경을 해부하고 있습니다.

"지난 수십 년간 한국 교육정책, 특히 고교정책과 대학 입시제도를 들여다보면, 대한민국 상류층들, 특히 소위 '강남 엄마'의 욕망에 맞춰 '개혁'이 이루어졌음을 알 수 있다. 20여 년 전 '교실붕괴' 담론이 등장하자 '강남 엄마'들은 자사고, 특목고를 대안으로 제시했다. 물론 '세계화 정보화 시대에 필요한 인재 양성'이라는 국가적 목표를 내세웠지만, 자기 자녀를 붕괴된 교실에 방치하고 싶지 않다는 강남 엄마들의 욕망이 배후에 존재한다는 것은 누구나 다 아는 사실이다."(193쪽)

우리는 선거 때마다 왜 가난한 사람들이 부유층의 이익을 대변하는 정당에 투표하는지 의아하게 생각합니다. 이광호는 그 원인을 이렇게 파헤칩니다.

"상류층이 자신을 하위계층과 구별 짓고, 하위계층은 상류층과 자신을 동일시하며 그들을 모방하고 있다. 다시 상류층은 하류계층이 모방할 수 없도록 새롭게 자신을 구별 짓는 상황이 연속적으로 진행된 것이다. 부르디외가 지적한 대로 구별 짓기는 하위계층을 끝임없이 상류계층과 동일시하도록 만든다. 자본주의 사회에서 가난한 계층이 부자들의 이해관계를 대변하는 정당에 투표하는 것도 그 때문이다. 이는 하위계층에 대한 상류층의 지배전략이기도 하다. 이 전략이 실현되는 한 상류층의 이해를 대변하는 정치세력의 집권을 막을 수 없다."(195, 196쪽)

한민호의 「마을과 학교의 만남」은 서울에서 가장 낙후된 지역이었던 금천구가 교육개혁을 통해서 살맛 나는 지역으로 변화해 가는 과정을 그리고 있습니다.

지자체의 장들은 어느 누구 할 것 없이 똑똑한 몇 명을 길러내기 위한 학력신장 지상주의에 빠져 있습니다. 지난 날 금천구도 예외는 아니었습니다.

그러나 금천구는 지역을 살리기 위해 교육청, 구청, 학교 그리고 지역사회가 연대했습니다. 그래서 나온 것이 혁신교육지구라는 개념이었습니다. 저의 시선을 끌고 있는 것은 '일반고 학생 직업교육 확대'입니다.(246쪽) 특히 마을 주민들이 직접 교사로 나서는 '마을교사사업'은 현지를 직접 방문해서 확인하고 싶은 대상이기도 합니다.

57

혁신학교 2.0

2014.11.24.

2010년 7월 1일 전북교육감에 취임한 직후 가장 중요하게 다룬 정책이 혁신학교였습니다.

도교육청에 교육혁신과를 세우고 그 속에 학교혁신팀을 가동했습니다. 교육혁신과장(윤덕임 현 완주교육장), 장학관(김학산 현 남원교육장), 그리고 세 명의 장학사(중등 박일관, 초등 홍인재·이영환)로 팀을 꾸려 혁신학교 정책 구상과 선정 작업을 시작했습니다.

그리하여 2011년 전북에서도 20개의 혁신학교가 본격적으로 활동을 시작했습니다. 혁신학교는 이미 경기교육청에서 시작한 정책이기는 하지만, 그것은 하나의 중요한 참고 자료일 뿐, 전북의 교육현장에 맞는 혁신학교 정책을 세우고 현장에 접목하는 일이 중요했습니다.

출발선에서 우리가 약속한 것은 이른바 획일성을 의미하는 '전북형' 혁신학교는 없다는 것이었습니다. 그리고 또 하나 혁신학교는 그

자체가 목적이 아니라 모든 학교의 혁신을 이루기 위한 마중물이라는 것이었습니다.

그로부터 4년의 세월이 흘러 2014년 현재 유초중고 101개의 혁신학교가 운영되고 있고, 이를 뒷받침하기 위한 혁신학교 운영조례가 의원입법으로 제정되어 시행되고 있습니다.

전북 혁신학교 정책과 현장에서 중추적 역할을 했던 인물이 바로 박일관 장학사입니다. 그가 쓴 소중한 책이 나왔습니다. 『혁신학교 2.0』입니다.

이 책에는 전북 혁신학교의 성공과 한계에 관한 진솔한 자기고백이 들어 있습니다.

어느 날 저자가 이 책의 원고를 가지고 저의 사무실로 왔습니다. 원고를 읽고 추천사를 써 달라는 것이었습니다. 반갑기도 하고 걱정이 되기도 했습니다.

전북 혁신학교의 모든 것을 한 권의 책으로 엮어 낸 인물이 있다는 것이 반가웠고, 만약 내가 추천사를 쓸 만한 수준이 아니면 어떻게 할지 걱정스러웠습니다.

원고 첫 페이지부터 마지막 페이지까지 다 읽고 난 느낌은 '잘 썼다 이 정도면 됐다'라는 것이었습니다. 필자에게 연락을 해서 원고를 돌려드렸습니다. 그 자리에서 이런 말을 했습니다.

"박 장학사님! 우리 전북 혁신학교의 모든 것을 이렇게 다 드러내 버리면 어떻게 합니까? 우리만 갖고 있어야 하는 것이 있잖아요?"

그러자 필자는 웃음 반, 의아스러움 반의 표정을 지으며 "교육감님! 그러면 어떻게 하지요?"라며 되물었습니다. 그 모습을 보니 웃음이 나왔습니다. "됐어요. 그냥 내세요."

필자는 이 책을 내게 된 목적을 이렇게 밝히고 있습니다.

"이 글은 처음부터 전북의 혁신학교 4년의 경험을 다른 지역과 고스란히 나누고 싶은 의도로 쓴 것이다. 그러므로 혁신학교를 추진하면서 얻은 우리 지역의 좋은 경험을 가져다 쓰고, 어렵고 힘들었던 경험은 미리 참고하여 시행착오를 줄여주는 역할을 했으면 하는 바람을 시종일관 가슴에 담고 진술하고 쓰려고 노력했다."

1부 「혁신학교가 뭐야?」, 2부 「혁신학교, 우리도 한 번 해볼까?」, 3부 「혁신학교 생활은 어떤 모습일까?」, 4부 「교육청은 뭘 하지?」 등 모두 4부로 구성된 이 책을 읽어 보면 혁신학교로 가는 길이 드러날 것입니다.

58
투명인간

2014.12.1.

성석제 장편소설 『투명인간』을 손에 쥐는 순간 가장 먼저 드는 의문은 '투명인간은 뭘까?'라는 것이었습니다.

투명인간의 정체는 소설의 뒤쪽으로 가면서 드러납니다. 투명인간은 얼굴이 없고(358쪽), 다른 사람들에게 아무런 의미도 없는 존재(351쪽)입니다.

이 작품에는 한때는 잘 살았고 배움도 있었던 가정, 조부모 부모 자녀들로 구성된 가정이 몰락을 하면서 산 속으로 스며들어가고, 그곳에서 다시 물살이 퍼지듯 하나 둘 밖으로 나오면서 겪게 되는 삶의 이야기가 그려져 있습니다.

찢어지게 가난 한 산골 가정에서 자란 백수, 금희, 명희, 만수, 석수, 옥희 6남매.

할아버지의 촉망과 기대를 한 몸에 받았던 맏이 백수는 서울의 유수한 대학에 입학을 했지만, 학비를 제때 대지 못해 피를 뽑아서 판 돈으로 학비를 대다가 그것도 힘들어 월남전에 자원하고 결국 그곳에서 짧은 생을 마치고 맙니다.

첫 딸 금희는 타고난 부지런함과 성실함으로 구로공단에서 일을 하고 그 돈으로 동생들 뒷바라지를 하다가 오빠의 월남전 사망으로 보내온 돈으로 재봉틀을 사서 삯바느질을 합니다.

둘째 딸 명희는 얼굴이 예쁜 얼굴과 영리함으로 많은 사람들의 눈길을 끌었지만, 연탄가스 중독 사고로 돌고래 수준인 IQ 80대의 장애 상태에 빠지고 맙니다.

둘째 아들 만수는 비록 배움이 깊진 않지만, 정직하고 뚝심있는 기질로 기업의 총무과에 근무하면서 자신의 삶을 꾸려갑니다. 그런 그도 자본가의 흑자도산으로 노동현장에서 쫓겨나면서 지난한 삶을 이어갑니다.

셋째 아들 석수는 나름 공부를 하면서 자신의 길을 모색하지만, 어느 날 자신의 아들(태석이)을 낳은 여인을 남겨 두고 어디론가 자취를 감춰 버립니다.

막내딸 옥희는 특별한 건 없지만 그나마 자신의 삶을 누리며 삽니다. 결국 이들의 인생은 아무도 봐 줄 사람없고, 아무에게도 보이지 않는 인생입니다.

이들 6남매의 삶을 구성하면서 이 책은 1960년대 이후 우리나라의 역사를 그 배경으로 탄탄하게 깔고 있습니다.

월남전 파병, 10월 유신, 반공 이데올로기 등의 역사가 마치 하나의 도도한 강물처럼 소설의 밑바닥을 흐르고 있습니다.

예를 들어 월남전에 파병된 큰아들 백수가 동생 만수에게 보낸 편지에는 이런 내용이 있습니다. "전세계에서 가장 막강한 미군이 우리와 함께 주둔하면서 베트콩들을 무찌르고 있단다. 하루빨리 월남이 멸공 통일을 하는 날까지 우리는 싸우고 또 싸울 것이다."(115, 116쪽)

　그러나 백수의 이런 생각은 그 뒤에 나오는 화자들의 말로 산산이 부서집니다. "안녕하십니까. 고엽제 피해자 가족 준비모임입니다. 오늘은 고엽제에 대해 설명드리고자 합니다."(127쪽) 그리고 할아버지의 절규가 나옵니다. "내 평생에 가장 한스러운 일은 맏손자 백수가 머나먼 이역 월남에서 비명횡사한 것이다. 나는 백수를 죽게 만든 이데올로기와 전쟁을 증오한다. (……) 제국주의와 자본주의의 악랄한 이빨과 발톱에 백수를 잃었다. 실로 통분한다. 억울하다. 나의 무력함이 뼈에 사무친다."(162, 163쪽)

　5·16 쿠데타 이후 군사정권이 들어서면서 학생들은 교련 교육을 받아야 했습니다. 교련 교사는 학생들을 앞에 세워 놓고 다음과 같이 일갈합니다. "군 장교 출신인 나 같은 사람 입장에서 객관적으로 볼 때 후진국인 우리나라는 최상의 교육을 받은 군인들이 국가의 엘리뜨로서 국민과 자라나는 세대의 교사 역할을 제대로 할 수 있다. 우리 군인들만이 신라 화랑과 이충무공을 이어 호국선무정신으로 나라를 지키고 경제를 건설하면서 썩어빠진 정치와 사회의 환부를 도려내왔다."(171쪽)

　문제는 소설 속의 과거 상황이 지금에 와서 변했느냐는 것입니다. 아마도 작가는 이 부분에 대한 물음을 던지고 답을 하고 싶지 않았을까, 라는 생각을 했습니다.

59
교육과정에
돌직구를 던져라

2014.12.2.

전북 무주의 한 산골에서 태어나고 자라면서 철도기관사를 꿈꾸다
가 영화 「죽은 시인의 사회」를 보고 나서 교사가 되고 싶어 전주교대
에 입학했고 지금은 익산 왕궁초등학교에서 아이들과 함께 뒹구는 교
사 정성식.

평소에 페이스북 메시지를 통해 긴 질문을 던지기도 하고, 어쩌다
가 마주치면 그 표정이 꼭 사람을 째려보는 것 같기도 한 그가 어느 날
찾아와서 부탁을 했습니다. 책을 한 권 내는데 원고를 읽고 추천의 글
을 써달라는 것이었습니다.

제목을 보니 『교육과정에 돌직구를 던져라』였습니다. 책의 제목이
한편으로는 거칠다는 느낌이 들었고 다른 한편으로는 저자의 이미지
와 어울린다는 느낌도 들었습니다.

이걸 언제 다 읽나? 잠시 고민하다가 눈에 잘 띄는 곳에 원고를 올

려 놓았습니다. 그러다가 어느 토요일 오후 일거에 다 훑었습니다.

읽으면서 저는 원고 속으로 빠져들었습니다. '정성식 선생은 이 책을 김승환 교육감이 읽어야 할 책이라고 생각했구나'라는 느낌이 거듭 들었습니다. 교육과정의 작성, 방치, 그로 인한 문제점을 적나라하게 드러내고 있었습니다. 지난 교육감 1기 4년간 이 부분을 놓쳤다는 뒤늦은 탄식이 제 입에서 나왔습니다.

이 책은 1장 「교육과정의 현실(겉과 속이 왜 이렇게 다른가?)」, 2장 「교육과정 다이어트(무엇을 어떻게 덜어낼까?)」, 3장 「교육과정과 방과후학교(더부살이가 교육복지인가?)」, 4장 「교육과정과 학교회계(왜 따로 놀고 마른 수건만 짜는가?)」, 5장 「교육과정에 삶을 담기 위한 돌파구」, 6장 「교육과정이 깊어지는 교사공동체 이야기」로 구성되어 있습니다.

1장의 첫 부분 제목이 오래도록 저의 시선을 붙잡았습니다. '교수는 A4 한 장인데 교사는 책 한 권, 교사가 작가인가?' 순간 저는 지난 세월 대학에서 제가 작성했던 실러버스를 회고해 봤습니다. 맞습니다. 그건 A4 한 장이었습니다.

다음으로 이어지는 제목이 또 저의 가슴을 탁 치고 있었습니다. '캐비닛 교육과정을 도대체 왜 만들라는 것인가?' '아! 그랬구나.' 저는 다시 한 번 멍하니 허공을 쳐다봤습니다.

2장 세 번째 주제인 '교장이 바뀌면, 학교교육과정도 바뀌어야 하나?'에 이르러서는 '우리나라 교육계의 수준이 이 정도인가'라는 암담한 생각이 들었습니다.

현재의 교육과정에 수많은 돌직구를 던지는 저자 정성식 선생은 도대체 어떤 대안을 가지고 있다는 것인가, 라는 의문이 드는 순간, 4장과 5장으로 이루어진 2부에서 '돌파구'를 제시하고 있습니다.

이곳에서 주옥같은 표현들이 나옵니다. 다니고 싶은 학교를 상상하라, 아이의 눈으로 써라, 교육과정과 수업 평가를 일치하라, 공감을 기록하라, 교실 문을 열고 나누었던 일상수업 등입니다.

이 책은 철저하게 현장에서의 경험을 토대로 씌어졌습니다. 그래서 이 책의 어느 부분에서도 관념의 유희는 찾아볼 수 없습니다. 이 책은 교육현장을 경험한 사람은 공감하게 되어 있고, 경험하지 못한 사람에게는 교육현장을 세밀하게 들여다보는 현미경이 될 수 있습니다.

이 책을 다 읽고 꼭 하고 싶은 한 마디는 이것이었습니다. '정성식 선생님! 고맙습니다. 수고 많이 하셨습니다. 나는 당신이 전북의 교사라는 사실이 한없이 자랑스럽습니다.'

60
학교라는 괴물

2014.12.16.

서울 지역에서 20년째 사회를 가르치고 있는 권재원. 그 선생님이 쓴 『학교라는 괴물』을 읽었습니다.

이 책은 2008년부터 2014년까지 필자가 블로그 및 각종 매체에 게재했던 글들을 다듬어서 엮은 책입니다. 그는 자신이 글을 쓰는 이유를 신자유주의 교육담론과 경쟁지상주의가 밀물처럼 쏟아지는 교육위기 상황에 저항할 필요 때문이라고 말하고 있습니다.(420쪽, 글쓴이의 말)

프롤로그의 제목이 저의 시선을 붙잡았습니다. 「나는 교사다」. 저는 약 2년 전부터 교원들을 대상으로 하는 특강에서 여러 차례 누가 당신을 누구냐고 물어본다면 주저없이 당당하게 '나는 교사다'라고 말할 수 있어야 하지 않겠느냐고 말해 왔습니다.

이 책은 58개의 글로 구성되어 있고, 58개의 글은 제1장 「무엇을 어떻게 가르칠 것인가」, 제2장 「학교라는 이름의 괴물」, 제3장 「여전히 뜨거운 감자」로 분류되어 있습니다.

이 글을 쓰는 저자 앞에 성역은 존재하지 않았습니다. 어떠한 지위에서 어떠한 권한과 영향력을 행사하는 사람이나 집단이라 하더라도 저자의 과녁 속으로 들어오면, 저자는 지체없이 활시위를 당겼습니다. 그런 점에서 이 책은 일단 읽는이로 하여금 후련하다는 느낌을 줍니다.

필자는 교육, 교사, 학생, 학부모, 교육정책, 교육관료, 교원노조, 정권, 언론 등에 대한 자신의 생각을 자기검열없이 드러냅니다. 이 책이 가치를 갖는 것은 하나하나의 글에 필자의 명확한 교육철학이 들어 있기 때문입니다.

'배움'에 대해 필자는 이렇게 말합니다. "배움은 삶을 공유하는 것이며, 경험을 확장하는 것이다. 훌륭한 교사란 자신이 알고 있고, 할 수 있는 것을 효과적으로 잘 전달해 주는 존재가 아니라 삶의 공유와 경험의 확장 과정에 함께 동참하여 학생과 더불어 성장해 나가는 존재다. 이것은 태도의 문제이지 기능과 능력의 문제가 아니다"(19쪽)라는 것입니다.

아이들은 세월호 참사를 어떻게 바라보고 있을까? 이에 대해 필자는 "상담의사의 증언처럼 그들(아이들)은 이 참사를 어른이 아이들을 죽인 사건으로, 더 나아가 국가가 아이들을 버린 사건으로 받아들인다"(45쪽)고 쓰고 있습니다. 그러면서 "이번 사태에서 비난받아야 할 대상은 탈출한 사람들이 아니라 미처 탈출하지 못한 사람들을 구조하지 못한 국가"(55쪽)라고 지적합니다.

필자는 대한민국의 학부모들께 쓴소리를 합니다. "대학 들어갈 때까지 모든 꿈을 유보하고, 일단 대학 들어가면 그 때 다시 보자고 하는. 이거, 대한민국 학부모들이라면 누구나 자녀에게 한 번은 해 보았을 명대사가 아닌가? 그러나 나의 부모를 포함한, 대한민국 부모님들은 한번 접은 꿈은 다시 펼쳐내기가 어렵다는 것을 가르쳐주지 않았다. 그리고 그걸 깨달았을 때는 이미 30년이 지나고 말았다. 한스러운 일이다."(107쪽)

필자는 동료 교사들에게 호소합니다. "교사들은 우선 질문하는 존재로 돌아와야 한다. 그리하여 스스로 학습하는 존재가 되어야 한다. 그래야 가르침의 의미도 되살아나고 가르치는 존재로서 자신의 삶도 가치있어지며, 학습하고 가르치는 귀중한 장벽들을 가로막는 낡은 장벽들이 무엇인지도 알게 되고, 무엇에 대해 분노하고 무엇을 비판해야 하는지도 알게 된다."(113, 114쪽)

현재의 우리나라 교육정책이 신자유주의 교육정책이라는 점을 부인하는 사람은 거의 없습니다. 필자는 신자유주의 교육정책의 기본축 네 가지를 통하여 현재의 교육정책의 폐단과 그에 대한 대안을 밝히고 있는데, 이것을 읽어 보면 '우리의 교육 무엇이 문제인가'와 '우리의 교육 어디로 가야 하는가'를 간명하게 알 수 있습니다.

그 네 가지 기본축은 1. 교육의 사사화(이른바 자율화), 2. 교육의 상품화, 3. 경제 경영 기법의 도입(이른바 효율화와 계량화), 4. 표준화 검사(일제고사의 정치적 성격)입니다.

필자는 이 책의 3장에서 누구도 건드리고 싶지 않은 교육진보진영에 대한 날선 비판을 합니다. 그 비판의 객관성과 적실성이 어느 정도

인지에 대해서는 읽는이의 평가에 따라 다르겠지만, 우리 모두 겸허하게 마음을 열고 들어볼 필요가 있습니다.

자신은 다른 사람이나 집단에 대해서 마음껏 비판하면서 자신에 대한 단 한 조각의 비판에도 불편해 하고 신경질적 반응을 보이는 사람이나 집단이 우리 주위에는 너무나 많이 있습니다. 비판에 앞서서 해야 할 일은 비판을 듣는 것입니다.

만약 필자가 지금 저의 옆에 있다면 당장 논쟁을 하고 싶은 부분들이 더러 있습니다. 이 말은 제가 이 책의 내용에 대해 완전하게 동의하지는 않는다는 뜻입니다. 하지만 필자의 문제제기, 대안제시, 시각 등의 상당부분에 대해서 동의합니다.

61
수업의 완성

2014.12.19.

우리 앞에 서 있는 아이들은 학습을 통해서 성장합니다. 그 학습은 단순히 교과서를 익히는 것으로 충분한 것이 아니고, 관계를 통해서 익어 갑니다.

지금 이 순간에도 전국의 수많은 교실에서 수업이 진행되고 있습니다. 물이 흐르듯 음악이 흐르듯 오케스트라 공연이 이루어지듯 하는 수업이 있는가 하면, 교사나 학생이나 무미건조한 분위기 속에서 전개되는 수업도 있습니다.

과연 어떤 수업 방법이 최선 최적의 수업 방법일까? 바로 이것이다, 라고 말할 수 있는 수업 방법은 아마도 없을 것입니다. 그러나 수업에서 결코 놓쳐서는 안 되는 것이 무엇인지 그 단초를 제공해 주는 수업의 지혜들은 있을 것입니다.

김성효 · 권순현 · 허승환 지음, 『수업의 완성』이 바로 그런 책입니다. 지은이 김성효와 허승환은 초등학교 교사이고, 권순현은 고등학교 수학 교사입니다.

위 세 분의 현직교사들은 2014년 10월 18일 역삼동에 있는 동그라미재단 모두의홀에서 교사들을 상대로 강연을 했고, 그 내용을 한 권의 책으로 엮었습니다.

이들의 수업 이야기는 단순한 수업 성공 이야기가 아닙니다. 학교에서, 수업에서, 그리고 일상에서 학생들과 부딪치면서 겪었던 일들을 고스란히 드러내 놓고 있습니다.

교사로서의 기나긴 과정 속에서 그들은 때로는 눈물도 흘리고, 너무 힘들어서 휴직을 하기도 하고, 학교에서는 아이들을 가르치면서 자신의 자녀는 홈 스쿨링을 시키면서, 수업이란 무엇인지 깨달음의 경지를 어느 정도 선명하게 보게 되었습니다. 바로 이런 점 때문에 이 책은 단순한 활자를 넘어서서 살아 움직이고 있고 읽는이의 가슴에 감동의 파고를 일으킵니다.

지은이 김성효는 수업에서 가장 중요한 것은 '듣기'라고 말합니다. 그러면서 그는 '우리는 왜 듣기를 안 가르칠까'라는 의문을 제기합니다. 그는 세 가지 종류의 듣기를 말합니다. 귀로 듣기, 눈으로 듣기, 마음으로 듣기입니다.

그는 웃음이 없는 교실은 배움이 없는 교실과 같다고 보면서, 학습이 즐거운 경험이고 배움이 행복한 것이라고 느끼게 해 주는 것이 정말 중요하다고 주장합니다.

그의 자기고백이 있습니다. 처음에는 무조건 재미있기만 하면 좋은 선생님인 줄 알았지만, 나중에 그게 아니었다는 것을 깨달았다고 합니다.

"그게 다가 아니다. 아이들이 좋은 점수를 맞고 수업 시간에 발표가 많아지는 게 전부가 아니다. 나는 아이들에게 꿈을 심어주지 않았구나."

그는 동료 교사들에게 자기신뢰의 중요성을 강조합니다.

"내가 시간이 흐른 다음에 지난 시절을 돌아보니 사고도 많이 치고 실수도 많이 했던, 한 마디로 좌충우돌했던 교사거든요. 그럼에도 불구하고 계속 조금씩 앞으로 나아갈 수 있는 건, '나는 분명히 어제보다 조금 더 나아졌으리라. 내가 가르치는 아이들은 그걸 알아줄 것이리라'고 믿기 때문입니다."

지은이 권순현도 수업을 재미있게 하자, 라는 확신을 갖고 있습니다. 그는 학생들을 상대로 '최고의 선생님이란 어떤 선생님인가'란 질문을 했고 그에 대한 답변을 순서대로 정리해 놓았습니다.

1. 질문에 친절하게 답해 줄 때, 2. 재미있게 수업할 때, 3. 열정적으로 가르쳐 주실 때, 4. 칭찬과 격려를 많이 해 줄 때, 5. 내 이야기를 잘 들어 주실 때, 6. 학생 입장에서 생각해 주실 때, 7. 관심 갖고 이름 불러 줄 때, 8. 공과 사가 분명할 때.

반대로 학생들이 싫어하는 선생님의 조건은 이렇습니다.

1. 특정학생을 편애할 때, 2. 수업시간이 지루할 때, 3. "학원에서 다 배웠지?"라고 말할 때, 4. 질문할 때마다 답변이 다를 때, 5. 했던 말을 계속 반복할 때, 6. 권위적일 때, 7. 교과서만 읽고 필기만 시킬 때, 8. 못한다고 무시할 때.

그러면서 위 목록에서 1번만큼은 절대 하지 말라고 당부합니다.

그가 말하는 자신의 수업 모토가 인상적입니다.

"강의하지 말고 참여시켜라. 한 명도 포기하지 않는다."

수학 교사인 그가 사용하는 수업법은 '서로 가르치기'입니다. 학생이 학생을 가르치도록 하는 방법입니다. 그는 이것을 가리켜 학생 참여식 수업이라고 말합니다.

그리고 그의 입에서 나오는 감동적인 한 마디, "교사의 생명은 수업입니다. 수업에 목숨을 거세요." 그가 꿈꾸는 교사상은 '부모 같은 교사가 되는 것'입니다.

지은이 허승환은 수업을 완성하는 것으로 공책정리의 힘을 강조합니다. 그는 수업일기를 매일 쓰고 있습니다. 수업을 끝내고 집으로 돌아오면 그날 수업에서 마음에 안 드는 것들을 공책에 적어 놓는다고 합니다.

그에게는 교사로서의 뼈아픈 상처가 있었습니다. 초임교사 시절 아이들에게 화만 내던 그는 3년 동안 담임을 못 맡고 보결교사만 했기 때문입니다.

그는 아이들이 공책정리를 하는 것을 매우 중요하게 생각합니다. 공책의 목표는 아이들이 자기만의 생각을 정리하도록 돕는 것이기 때문입니다.

너도나도 독서의 중요성을 강조하는 시대에 독서교육의 목표가 무엇인지에 대해 진지하게 생각해 봐야 합니다. 그가 말하는 독서교육의 목표는 (아이들이) 책을 좋아하게 만드는 것입니다.

그의 공책정리 비법은 '날단학공'입니다. 그의 공책은 날짜, 단원명, 학습문제, 공부하는 시간으로 구성되어 있기 때문입니다. 그리고 그는 아이들의 공부에서 복습을 중요시하면서, 아이들이 알고 있는 것을 말로 표현하도록 합니다.

62

O.S.T.코드 ; 클래식

2014.12.28.

자동차를 운전하면서 외국 여행을 다니던 시절, 저는 가이드북을 손에서 놓지 않았습니다. 우리나라에서 발행되는 외국 여행 가이드북은 그 수준이 매우 높고 설명이 정확합니다. 현지 가이드에게 듣는 것보다 더 깊이 있는 경우가 많습니다. 그것으로 부족한 경우에는 외국인 단체 여행객들이 가이드로부터 설명을 들을 때 살짝 끼어서 귀동냥을 하면 됩니다.

영화도 마찬가지입니다. 영화를 보기 전 미리 영화 가이드를 읽고 나서 영화를 보면 이해의 정도가 훨씬 더 깊어집니다. 하지만 영화 가이드가 놓치는 부분이 있습니다. 그것은 그 영화 속에 들어 있는 O.S.T.(original sound track)입니다. 저 역시 영화 속을 관통하는 주제 음악을 잘 모르거나 전혀 모르고 영화를 보는 경우가 태반이었습니다.

그런 점에서 현직 음악 교사 이인화가 쓴 책 『O.S.T. 코드 ; 클래식』

은 우리의 시선을 끌기에 충분한 책입니다. 이 책에서 저자는 서양 영화에 들어 있는 클래식 음악을 통해서 영화와 음악이 어떻게 만나고 있는지를 매우 흥미롭게 정리하고 구성해 놓았습니다.

"영화에서 음악의 중요성에 대해 연구한 기존의 책들이 더러 있으나 대개는 어떤 영화에 이런 좋은 음악이 쓰여서 극의 흐름에 감동을 주었다는 정도의 내용들이다. 그 동안 음악을 역사, 사회, 문화적 측면에서 연구해 왔던 필자는 영화의 O.S.T.로 사용된 클래식 음악을 연구한 기존 서적들이 음악 감독들의 의도를 충분히 읽어내지 못했다는 아쉬움을 가지고 있었다. 그래서 기존의 서적들이 간과한 음악과 음악가들이 가지는 역사, 사회, 문화적 의미가 영화에서 어떤 의미로 어떻게 사용되며 관객들에게 어떤 감동을 주는지를 연구해서 영화와 음악을 사랑하는 독자들과 대화하고 싶었다"는 것이 이 책을 쓴 저자의 의도입니다.

이 책은 Part 1 「거대 권력의 폭력과 인간의 자유 의지」와 Part 2 「사람, 삶」에서 「아웃 오브 아프리카」, 「쇼생크 탈출」, 「마이너리티 리포트」, 「죽은 시인의 사회」, 「필라델피아」, 「쉰들러 리스트」, 「지옥의 묵시록」, 「플래툰」, 「인생은 아름다워」, 「제5원소」, 「위험한 정사」, 「귀여운 여인」, 「매디슨 카운티의 다리」, 「양들의 침묵」 등 우리에게 익히 알려진 29편의 영화를 소개하고 있습니다.

베토벤 교향곡 9번 「합창」은 베토벤이 30년 이상 구상하여 만든 마지막 교향곡으로 환희와 인류애의 메시지를 담고 있다고 합니다. 그런데 영화 「죽은 시인의 사회」의 음악 감독이 영화의 O.S.T.로 이 곡을 골랐습니다.

이러한 선곡에 대하여 이 책의 저자는 "교육적 성취를 위해 서로 경쟁을 하고 입시를 위한 공부 외의 모든 활동이 배제된 학교생활에서, 단체운동인 축구를 하며 공동체의 일체감을 맛보는 장면에, 음악사적으로 전통의 틀을 벗어나 새로운 시대로의 전환을 가져왔으며, 음악적으로 모든 인간이 하나가 되는 인류애의 매시지를 담은 베토벤의 9번 교향곡을 삽입하는 것은 음악감독으로서는 어쩌면 당연한 곡 선정일 수도 있겠다"(70쪽)라고 말합니다.

객관의 시대에 활동했던 작곡가 바흐. 그가 작곡한 「영국 모음곡 2번」은 영화 「쉰들러 리스트」의 O.S.T.로 등장합니다.

이 영화에 나오는 아우슈비츠 수용소는 나치스 독일 최대의 강제수용소이자 집단학살의 장소였습니다. 이곳에서 유럽에 거주하고 있던 유태인은 물론이고 어린아이들과 생존할 가치가 없는 존재로 치부되었던 장애인들이 학살을 당했습니다.

이 영화에서 독일군 병사들이 건물 천장에 숨어 있는 유태인들을 향해 총을 난사할 때 독일 장교 하나가 주변 상황에 전혀 아랑곳하지 않고 편안하고 우아한 모습으로 피아노 건반을 두드립니다. 그 음악이 바로 바흐의 「영국 모음곡 2번」의 전주곡입니다.

이 영화의 음악감독은 왜 이 곡을 선택했을까? 이러한 궁금증에 대한 필자의 분석은 이렇습니다.

"밖에서 들리는 총성과 비명에 전혀 개의치 않는 무미건조한 표정으로 독일인들의 자랑인 바흐의 영국 모음곡을 연주하는 나치 친위대의 모습은, 유대인들에 대한 소탕이 나치 친위대에게는 전혀 감정이 개입될 필요없는 당연히 할 일을 하는 아주 객관적인 일임을 보여준다. 경쾌하게 연주되는 음악은 유대인 학살이 나치에게는 마치 쓰레기를 청소해내는 것 같은 일이었음을 보여주며 그래서 이 장면은 비명과 몸부림과 아우성이 난무하는 학살 장면과는 비교할 수 없을 만큼 인간의 잔인함의 극치를 표현한다."(116쪽)

63

나의 조선미술 순례

2015.1.1.

연말연시인 어제와 오늘에 걸쳐 깊이 있는 책을 한 권 읽었습니다. 서경식이 쓴 『나의 조선미술 순례』입니다. 지은이 서경식은 재일조선인으로서 일본게이자이대학의 교수이자 우리에게 익히 알려져 있는 인물입니다.

지은이는 서문을 통해 이 책의 성격을 " '조선 민족' 미술가들과의 만남과 대화를 토대로 묶은 미술 순례의 기록이다"라고 말하고 있습니다.

이 책을 읽고 나니, 이 책은 미술과 역사로 한민족의 역사, 즉 식민지배, 분단, 한국전쟁, 독재체제 등 한국의 현대사를 보고자 한 것이라는 걸 알 수 있었습니다.

이 작업을 위해서 지은이는 직접 만나서 인터뷰를 할 수 있는 현존 화가 4인, 직접 만날 수는 없지만 깊이 있는 설명을 해 줄 수 있는 전문가가 있는 화가 1인, 그리고 오로지 자료만으로 정리해야 하지만 지은이의 구상을 풀어내는 데 불가결한 화가 1인 등 총 여섯 명의 화가를 대상으로 삼았습니다.

긍지 높은 촌놈 신경호, 완고한 맏아들 정연두, 우아한 미친년 윤석남, 분열이라는 콘텍스트 이쾌대, 성별조차 초월한 이단아 신윤복, 이름이 많은 아이 미희가 바로 그들입니다.

전남대 미술대 교수인 신경호는 "5·18을 겪은 광주 사람으로서 이 사건의 진실을 예술적으로 증언하거나 표현한 작품이 있다고 생각하십니까?"라는 질문을 던집니다. 이에 대해 지은이는 "도청에 들어가 목숨을 걸고 싸웠던 자만이, 아니 극단적으로 말해 죽은 자만이 진정한 목격자이자 증인인 셈이다"라고 말합니다.

"후배 세대, 아랫세대에 대해 어떤 생각을 갖고 계신지요? 그 중에서 주목하는 화가가 있는지요?"라는 지은이의 질문에 "싹이 보이는 놈들은 있죠. 그런데 공부를 안 해요"라는 답변은 미술 분야뿐만 아니라 요즘의 우리나라 현실 전반에 대해 질책하는 느낌으로 다가옵니다.

지은이는 정연두에 대해 "우리의 삶을 통해 등장하는 꿈(허구)과 현실, 과거와 미래, 눈에 보이는 것과 보이지 않는 것의 경계를 넘나들며 상반된 둘 사이의 긴장감을 사진, 영상, 퍼포먼스 등 다양한 매체를 통해 드러내고 있다"고 평합니다.

정연두는 이런 말을 합니다. "후쿠시마 원전 사고가 일어난 지 불과 3년밖에 되지 않았지만 이제 그 일을 말하는 것 자체에 대한 거부반응이 드러나고 있습니다. 세월호 사건도 마찬가지 상황이 되지 않을까 생각합니다. 예술가가 사회적 문제를 얘기한다 해도, 그 작품에 대한 반응 속도는 다를 수 있습니다."

신윤복 이야기는 『바람의 화원』의 저자인 이정명 작가와의 인터뷰 형식으로 풀어냈습니다. 이정명이 조선의 회화와 비교해 본 신윤복의 그림은 이런 것입니다. "조선의 전통 회화는 보는 대로 그리는 것이 아니라 자기가 믿는 것, 생각, 상상하는 것을 그리는 거였죠. 그렇기 때문에 실제로 그리는 대상은 화폭의 아주 작은 부분이나 귀퉁이에 두고, 자기가 하고 싶은 말이나 생각을 시가 되었든 문장이 되었든, 자신이 쓴 것이든 고전에서 따온 것이든 넓은 여백에 적어 내려갔고요. (……) 하지만 신윤복 같은 화가는 보이는 대로 믿는 편이었던 것 같아요."

지은이는 신윤복을 이단아로 봅니다. 그는 신윤복의 「미인도」에서 받은 인상을 다음과 같이 서술합니다. "남성이 지닌 시선의 폭력에 갇혀 긴장하는 모습도 없고, 거꾸로 아양 떨며 자신을 상품화하려는 생각도 없이, 정녕 '자연체'인 것이다. 한 마디로 미인도의 여성은 '기호'가 아니다. 자신을 그리고 있는 화가가 동성인 여성이거나, 혹은 어쩌면 자기 자신이기에 가능한 자연스러움을 보여 준다."

지은이는 이 책의 제목으로 '조선'미술이라는 개념을 사용한 이유에 대해서도 설명합니다. "나는 '조선'이라는 말을 시간적으로나 공간적으로 더 넓은 차원에서 바라본 총칭으로 사용했다. '한국미술'이라는 호칭을 일부러 쓰지 않은 이유는 '한국'이라는 용어가 제시하는 범위가 민족 전체를 나타내기에는 협소하다고 생각했기 때문이다."

이 책은 부록 1로 「사람이 아름다웠다 : 홍성담」을, 부록 2로 「붓질 : 송현숙」을 싣고 있습니다.

64

한권으로 꿰뚫는 탈핵

'밀양 송전탑 건설이 왜 문제일까?'라는 생각을 많은 사람들이 해 보았을 것입니다. 가정에서 사무실에서 연구실에서 공장에서 필요한 것이 에너지와 전력이고, 그 에너지와 전력은 저절로 발생하는 것이 아니라 일정한 생산과정을 통해서 만들어지는 것일 텐데, 그 실체는 무엇일까, 라는 물음을 이제는 진지하게 제기해야 할 때가 되었습니다.

이러한 의문점들에 대해 체계적으로 그리고 매우 공정한 시각으로 답을 주는 책이 있습니다. 천주교창조보전연대가 엮은 『한권으로 꿰뚫는 탈핵―핵 없는 세상을 위해 함께 만든 교과서』입니다.

이 책은 18명의 전문가가 우리나라 에너지와 전력이 위험천만한 핵 발전에 의존하고 있다는 것을 상세한 근거를 들어 고발하고, 나아가 현재의 위기상황을 타개할 수 있는 대안으로서 에너지와 전력의 수요 관리, 재생에너지의 개발, 에너지와 전력에서의 불평등의 해소 등을 제시하고 있습니다.

석유와 석탄 등의 화석연료, 핵발전, 재생가능에너지가 인간의 삶에 필요한 에너지와 전력을 만들어 내는 3대 공급원입니다. 그런데 핵발전의 경우 유독 우리나라와 일본에서만 핵(에너지)발전소(nuclear energy plant)라고 부르지 않고 원자력발전소(atomic energy plant)라고 부릅니다. 일종의 용어 사기라고 할 수 있습니다.

핵발전산업은 1979년 미국 쓰리마일 사고, 1986년 구소련 체르노빌 사고, 2011년 일본 후쿠시마 사고를 거치면서 몰락의 길을 걸어가고 있습니다. 그러나 지구상에서 유일하게 대한민국만이 핵발전의 비중을 높이고 핵발전소 수출 전략을 확대해 나가고 있습니다. 우리나라에서는 1978년 핵발전소 고리 1호기의 가동을 시작으로 현재 총 23기의 핵발전소가 발전을 하고 있습니다.

후쿠시마 제1핵발전소 1, 2, 3호기에서 방출된 (발암물질인) 세슘 137의 양은 1만5천테라베크렐이라고 합니다. 이것은 히로시마 원폭이 89테라베크렐이었던 것에 비추어 히로시마형 원폭 168개분에 해당한다고 합니다. 여기에 그치지 않고 지금도 하루 몇 백 톤씩의 방사성물질이 태평양으로 흘러들어가고 있다고 하니 그 가공할 만한 재앙의 정도는 가늠하기도 어려울 정도입니다.

그뿐만이 아니라 1986년에 발생한 체르노빌 핵발전소 사고 이후 30년 가깝게 흐른 지금도 계속해서 방사성물질이 나오고 있다는 것입니다. 전력을 대량으로 소비하는 지역은 대도시인데도 불구하고, 핵발전소에서 대도시로 전력을 보내는 데 필요한 초고압 송전선의 설치로 발생하는 건강과 재산 등의 피해는 고스란히 전력의 대량소비와는 관계가 없는 지역(예: 밀양)의 주민들 몫으로 전가되고 있는 것도 결코 정의롭지 못한 일입니다. 더구나 핵발전소를 갖고 있는 미국, 영국, 프랑스, 중국, 한국 등 세계 31개의 국가들은 아직까지 사용후핵연료를 보관할 수 있는 시설조차 제대로 확보하지 못하고 있다고 합니다.

이러한 혼란 속에서도 세계 각국은 후쿠시마 핵발전소 사고를 계기로 핵발전소를 폐기하고 재생에너지를 개발할 뿐만 아니라, 그 지역의 에너지와 전력은 그 지역에서 생산하도록 하는 정책을 추진하고 있습니다.

국내 4만여 명의 핵마피아들의 무한대 이익창출을 위하여 전 국민과 인류의 미래를 희생시키는 일을 이제는 중단시켜야 한다는 것이 이 책이 전하고자 하는 메시지입니다.

"후쿠시마 핵발전소사고는 복수 핵발전소의 동시사고, 대규모 해양오염의 발생, 핵발전소사고의 장기화라는 특징 때문에 인류가 경험하지 못한 전대미문의 사태다. 후쿠시마 핵발전소사고는 아직도 진행중이며, 각종 피해는 계속 늘어나고 있다. 그러나 핵마피아는 미래세대를 포함한 인류와, 생태계에 이렇게 참혹한 고통을 겪게 하고서도 자신들의 이익을 위해 핵발전소 건설, 수명연장과 세력확장을 하며 희생을 강요하고 있다. 바로 눈 앞에 벌어진 재앙을 보면서도 극소수의 악마적 세력에 의해 인류와 지구는 파멸의 길로 치닫고 있는 듯하다. 역사에서 교훈을 찾아야 한다. 어느 역사학자의 말처럼, 역사에서 배우지 않으면 역사가 스스로 찾아온다."(54쪽)

65
참여하라

2015.4.18.

우리나라 현대사에서 20대는 여러 가지 면에서 가장 주목을 받는 존재였습니다. 1960년 4·19 혁명, 1980년 광주민중항쟁, 1987년 6·10 민중항쟁 등 그 모든 움직임의 한복판에는 반드시 20대가 중추적 역할을 맡고 있었습니다.

20대의 역할은 여기에서 그치지 않았고, 대선과 총선 때 선거의 결과를 좌지우지할 만큼 정치적 존재감이 특별했습니다. 이 때문에 정치권과 언론은 20대의 투표율에 주목하면서 긴장을 늦추지 않았습니다.

하지만 언제부터인가 대한민국의 20대는 아무도 주목하지 않을 뿐만 아니라 정치적 존재감도 없는 초라한 신세로 전락해 버렸습니다.

만성적인 청년실업에 힘들어 하면서도, 이 시대 청년실업의 이유가 무엇인지, 그것을 극복하기 위해서는 어떤 이성적 고찰과 대안제시가

필요한지에 대한 고민도 없이 기득권세력이 짜놓은 틀 안에서 각자도
생에 빠져 있습니다.

이런 시대에 20대를 포함하여 우리 모두가 읽어볼 만한 책이 있습니다. 『분노하라』라는 책으로 우리에게 잘 알려진 스테판 에셀의 『참여하라』입니다.

이 책은 1917년생인 현대 프랑스의 대표적 지성 스테판 에셀이 청년 시민운동가와 나눈 대담을 책으로 엮은 것입니다. 대담자 질 방데르푸텐은 1985년 프랑스 툴루즈 출생으로 작가이자 로브 출판사 총서 기획 책임자이며, 비정부기구인 '희망 리포터'의 편집장입니다.

생태 문제에 참여하는 일도 과거 레지스탕스 활동이 지닌 의미만큼이나 명확하고 절실하다고 보느냐는 질문에 에셀은 다음과 같이 답변합니다.

"에너지나 자원의 과소비를 줄이는 일에 젊은 세대가 참여하는 것역시 구체적인 참여 행위에 해당합니다. 자동차 산업의 부산물이나 원자력에 반대하는 조직에 이미 참여했을 수도 있고 아니면 개인적으로 싸울 수도 있습니다."(34쪽)

에셀이 '유럽 에콜로지 당'을 지지하면서 정치 참여를 하였는데, 이시점에서 이러한 참여를 한 이유가 무엇이냐는 질문에 대해서 이렇게 답변합니다.

"왜 그런 참여를 했냐고요? 저는 항상 스스로를 사회주의자라고 생각합니다. 제가 '사회주의자'라고 말할 때는 사회적 불의를 민감하게 의식하는 사람이라는 뜻이지요. 이런 면에서 사회주의자들은 자극을 좀 받아야 합니다."(57쪽)

서구 문화와 본질적으로 매우 다른 문화 전통을 지닌 나라들이 서구 발전의 특징이라 할 수 있는 소비지상주의 이데올로기에 그냥 침탈당하고만 있다는 사실을 어떻게 분석하느냐는 질문에는 이렇게 설명합니다.

"저마다 자기 문화를 누릴 권리, 그리고 타인으로부터 자기 문화를 존중받고 인정받을 권리, 이런 권리가 보장될 때 다양한 문화가 공존할 수 있고, 더불어 대결이 아닌 다른 가치가 창출될 수 있습니다."(62쪽)

글로벌한 문제와 각 지역의 주도권 문제가 서로 긴밀히 연결되어 있다는 생각을 하고 있느냐는 질문에 이렇게 답합니다.

"레지스탕스가 반드시 필요하지만 그저 저항만 한다고 해서 레지스탕스라 말할 수는 없습니다. 저는 이런 말을 한 적이 있습니다. '저항 그것은 창조요, 창조 그것은 저항이다'라고. 항상 긴장해야 하고 항상 창조적이어야 합니다. 무엇이든 단순화하려는 시도는 굉장히 위험한 사고입니다. 지혜롭게 생각하는 습관을 들이십시오. 지혜로운 사고는 지성이나 창의력에서 나오는 것이 아니라 오직 균형감각에서만 나옵니다."(73쪽)

에셀이 유엔에서 사회문제 분과의 책임을 맡았던 시기에 미래에 대한 관점은 어떤 것이었고, 지금은 어떻게 달라졌느냐, 라는 질문에 대해서는 세계인권선언의 중요 조항들을 열거하면서 사르트르의 다음과 같은 말을 인용합니다.

"사람은 진정으로 참여할 때, 그리고 자신의 책임을 느낄 때 비로소 참된 사람이다."(85쪽)

대담자 질은 이런 질문을 합니다.

"선생님이 젊은이들에게 주실 수 있는 메시지를 한 마디로 압축하면 '미래 만세!'인가요?"

에셀의 대답은 이렇습니다.

"글쎄요. 저는 '미래 조심!'과 '미래 만세! 두 가지를 다 말하고 싶습니다. 잠재된 여러 위험을 결코 만만하게 보아서는 안 됩니다. 그러나 동시에, 어떤 위험이든 모두 우리가 맞설 수 있고 뛰어넘을 수 있는 수준이라는 것 또한 잊어서는 안 됩니다. 다만 무조건적으로 '미래 만세! 자, 해보자, 다 잘 될 거야. 잘 될 수밖에 없어.' 이런 입장을 저는 경계합니다."(92쪽)

66
학교가 돌아왔다

2015.5.22.

교육감 1기를 시작했던 지난 2010년 7월 당시에 학생 수 13명이었
던 진안장승초등학교, 어차피 폐교될 학교로 여기고 도교육청은 물론
이고 그 누구도 관심을 갖지 않았던 스러져 가는 학교였습니다.

전북교육청은 그 학교를 혁신학교로 지정했습니다. 이유는 하나,
기회만 주면 모든 아이들이 행복하게 배우고 성장하는 학교로 만들어
보겠다는 선생님들의 눈물겨운 호소 때문이었습니다.

도의회 교육위원회와 지역언론의 비판이 빗발쳤습니다. 심지어 교
육감 선거에 대한 논공행상이라는 비아냥까지 쏟아졌습니다.

하지만 선생님들과 학부모님들은 묵묵히 학교 만들기에 집중했습
니다. 그 결과 지금은 많은 사람들의 관심의 대상이 되는 학교, 가고
싶은 학교로 탈바꿈했고, 학생수도 초등 92명, 유치원 14명으로 늘어
났습니다.

학교가 이런 모습을 갖추기까지 교원들을 비롯한 모든 교직원들, 학부모 그리고 지자체와 지역사회의 눈물과 땀과 열정이 모아졌습니다.

자녀들을 모두 이 학교에 보내면서 동료교사들과 함께 아이들의 배움과 성장을 위해 자신의 모든 것을 쏟아 놓은 이가 있습니다. 윤일호 선생님입니다. 그 과정이 한 권의 책으로 완성되었습니다. 윤일호 지음, 『학교가 돌아왔다』입니다.

'장승초는 이렇게 만들어 가면 좋겠다'라는 도교육청의 지침이나 희망사항은 전혀 없었습니다. 도교육청은 필요한 지원만 하고, 교육과정 구성부터 현장체험학습에 이르기까지 모든 것이 장승초 교육공동체에 맡겨졌습니다.

저는 교육감으로서 사랑하는 자녀를 장승초에 보내는 학부모님들께 주어지는 가장 큰 선물은 무엇일지가 궁금했습니다. 지은이는 '내년에 우리 아이의 담임선생님이 누가 될까에 대한 두려움이 전혀 없다'는 것을 가장 큰 선물로 꼽았습니다.

이 책에 한 학부모님의 말씀이 나옵니다.

"우리 장승초에서는 그런 걱정을 하지 않아요. '누가 담임 돼도 좋다'는 선생님에 대한 학부모의 믿음이 있기 때문입니다. 얘기해 보면, 다른 엄마들도 모두 그렇게 생각하더라고요. 이전 학교 엄마들이 장승초의 이 점을 가장 부러워하더라고요."

책을 쓰는 사람들이 빠지기 쉬운 함정이 있습니다. 그건 부지불식 간에 자신을 드러내려 한다는 것입니다. 하지만 이 책에서 지은이 윤일호 선생님은 시종일관 자신은 감추고 아이들을 드러내고 있습니다. 그래서 제목의 첫 머리를 꼭 아이들의 시로 채우고 있습니다.

그 가운데 하나를 소개합니다.

청소

연구발표회를 한다고
학교 청소를 사흘이나 했다.
유리창 닦는 것만 이틀을 했다.
당일이 되니까 선생님들도
180도 바뀌었다.
갑자기 친절해지셨다.
사람이 저렇게 변할 수 있나?
웃기면서도 신기하다.

—민진홍(송풍초 6학년, 2008. 10. 31.)

67
집 나간 책

2015.6.2.

며칠 동안 병원에 있다가 사무실로 돌아오니 책상 위에 책 한 권이 있었습니다. 제목이 희한했습니다. 서민이 쓴 『집 나간 책』이었습니다.

책의 구성도 독특합니다. 뭔가 말하고 싶은 소재를 정하고 그것을 풀어내는 단서로 지은이가 읽은 책을 끌어들이는 것입니다. 이 책에 등장하는 책은 모두 44권입니다. 지은이가 이 책 모두에서 감동을 받은 것은 아닙니다. 그 중에는 '이건 아니다'라는 책도 있지만, '왜 그런지' 그 이유를 밝히면서 하고자 하는 말을 정리합니다.

한 권의 책 속에서 이렇게 많은 책이 등장할 때 품게 되는 의문이 있을 수 있습니다. '도대체 지은이가 다루고자 하는 주제는 뭐지?'라는 것입니다. 이런 의문에 대해 지은이는 책 표지 맨 위에 '오염된 세상에 맞서는 독서 생존기'라고 대답하고 있습니다.

독보적인 기생충학자인 서민 교수님이 바라보는 요즘 세상은 경향신문에 기고하는 글 「서민의 어쩌면」을 읽어 보면 잘 알 수 있습니다.

이슈를 잡아내는 예리한 시각과 그 이슈를 때로는 예리하게 때로는 유머러스하게 풀어내는 글솜씨는 같은 시대를 살아가는 지식인들의 부러움을 사기에 충분하고도 남음이 있습니다.

이 책은 세 개의 장으로 구성되어 있습니다. 제1장 「사회 / 무지에서 살아남기」, 제2장 「일상 / 편견에서 살아남기」, 제3장 「학문 / 오해에서 살아남기」.

글을 많이 쓰다보면 고소를 당하는 일도 더러 생깁니다. 지은이도 그런 어려움을 겪었습니다. 그래서 소개한 책이 주진우의 『주기자의 사법활극』입니다.

명예훼손으로 고소를 당한 지은이를 구해낸 사람은 바로 지은이의 부인이었습니다. 남편을 법적으로 방어할 수 있는 자료를 출력해서 사용했고, 그 결과 무혐의 처분을 받았습니다. 그때 지은이가 부인에게 했던 말입니다. "나는 여보가 자료를 계속 출력하기에 쓸데없는 데 시간과 프린터 잉크를 쓴다고 비웃었어. 미안해."

위화의 『사람의 목소리는 빛보다 멀리 간다』에서는 중국의 문화대혁명 당시 중학생들이 알렉상드르 뒤마의 『춘희』를 교실에서 밤을 새우며 베끼는 장면을 인용하면서 요즘 우리 젊은이들의 책을 읽지 않는 풍토를 개탄합니다.

"돈 버는 방법과 대학입시에 관련된 책만 팔릴 뿐 문학이 점점 죽어가는 21세기 대한민국, 지금 우리는 자발적인 문혁을 수행중이다."

지은이 서민 교수님이 공부를 아주 잘했다는 것에 이의를 달 사람은 없을 것입니다. 그래도 궁금한 것은 '왜 그렇게 공부를 열심히 했을까?'입니다. 이에 대한 답변은 "내가 공부를 열심히 한 건 공부마저 못하면 인생의 루저가 될지도 모른다는 절박감 때문이었으니까"입니다.

존 가트맨과 낸 실버의 『가트맨 부부 감정 치유』를 소개하는 글의 제목은 「아내에게 잘 하자」입니다. 얼마나 잘 하고 있나 궁금해서 들여다봤습니다.

"여보, 내가 다 읽고 나면 여보도 한 번 읽어봐. 큰 도움이 될 거야." 아내는 바로 대답했다. "너만 잘 하면 돼!" (아, 나는 이런 박력 있는 아내가 좋다.)

지은이는 우리나라가 과학 부문의 노벨상을 받을 가능성은 가까운 장래에도 없다고 보고 있는데, 그 근본적인 이유를 이렇게 설명합니다.

"의대에 오는 학생 중 연구를 하기 위해 지원한 학생이 거의 없다는 게 아닐까? 의대에 온 목적을 물었을 때 제대로 대답하는 학생이 드문 건 '의사가 경제적으로 안정된 수입을 보장해 주는 직업이니까'라는 대답을 차마 하지 못하는 까닭이다."

68

학생 사용 설명서

2015.6.4.

경남 창원의 한 초등학교에서 아이들을 가르치고 계시는 자칭 대마왕 차승민 선생님이 쓴 『학생 사용 설명서』를 읽었습니다.

경제학 용어 중 '한계효용체감의 법칙'이라는 것이 있습니다. 말하자면 사과를 먹을 때 먹는 수량이 늘어나면서 느끼는 만족감이 점차 줄어든다는 법칙입니다.

책을 읽으면서도 이런 경험을 할 때가 있습니다. 페이지를 넘길수록 재미와 유익함이 떨어지는 경우입니다. 그러나 이 책은 페이지가 넘어갈수록 재미를 더 많이 만들어내고, 자주 웃게 합니다.

지은이는 초등학생들을 가르치면서, 더 정확하게는 초등학생들과 함께 웃고 울고 뒹굴면서 지성과 감성으로 체험한 것들을 이 책 속에 차곡차곡 담아 놓았습니다. 그 속에는 동료 교사에게 주는 말도 있고 학부모에게 전하는 말도 있으며 때로는 자가 자신에게 다짐하는 말도 있습니다.

가장 돋보이는 것은 교사로서 아이들을 매우 긍정적인 시각으로 바라본다는 것입니다.

"부모 입장에서는 아이가 부모의 뜻과 다르게 생각하고 행동하게 되면 사춘기가 왔다고 여기지만, 내가 볼 때는 학생 스스로 뭔가 해 보려는 순간이 왔을 때가 사춘기의 시작이라 본다."(71쪽) (말썽꾸러기에 대해서) "가장 위험한 것은 말썽을 일으킨 학생을 교사나 부모가 지나치게 위험하게 생각하는 것이다."(310쪽)

지은이는 자녀의 성적에 전전긍긍하는 학부모에게 "점수 자체가 주는 상징성은 크지만 적어도 초등학교에서는 그다지 신뢰도가 높지 않다는 것이 현직 교사들의 생각이다"(242쪽)라고 말합니다.

사교육을 맹신하는 학부모에게는 "사교육에 대한 지나친 의존은 자기 주도적 학습을 방해한다는 확신을 부모가 가져야 한다"(256쪽)고 하면서 "선행학습보다는 숙제나 후행 학습을 학생 스스로 할 수 있도록 도와 달라 (……) 부모의 믿음이 부족할 때 사교육의 유혹은 너무나도 달콤하게 다가올 것이다"(265, 266쪽)라고 말합니다.

선생님들 중에는 학생들에게 많은 양의 숙제를 내는 분들도 계십니다. 이에 대해 지은이는 "나는 숙제를 별로 내지 않는다. 기껏 내면 수학 익힘책 문제 풀기나 수업 중 나왔던 단어 찾기 정도다. 기껏해야 한 두 장 정도의 숙제이고 마음만 먹으면 10~20분 사이에 충분히 할 수도 있고 심하면 남의 것을 베껴 오더라도 대충 넘어가는 선생님인데도 꼭 안 해 오는 귀염둥이(?)들이 있다."(246쪽)

책에 옮겨진 한 아이의 메모지를 읽다가 배꼽을 잡고 웃었습니다

(52쪽).

「부모님 말 안 듣기」

스킬 : 엄마 '공부 좀 해라', 나 '나 지금 머리 아픈데', 엄마 '그럼 조금만 쉬어라'. (하루 종일 아픈 척 하고 다음 날 괜찮은 척)

부작용 : 너무 자주 쓰면 병원 끌려감. 다 나아도 침대에서 못 나옴. 하루 종일 죽만 먹음.

69
봉홧불을 올려라

2015.6.12.

동화가 주는 재미도 참 쏠쏠합니다. 서성자 장편동화, 정은규 그림, 『봉홧불을 올려라』도 그 중 하나입니다.

이 책은 1592년 임진왜란의 전운이 몰려오던 시대를 배경으로 봉화군 오장 강달봉의 열네 살 된 아들 강담을 중심 인물로 삼아 이야기를 풀어내고 있습니다.

상황에 따라 1봉수부터 5봉수까지 올리면 되는 것으로 알았던 봉수대에도 봉수군의 직무에 충실한 사람들이 있었는가 하면 왜놈들과 내통한 첩자들도 있었습니다.

어린 강담의 아버지 태평봉수대의 강달봉 오장은 자신의 직업에 대한 자부심이 높고 사명감이 투철한 사람이었습니다.

강달봉이 어린 아들 담에게 말합니다. "나라에 급헌 소식을 전해 전쟁도 막고, 피난 준비도 혀서 아까운 목숨도 구헐 수 있으니께. 삼국지에 나오는 관우 장군은 봉화가 오르지 않아 죽었고, 포사라는 여인은 장난으로 봉화를 올리게 해서 나라가 망했다고 헌다. 봉수대 일이 얼마나 중헌지 알겠냐?'

그렇게 당당하던 아버지를 첩자의 손에 잃은 아들 담은 할머니의 만류를 무릅쓰고 불과 열네 살의 나이에 봉수군이 되어서 아버지의 죽음에 얽힌 비밀을 하나 둘 알게 되고 점차 자신의 일에 몰입합니다.

그러던 어느 날 담이의 집에는 이 선달이라는 사람의 열두 살 난 딸 연이가 들어오고, 마치 '어느 산골 소년의 사랑 이야기'처럼 둘 사이에는 풋사랑의 아지랑이가 피어오릅니다.

하지만 불행하게도 이 선달은 바로 왜놈들의 첩자였고, 봉홧불이 오르지 못하게 하려던 이 선달의 계략은 담이의 기지로 실패하고 맙니다. 전쟁을 알리는 5봉수는 그렇게 해서 오르게 됩니다.

첩자 이 선달은 죽기 직전 품속에서 뭔가를 꺼내려 안간힘을 썼습니다. "담아, 우리 연이, 우리 연이에게 이 댕기……, 이 댕기를 전해……."

"안 돼! 아직은 죽지 마. 연이는 어떡하라고!" 담이는 이 선달을 흔들었습니다. "부산포에선…… 이미 전쟁……, 우리 연이……, 한양 가면…… 줄라고……." 이 선달이 고개를 들고 헛소리를 해 댔습니다. "미안……, 연이야, 연이야……." 더는 말을 잇지 못 하고 이선달은 고개를 힘없이 떨구며 숨을 거둡니다.

참 흥미진진하고 애잔하며 팽팽한 긴장감을 불어넣는 동화입니다.

70
놀이터 생각

2015.6.26.

아이들에게 놀이는 성장과정의 필수요소이고 아이들은 놀이를 통해서 많은 것들을 배워 나갑니다. 아이의 삶에서 놀이가 없다는 것은 아이가 아이답게 성장할 수 있는 가능성이 주어지지 않는 걸 의미합니다.

평생을 아이들 놀이터 구상에 집중해 온 놀이터 디자이너인 귄터 발치히, 그가 쓴 놀이터에 관한 책이 있습니다. 귄터 발치히 지음, 엄양선·베버 남순 옮김, 『놀이터 생각』입니다.

지은이의 말을 옮기면 이 책의 성격은 설계와 시공을 그대로 따라할 수 있는 놀이터 모델을 보여주려는 책이 아니라, 다만 놀이터가 제 역할을 할 수 있도록 여러 아이디어와 요령을 전해 주고자 합니다.

놀이터 설계와 관련하여 그는 "놀이터를 제도판 앞에 앉아 설계해서는 안 됩니다. 직접 현장에 찾아가서 체험하고 고안하고 구상해야 합니다"라고 말합니다.

아이들이 내는 소리는 각자의 처지에 따라 달리 들립니다. 그래서 지은이는 "아이들의 소음은 상대적입니다. 자기 아이가 내는 소리는 음악이고, 남의 아이들 소리는 소음으로 들립니다. 그러므로 아이들이 많이 노는 곳에는 방음 또는 소음 완화 조치를 해야 합니다"라고 권고합니다.

아이들 놀이터에서는 사고가 발생합니다. 사고 발생을 최소화하는 장치가 필요한 이유입니다. "사고가 자주 일어나는 놀이 공간의 바닥에는 콩자갈이나 나무껍질조각 등의 충격 완화재가 안전"하다고 합니다. "모래는 해마다 한 번씩 세척하고 오염 정도에 따라 3~5년에 한 번씩 교체해야 한다"고 합니다. 그네는 저작권이 없는 놀이기구라는 것을 이 책을 통해서 처음으로 알게 되었습니다.

놀이기구의 구입 방식은 늘 풀기 어려운 과제이고, 가장 편한 방식이 공개경쟁입찰입니다. 하지만 지은이의 생각은 다릅니다. "공고를 내서 가장 저렴한 가격을 제시한 업체와 계약하는 입찰 방식은 놀이기구에는 부적합합니다."

놀이는 아이들의 폭력과도 연관성을 갖는다고 합니다. 지은이는 "아이들이 놀이기구에서 실컷 놀다보면 공격성이 사라지고 폭력이나 파괴 행위로까지 이어지지 않습니다"라고 말합니다.

어른들은 '안전한 놀이 기구는 이것이다'라는 고정 관념을 갖기 쉽습니다. 하지만 지은이는 전혀 다른 시각을 갖고 있습니다. "보통 사람들은 안전한 놀이기구에서는 사고가 적게 일어나고 위험한 놀이기구에서는 사고가 많이 일어난다고 생각하지요. 그러나 위험한 놀이기구도 아이들이 위험을 인식하고 제대로 파악한다면 사고가 거의 일어나지 않고, 안전한 놀이기구에서도 경솔한 행동을 하고 놀면 사고가 발생할 수 있습니다."

이 책에서 반복적으로 읽을 수 있는 것은 아이와 어른의 차이입니다.

"아이들은 어른이 어른을 위해 만든 환경 안에서 살지요. 아이와 어른이 종종 다르게 느끼는 조형적 특징은 색상입니다. 의심할 것 없이 색은 시대 흐름에 따라서도 달라지는 매우 주관적인 견해의 문제입니다."

"어린이에게 맞는 공간은 아이들에게 조형의 자유를 허용하고, 바꾸고 장식할 여지를 주는 것입니다. 이것이 어른에게는 종종 파괴, 낙서 또는 유치한 것으로 느껴질 수 있습니다. 어린아이에게 맞는 세계는 어린이 고유의 미학을 지닙니다."

지은이의 다음 말은 압권입니다.

"한 마디 덧붙이자면, 예전 아이들이 지금 아이들보다 훨씬 더 착했다고 생각하는 이유는 지금 아이들이 더 나빠서가 아니라 우리 기억력이 더 나빠졌기 때문입니다."

71

수업을 비우다
배움을 채우다

2015.7.18.

지난 2011년부터 전북에서 혁신학교 정책을 추진해 나가면서 빠져 나오지 못하는 고민의 늪이 있습니다. 그것은 혁신학교가 초중고로 벨트처럼 이어져야 하는데, 학교 급이 올라갈수록 학교혁신의 철학과 의지와 노력이 약하다는 것입니다.

초등학교를 혁신학교에서 다니다가 선택의 여지가 거의 없어서 어쩔 수 없이 중학교에 입학한 아이들의 입에서 나오는 첫 마디는 '이게 뭐야?'라는 것입니다. 중학교로 고등학교로 올라갈수록 학교의 혁신과 교육의 혁신은 '연목구어'일까요?

그러다가 제 손에 들어온 책 한 권이 제 마음에 진한 감동을 주고 눈물이 흐르게 하고 존경의 마음까지 피어나게 하고 있습니다. 의정부여자중학교 지음,『수업을 비우다 배움을 채우다』가 바로 그 책입니다.

2011년부터 혁신학교로 운영되고 있는 의정부여중은 학교의 교육

철학을 '자존감과 배려'로 세우고, 이러한 교육철학에 맞게 모든 교과목의 교육과정을 재구성해 놓았습니다.

이 학교는 배움이 삶이라는 확신을 토대로 학생들로 하여금 교과에서 배우는 내용들이 자신들의 삶과 어떻게 연결되는지 확인하도록 하고 있습니다. 배움과 삶의 연결은 자연스레 학생들의 흥미와 호기심을 자극하고 있습니다.

학생 중심의 수업, 교과서의 재구성, 많이 가르치려는 욕심 버리기, 교사도 배운다는 겸허함이 의정부여중을 가르침과 배움이 아름답게, 그리고 역동적으로 조우하도록 만드는 힘입니다.

교사들은 이 학교의 가장 큰 특징을 "모둠 활동을 통한 자기주도적 학습"(217쪽)이라고 말합니다.

이 과정 속에서 교사들은 끊임없이 고뇌를 합니다. 그 고민은 아마도 '우리가 가는 길이 과연 옳은 길인가?'라는 물음인 것 같습니다. 그 고민은 교사들이 하나의 운명공동체를 이루어 서로 드러내고 나누는 고민이기 때문에, 어렵기만 한 교육과정과 평가의 유기적 일체를 성공적으로 이루어내고 있습니다.

1부 「배움은 관계 속에서 일어난다」, 2부 「모두를 살리는 교육과정」, 3부 「교과별 수업의 재구성」, 4부 「성찰이 있는 평가」로 구성되어 있는 이 책의 정수는 259쪽에 있습니다.

"해가 갈수록 농사는 인간이 짓는 것이 아니라 흙과 자연이 짓는 것임을 느낀다. 농사에는 두 가지의 의미가 있다고 한다. 별이라 상징되는 우주의 기운이 밭을 갈아 작물을 키운다는 의미와 새벽 별을 보고 나가서 허리 굽혀 일하는 고달픈 노동이라는 의미이다. 절대 쉽지 않은 교육의 길이지만 그 안에 하나하나 자라나는 작물의 소중함을 느끼며 결국 자연에 맞게 각자의 모습으로 자연을 닮은 아이들로 커나가는 것을 믿고 지켜봐 주는 것. 씨를 받는 일은 다음 세대를 위해 꼭 필요한 일이다. 옛 농부들은 굶어 죽는 한이 있어도 종자는 먹지 않았다고 한다. 학교는 우수한 형질을 가진 씨앗으로 대량생산을 해내는 종자 공장이 아니라 소득이나 생산량, 그리고 시장의 수요에 흔들리지 않는 다양한 씨를 만들어 내는 곳이어야 한다. 씨를 받아 다시 씨를 뿌리는 것이야말로 인간 사회의 지속가능성을 입증하는 명백한 증거이다.

　누구도 특별하지 않고
　누구나 소중하다."
　의정부여자중학교의 이충익 교장선생님과 모든 선생님들! 님들은 분명코 암흑의 시대 대한민국을 밝히는 교육의 성자들이십니다. 눈물나도록 감사합니다.

72

어린이를 위한 인권 이야기
'밀양 큰할매'

2015.7.28.

아침에 출근을 해서 하루를 시작하는 기도를 하고 묵상을 한 후에 책상 위를 보니 책 한 권이 눈에 들어왔습니다. 『어린이를 위한 인권 이야기 '밀양 큰할매'』였습니다.

책장을 넘기기 시작하면서 글과 그림에 빨려들어가기 시작했습니다. 제목에서 바로 알 수 있듯이 이 책은 밀양 송전탑 건설을 둘러싼 이야기입니다.

주인공인 어린이는 태극기 그리기 대회에서 1등을 한 후 의기양양해 있습니다. 이 아이의 태극기 그리기 솜씨는 밀양에 사시는 큰할매에게서 이어받은 것입니다.

밀양에 사시는 큰할매는 마을 사람들이 태극기 할매라고 부릅니다. 만날 대문에 태극기를 달아 놓으시기 때문입니다.

"할매가 니만할 때 아부지한테 배앗다 아이가. 나라가 없어 그래 고

생했다꼬, 그마이 나라가 중요한 거라고 카면서 갈차 주셨지. 그때가 광복이 되던 핸기라."

할머니의 삶의 철학이 돋보이는 한 구절입니다. "벼는 농부 발소리 듣고 크는 기라. 그마이 부지런해야 댄다."

할머니의 국가관은 이랬습니다. "나라가 있어야 우리가 있는 기라. 나랏일 하는 양반들이 백성들 잘 살게 해 줄라꼬 얼마나 연구하겠노. 그라이 나라에서 하는 일은 다 이유가 있는 기라."

그런 할머니가 송전탑 공사를 하는 뒷산으로 나가기 시작했고, 밤이 되면 촛불을 들고 집회에 참가했습니다. 그 앞에는 경찰 아저씨들이 새까맣게 몰려왔습니다. 할매의 논밭은 망가져 버렸습니다.

큰할매를 만나고 나오면서 아빠가 말합니다. "송전탑을 따라가면 그 끝에 핵발전소가 나온단다."

산에 있는 큰할매는 태극기 대신 새로운 그림을 그리기 시작합니다. 할매가 그린 그림은 모두 활짝 웃고 있는 마을사람들의 얼굴입니다.

이 책을 읽으면서 다시 한 번 생각해 봅니다. 나라사랑 하는 마음(애국심)은 국가권력에 의해서 강제적으로 만들어지는 것이 아니라 국가권력에 대한 국민의 깊은 신뢰를 통해서 자연스럽게 발현되는 것이라는 겁니다.

73
마지막 강의

2015.9.8.

미국 카네기멜론 대학 컴퓨터공학 교수 랜디 포시가 췌장암으로 이 세상과 작별하기 전에 행한 강의를 정리한 책이 있습니다. 『마지막 강의』가 그것입니다. 여덟 살 때 디즈니월드에 갔다가 디즈니에서 일하겠다는 꿈을 꾼 후, 어른이 되자 그는 디즈니랜드의 이매지니어(imagineer)가 되기도 했습니다.

공부에 파묻혀 결혼할 생각을 하지 못했던 그는 서른 일곱의 나이에 재이라는 여성을 만났고, 그녀와의 사이에서 결혼생활 8년 동안 딜런 로건 클로이 삼남매를 낳았습니다.

제대로 서 있기도 힘든 상태에서 그가 행한 마지막 강의는 많은 사람들에게 감동을 주고 눈물을 쏟게 만들었습니다.

마지막 강의에서 그는 이런 말들을 합니다.

"장벽은 그것을 절실하게 원하지 않는 사람을 걸러내라고 존재한다. 장벽은, 당신이 아니라 '다른' 사람들을 멈추게 하려고 거기 있는 것이다."

"경험이란, 당신이 원하는 바를 얻지 못했을 때 얻는 것이다."

"많은 사람들은 지름길을 원한다. 나는 최고의 지름길은 돌아가는 것이라 생각한다."

"만약 조언을 하는데 나에게 오직 세 단어만 허용된다면 단연 '진실을 말하라(Tell the truth)'를 택할 것이다."

"그 어떤 직업도 우리보다 하찮은 것은 없다."

그의 아버지는 아들 랜디 포시에게 다음과 같은 말을 남겼습니다.

"열심히 일해서 세계 최고의 노동자가 되는 것이 자만심 가득한 엘리트로 주변을 겉도는 것보다 훨씬 더 좋은 일……."

카네기멜론 대학에서 그는 '가상세계의 구축' 수업을 이끌었고, 학생들에게 "이 수업에서는 혼자서는 절대 살아남을 수 없다"는 말로 팀워크를 강조했습니다.

그는 마지막 강의가 끝나자 부인 재이에게 사람들과 함께 뒤늦은 생일축하 노래를 불러 줍니다. 사람들의 박수를 받으며 서로에게 안겨 있던 순간 재이가 남편의 귀에 속삭이는 말은 "제발 죽지 말아요"였습니다.

랜디 포시 교수는 많은 사람들의 간절한 기원에도 불구하고 버지니아 주에 있는 그의 자택에서 생을 마감했다고 합니다. 마지막 강의에서 랜디 포시는 그 강의가 그 자리에 모인 사람들을 위한 것만은 아니었다고 말합니다.

"오늘 이 마지막 강의는 내 아이들에게 남기는 것입니다."

겨우 여덟 살 때 가슴에 품었던 꿈을 끝끝내 이루어내고야 만 랜디 포시 교수. 그가 남긴 책, 『마지막 강의』가 마치 경전처럼 제 가슴에 남아 있습니다.

74
나의 몫

2015.9.11.

이란에서 태어나 정부 고위 간부를 지낸 작가 파리누쉬 사니이가 쓴 장편소설 『나의 몫』을 읽었습니다.

이 책을 읽으면서 이란 사람들의 삶을 들여다 볼 수 있었습니다. 우리 한국 사람들의 삶과는 너무도 이질적인 삶이라 생경하기도 했지만, 작품 속에 등장하는 사람들의 삶과 심리를 통해서 그곳에도 우리와 똑같은 인간의 본성을 갖고 있는 사람들이 살아가고 있다는 것을 확인할 수 있었습니다.

작가는 이 작품의 중심인물을 마수메라는 여성으로 설정했습니다. 위로 두 명의 오빠, 아래로 남동생과 여동생 각 한 명을 둔 5남매 가정의 셋째로 태어난 마수메. 그가 태어나서 성장하고 결혼을 해서 아이를 낳은 오십여 년 동안 이란 사람들은 격동의 시기를 겪었습니다. 샤 왕조의 인권 탄압, 반체제인사들의 활동, 샤 왕조의 붕괴, 호메이니의 집권, 호메이니 정권의 인권 탄압, 이어지는 이란과 이라크 사이의 전쟁. 숨막히듯 전개되는 시계열 속에서 마흐메는 어렵사리 초등학교를 마치고 중학교와 고등학교에 다니게 됩니다.

우리로서는 상상할 수 없을 정도의 남녀차별이 구조적이고 인습적으로 행해지는 이란. 그 중에서도 아들과 딸에 대한 차별이 아주 극심했던 가정에서 마수메는 오빠들의 구타와 딸에 대한 어머니의 천대 속에서 자랍니다. 마수메에게는 고등학교를 함께 다니던 평생의 친구 파르바네가 있었고, 파르바네는 혈육보다 더 진한 정을 마수메에게 쏟아부었습니다. 열여섯 나이의 두 여학생은 집에서 학교로, 학교에서 집으로 걸어 다니다가 어느 날 준수한 청년을 마주하게 됩니다. 그 청년은 어느 약국에서 일하는 약사 사이드입니다.

이때부터 마수메와 사이드는 편지를 주고받는 사이로 발전합니다. 하지만 두 사람의 심장 박동을 흔들어 놓던 순간도 잠시. 이 사실을 알게 된 마수메의 오빠(들)는 사이드와 마수메를 폭행하고, 어머니는 딸을 처리할 방법을 모색합니다. 얼굴 한 번 못 본 채로 마수메는 하미드라는 남자와 결혼을 하게 됩니다. 하미드는 반체제인사로서 가정보다는 비밀조직의 활동에 더 집중합니다.

마수메는 하미드와의 사이에서 시아막, 마수드 두 아들과 딸 쉬린을 낳습니다. 비록 가정에는 충실하지 않지만 아내인 마수메를 인격적으로 대하고 그녀의 삶을 존중하는 하미드.

하미드는 샤 왕조가 무너지면서 감옥에서 나오지만, 호메이니 정권 하에서 다시 투옥되고 결국 처형되고 맙니다. 가장의 처형으로 마수메와 삼남매의 앞길은 막히고 맙니다. 마치 대한민국에서 빨갱이 가족 취급하는 것이나 마찬가지였습니다.

혼자의 힘으로 삼남매에게 공부를 시키고 온갖 고초를 겪던 마수메에게 어느 날 인생 반전의 순간이 다가옵니다. 그것은 열여섯 살 때 만났다가 헤어진 사이드의 등장입니다. 사이드를 다시 만난 감격이 얼마나 컸던지 마수메는 이렇게 말합니다.

"나의 웃음은 나의 존재의 가장 깊은 입자에서부터 싹터 내 입술에서 꽃을 피우는 것 같은 웃음이었다. 의문이 들기도 했다. 이렇게 웃고 있는 사람이 정말 내가 맞을까?"

이때 마수메의 나이는 쉰 셋. 두 아들 시아막과 마수드는 이미 결혼을 해서 안정적인 생활을 하고 있고, 딸 쉬린은 캐나다로 가기 전 결혼을 준비하고 있는 상황이었습니다.

하지만 삼남매는 엄마의 재혼 계획을 가문의 치욕으로 생각하면서 극력 반대합니다. 사이드의 청혼을 거절하기로 결심하면서 마수메가 친구 파르바네에게 이렇게 말합니다.

"난 지쳤어. 지난 삼십 년 동안 아무 것도 바뀌지 않은 것 같아. 그렇게 고생을 했는데, 나는 우리 가족조차 변화시키지 못했어. 자식들에게 바란 건 최소한의 이해와 연민이었는데, 그 애들은 나를 권리를 가진 인간으로도 취급하지 않아. 그 아이들에게 나는 자기들에게 헌신할 때에나 가치가 있는, 어머니일 뿐이야. '우리 자신을 위해 우리를 원하는 사람은 없다'는 옛말도 있잖아. 자식들에게 나의 행복과 내가 원하는 것은 아무 의미가 없어. 이제 결혼에 쏟을 열정도, 에너지도 남아 있지 않아. 이런 식으로 희망을 잃었구나. 자식들이 나와 사이드의 관계를 흐려버렸어. 나와 가장 가깝다고 생각했던 그 애들이, 나를 사랑한다고 믿었던 아이들이, 내 손으로 기른 내 자식들이 사이드와 나에 대해 별별 말을 다 했어. 그럼 다른 사람들은 뭐라고 하겠니. 우리를 어떤 진흙탕에 빠뜨리겠냐고."

　작품을 읽는 내내 궁금했던 것은 작가 파리누쉬 사니니가 주인공 마수메의 삶을 어떤 길로 가져가는가 하는 것이었습니다. 책을 읽다가 가슴이 너무도 쓰려서 여러 차례 책을 내려놓고 눈을 감아야 했습니다.

75

서민적 글쓰기

2015.9.26.

읽기, 쓰기, 말하기는 학습과 자기표현과 토론의 기본입니다. 선진국 등 수많은 나라에서 읽기, 쓰기, 말하기를 아이들의 배움의 기본이자 필수로 삼는 이유도 이 때문입니다.

이 기본이 제대로 갖추어져 있지 않은 경우, 토론과 논쟁은 제대로 이루어지지 않거나 거의 불가능해집니다. 그때부터는 감정싸움과 인신공격으로 들어가게 되는데, 우리나라가 대표적인 사례입니다.

읽기에서 중요한 것은 '무엇을 어떻게 읽을까?'입니다. 바로 이 지점에서 교육이 등장하는 것이고, 책 소개의 유용성이 나타나는 것입니다. 기생충학 박사로 유명한, 정확하게 표현하면 독보적 학자인 서민 교수. 솔직하고 꾸밈없고 필요한 경우 깔대기도 깔 줄 아는 재미있는 분. 나이 서른에 들어서서야 비로소 책읽기의 중요성을 알고 미친 듯이 독서를 했다는 사람.

그는 어느 순간엔가 자신이 꿈에도 그리던 책 쓰기 단계에 돌입합니다. 왜 책을 쓰기 시작했을까? 그의 말을 들어보니 이렇습니다.

"나에게 왜 쓰냐고 묻는다면 주저없이 말할 수 있다. '너무 못 생겨서!'라고."

독서와 글쓰기를 너무 늦게 시작한 탓인지 그의 표현대로 그는 두 권의 책 『소설 마태우스』, 『대통령과 기생충』을 연달아 말아먹었습니다. 그 실패가 얼마나 컸으면 그의 어머니께서 아들에게 "이제 책 좀 그만내면 안 되겠니?"라고 충고하셨다고 합니다. 그것으로 책쓰기를 던져버렸을 만도 한데, 부끄러운 실패는 그를 좌절로 몰아간 것이 아니라, 그의 타고난 승부욕을 자극했나 봅니다.

그의 책 『서민적 글쓰기』는 기생충 학자 서민의 진면목을 유감 없이 발휘하고 있습니다. 이 책은 Part 1 「나는 쓰면서 성장한다」, Part 2 「어떻게 쓸 것인가」로 구성되어 있습니다. 글쓰기를 통한 자기고백과 글쓰기로 고통을 겪고 있는 사람들에 대한 애정어린 조언으로 이루어져 있는 것입니다.

왜 많은 사람들이 글쓰기를 어려워하고 두려워할까? 그가 설명하는 이유는 이렇습니다.

"사실 우리나라는 글쓰기를 장려하기보다 더 멀어지게 하는 교육을 하는 게 아닌가 싶다. 글쓰기에 관한 모든 책이 독서를 필수조건으로 꼽지만, 우리나라 입시제도는 책을 읽지 않아도 상관없는, 아니 읽지 않을수록 더 유리해지는 시스템이니 말이다. 앞에서 말한 것처럼 일곱 살 때부터 서른까지 책이라곤 교과서만 읽었던 내가 대학입시의 수혜자가 된 게 그 증거다."(48쪽)

그의 솔직함을 따라올 사람이 얼마나 될까? 생각해 봅니다.

"암흑기인 10대를 지나 의대에 진학했다. 의대에 합격한 것은 내 인생에서 광명과 같았다. '이 얼굴에 공부까지 못하면 답이 없겠다'는 자각으로 열심히 공부하기도 했지만, 당시 물리학과나 전자공학과가 의대보다 인기가 좋아, 나보다 점수 높은 학생들이 그리로 쏠렸던 것도 행운이었다."(52쪽)

그의 천성적인 솔직함은 글쓰기 방법론으로 이어집니다.

"저자는 글을 통해 독자와 관계를 맺는 사람이다. 저자가 독자와 관계가 친밀해지려면 어떻게 해야 할까. 정답은, 솔직하게 쓰는 것이다. 솔직하게 써야 읽는 이들을 감동시킬 수 있다."(176쪽)

그가 저에게 우리나라의 지도자들이나 기관장들에게는 유머나 위트가 없다는 것을 개탄한 적이 있습니다. 그는 유머나 위트는 책쓰기에도 필수라고 강조합니다.

"성공한 유머는 처벌받지 않지만 어설픈 유머는 응징의 대상"(106쪽)이라는 것입니다.

'서민 글쓰기'의 특징은 뭘까? 그는 자신의 글쓰기의 특징을 '돌려까기'라고 말합니다. 일제시대 때 김두한이 하야시 파와 붙었을 때 사용했던 '돌려차기'는 상상만 해도 우리를 시원하게 합니다. 서민 글쓰기의 '돌려까기'도 그와 같지 않을까요?

76

선생님, 통일이 뭐예요?

2015.7.30.

　일본제국주의에 의한 조선의 식민지화 그리고 해방과 동시에 자행된 분단은 지금 이 순간까지도 우리 한국사람들의 삶을 규정하고 있고, 끝없는 갈등과 고통과 분열을 초래하고 있습니다.

　민족의 평화적 통일에 대한 최소한의 의지와 철학도 없는 무리들은 기득권 카르텔을 형성하여 분단 상황을 기득권 확대와 강화의 수단으로 악용하고 있습니다.

　일제가 우리민족에게 남긴 악폐가 무엇인가? 우리 민족은 누가 무엇을 위하여 분단시켰는가? 분단을 이용해서 막대한 혜택을 보는 자들은 누구인가? 통일은 왜 해야 하는 것인가? 통일은 어떻게 해야 하는 것인가? 통일은 가능한 것인가? 통일은 누가 방해를 하고 있는가?

　이런 물음들에 대해서 한두 줄의 기본적인 답변이라도 할 수 있다면, 그 사람은 역사의 맥락을 읽는 데 필요한 최소한의 지식과 의식을 갖고 있다고 볼 수 있을 것입니다.

그러나 현실은 우리의 기대와는 너무나 거리가 멀기만 합니다. 일제식민지배와 분단에 대한 무지는 많은 사람들, 특히 우리 아이들에게서 더 심할 것입니다.

그래서일까요? 현직 교사께서 지난 2013년에 낸 통일에 관한 한 권의 책이 제 마음을 설레게 합니다. 정경호 지음, 『선생님, 통일이 뭐예요?』라는 책입니다.

서설과 해밀이라는 두 명의 학생이 정 선생님께 질문을 하고 선생님이 답변을 하는 형식의 책입니다. 이 책은 1부「통일은 이래서 필요하다」, 2부「분단의 역사에서 교훈 찾기」, 3부「남북관계, 그 길고 질긴 대결」, 4부「평화가 먼저다」, 5부「통일은 어떻게 해야 하나?」로 구성되어 있습니다.

이 책의 가장 큰 매력으로는 분단과 통일을 둘러싼 딱딱한 문제들을 아주 이해하기 쉽게 이야기 식으로 풀어내고 있다는 것입니다.

통일에 부정적인 사람이 많은 이유를 저자는 "우선 한국전쟁에 대한 정신적 상처가 깊게 남아 북한이나 공산주의라고 하면 치를 떠는 사람이 많기 때문이야"(21쪽)라고 답변합니다.

왜 우리는 분단되었나? 아이들이라면 누구나 품음직한 의문입니다. 저자는 이에 대한 대답을 아주 간명하게 합니다. "우리 힘으로 해방이 이루어지지 않았던 것이 불행의 시작이 되고 말았어."(61쪽)

민족분열주의자들이나 친일파들의 교활한 전략에 휘말려 좌우합작이 실패했는데, '이런 상황을 잘 파악하여 대처할 만한 지도자는 없었던가?'라는 질문에 저자는 세 명의 지도자, 즉 김구, 여운형, 김구식을 듭니다. 그러나 이들은 모두 미군정의 눈에 들지 않았다는 공통점을 갖고 있습니다.

"미군정은 김구를 타협을 모르는 무서운 사람으로 보았는지 Black Tiger(흉악한 호랑이)라 했고, 여운형을 뭔가 소중한 것 같은데 어디에 쓸지를 모르는 사람으로 판단했는지 Silver Ax(은도끼)라고 했다고 그래. 김규식은 자주 병치레하는 것을 보고 Kim Kyu Sickly(병이 잦은 김규식)이라고 했어."(67쪽)

이 책은 민간통일운동의 중요성을 강조합니다. 그 중 하나로 1998년 정주영 전 현대그룹 회장의 소떼 방북이 나옵니다. 이 일에 대해서 프랑스 문명비평가 기 소르망은 "20세기의 마지막 전위예술"이라고 평했다고 합니다.(98쪽)

민주적 정당성이 약한 정권일수록 더욱 빈번하게 분단을 정치도구로 악용합니다. 선거 때나 정권의 위기상황 때마다 써 먹었던 '북풍'이라는 말도 이래서 나왔습니다. 저자는 이러한 상황을 '적대적 공생'이라고 질타합니다.

저자의 진단에 따르면 그 최초의 사례가 이승만 정권의 북진통일론과 북한의 민주기지론입니다. 이런 사례들은 열거할 수 없을 정도로 많이 있습니다.

1972년 남과 북은 7·4 남북공동성명을 발표합니다. 그 당시 우리 사회는 내일이라도 당장 통일이 될 것처럼 들떠 있었습니다. 그러나 10월 17일 유신이 선포되고, 12월 27일 유신헌법이 등장합니다. 같은 날 북한도 헌법을 개정했습니다.

일제식민지배와 분단은 현재진행형으로 우리 국민과 한민족의 목에 강한 족쇄로 작용하고 있습니다. 이제 일본군은 다시 한국에 들어올 수 있는 상황까지 만들어졌습니다.

마지막 조선총독 아베 노부유키가 떠나면서 이런 말을 했습니다.

"우리는 패했지만 조선은 승리한 것이 아니다. 장담하건대 조선민이 제 정신을 차리고 찬란하고 위대했던 옛 조선의 영광을 되찾으려면 100년이라는 세월이 훨씬 더 걸릴 것이다. 우리 일본은 조선인에게 총과 대포보다 더 무서운 식민교육을 심어 놓았다. 결국은 서로 이간질하며 노예적인 삶을 살 것이다. 보라! 실로 조선은 위대했고 찬란했지만 현재 조선은 식민교육의 노예로 전락할 것이다. 그리고 나 아베 노부유키는 다시 돌아온다."

이 책 『선생님, 통일이 뭐예요?』는 초등 5~6학년부터 누구나 폭넓게 읽을 수 있는 책입니다. 집에서 아이들이 엄마 아빠와 함께 대화를 하면서 읽어도 될 정도로 재미와 깊이가 있습니다.

77

나라 없는 나라

2015.11.7.

제5회 혼불문학상 수상작인 이광재 장편소설 『나라 없는 나라』를 읽었습니다. 작품의 소재는 동학농민혁명입니다.

이 소설을 읽기 전 '동학농민혁명을 소재로 소설다운 소설을 쓴다는 게 과연 가능할까?'라는 의문을 가졌습니다.

이 분야와 관련해서는 그 동안 워낙 많은 글들이 나왔기 때문에, 독자들의 시선을 끈다는 것이 만만한 일은 아닐 거라는 생각도 했습니다. 마치 학위논문을 쓸 때 같은 주제의 논문들이 많이 있을 경우 뚜렷이 차별성을 가지면서도 학문성을 갖춘 논문을 쓰는 것이 지난한 일인 것과 마찬가지입니다.

이런 저의 선판단은 소설을 읽는 내내 무너졌습니다. 작품 속에서 전봉준, 김개남, 손화중, 김덕명 등 동학농민군의 지도자들은 120여 년 전이 아니라 지금 바로 눈 앞에서 움직이고 있었습니다.

국가의 존립이 풍전등화와도 같던 상황에서 대원군과 동학농민군의 지도자 사이의 교감, 그리고 대원군과 일본공관의 일본관료들 사이의 수읽기는 당시의 긴박했던 상황을 들여다보는 시야를 넓혀 주고 있습니다.

작품에는 우리나라의 많은 산하가 등장합니다. 직접 가 보지 않고는 불가능할 정도로, 작가는 산과 마을과 강을 상상을 초월할 정도로 세밀하게 그려냅니다. 마치 인문지리지를 읽은 기분이 듭니다.

실로 놀라운 것은 수도 없이 많은 우리말들이 이 작품 속에서 부활하고 있다는 것입니다.

"살에 스미는 바람이 예사롭지 않고 바람 또한 손돌이바람 못지않았다.(77쪽)"

"민요가 다시 터졌다는 소문이 먹물처럼 번지더니 수상쩍은 무뢰와 발피가 장터에 모여들었다.(87쪽)"

이 소설을 읽으면 말의 맛도 많이 느끼게 됩니다.

"아궁이가 시원치 않은지 불을 지피고도 구들이 사람 덕을 보려는 모양이었다.(258쪽)"

이 소설의 끝 부분은 이렇게 되어 있습니다.

―선생님, 저 재를 넘으면 무엇이 있습니까?

―몰라서 묻는 게냐? 우리는 이미 재를 넘었느니라. 게서 보고 겪은 모든 것이 재 너머에 있는 것들이다.

―그럼 이제 끝난 것입니까?

―아니다. 재는 또 있다.

―그럼 그건 어쩝니까요?

─그냥 두어도 좋다. 뒷날의 사람들이 다시 넘을 것이다. 우린 우리의 재를 넘었을 뿐. 길이 멀다 가자꾸나.

그 '뒷날의 사람'은 지금의 나일 수도 있고, 동시에 내 자신이 '그 순간의 사람'일 수도 있겠다는 생각을 어렵지 않게 하게 되었습니다.

심사평을 읽다 보니 이런 부분이 나옵니다.

"그동안 이 사건에 대한 여러 소설들은 물론 역사서에서도 크게 주목되지 않은 새로운 역사적 상황이나 역사적 존재들을 재발견하고 그것을 통해 전혀 새로운 역사성을 제시했다는 것만은 『나라 없는 나라』의 단연 주목할 만한 성과라 할 만하며, 이는 앞으로 쓰여질 역사소설의 소중한 길잡이 역할을 할 것으로 기대된다."

책을 덮고서도 눈에 아른거리는 사람들이 있습니다. 전봉준 장군을 그림자처럼 따라다녔던 을개와 그에게서 피붙이 하나를 얻은 갑례, 그리고 군국기무처의 관료 김교진의 딸로서 사랑하는 이철래를 찾아 한양에서 충청도를 거쳐 전라도까지 내려갔지만 끝내 만나지 못하고 길을 떠나는 호정이입니다.

78

아이를 빛나게 하는
학교인권

2015.11.15.

현직 초등학교 교사인 오동선의 책 『아이를 빛나게 하는 학교인권』을 주의 깊게 읽어봤습니다. 원고 단계에서 한 차례 읽었기 때문에 실제로는 두 차례 읽은 셈입니다.

거의 모든 사람들은 인권(human rights, Menschenrechte)에 대해 어느 정도 알고 있다고 생각합니다. 그런 사람에게 '인권이란 무엇인가?'라고 물어보면 십중팔구 얼버무리기 일쑤입니다. 체계적으로 학습해 본 경험이 없기 때문에 인권의 개념에 대해 핵심을 짚어가며 말하는 것은 불가능에 가깝습니다.

왜 저 사람(또는 저 학생)의 인권을 침해했느냐고 질문을 하면, 저 사람(또는 저 학생)이 침해에 대한 동의를 했다고 말하는 경우도 적지 않습니다. 그런 사람들은 '인권은 포기할 수 없는 것이다(인권의 포기불가능성)'라는 인권의 본질을 전혀 모르는 것입니다.

학급규칙을 정하면서 이 부분을 놓쳐 버리는 경우가 있습니다.(23쪽) 학급 학생들의 동의를 얻어 민주적인 절차를 거쳐서 만들어진 규칙이라 하더라도, 그것이 인권을 침해하고 있으면 그 학급규칙은 법적 정당성을 상실하고 있는 것입니다.

교사와 학부모 사이에 마찰이 발생했을 경우 학교의 장이 사안을 빨리 마무리하기 위해서 교사로 하여금 무조건 학부모에게 잘못했다고 용서를 구하도록 하는 경우가 있습니다.(24쪽)

이 경우 학교의 장은 자신의 행위가 헌법이 금지하고 있는 양심강제(Gewissenszwang)에 해당한다는 것을 모른 채 해당 교사의 인권을 침해하고 있는 것입니다.

인권을 주장하면 그 사람을 가리켜 좌파니, 종북이니, 빨갱이니 하며 매도하는 경우가 있습니다. 특히 파시즘적 사고가 기승을 부리는 대한민국에서는 그 정도가 심합니다.

이러한 폭력적 인권유린에 대해서 지은이는 "인권에는 좌와 우, 진보와 보수가 없다. 인간으로서의 가치만 있을 뿐이다"(26쪽)라고 힘주어 말합니다.

학생인권을 강조하면 인권만 강조하니까 학생들이 책임의식이 없어진다고 반박하는 주장이 적지 않습니다. 이러한 반박에 대비하여 지은이는 "권리를 부여할 때 책임 또한 명확히 요구할 수 있다"(29쪽)고 합니다.

교사는 물론이고 학부모조차도 때려서라도 아이들을 가르쳐야 한다는 사고에 젖어 있는 분들이 적지 않습니다. 이에 대해 지은이는 "실제로 군대나 감옥에서도 체벌을 금지하고 있고 체벌을 가하는 사람에게 처벌을 하고 있지만 체벌이 사라졌다고 해서 군기가 문란해졌다는 이야기를 들어보지 못했다"(49쪽)라고 말합니다.

이 단락을 읽으면서 저는 격세지감을 느꼈습니다. 사실 저는 군대에서 여러 차례 죽지 않을 정도로 구타를 당했기 때문입니다. 한여름 새벽에 논산훈련소 화장실에서 몸을 발가벗긴 채 두 팔을 벌리고 새까만 모기에게 물어뜯기는 체벌(일명 '모기회식')을 약 30분 동안 당하기도 했습니다. 지금도 그 생각만 하면 몸에서 전율이 일어날 정도입니다.

우리가 무심코 사용하는 말이 인권침해에 해당하는 경우도 있습니다. 예를 들어 '살색' 크레파스라는 표현은 다른 피부색에 대한 차별행위를 조장하는 것입니다. 이 때문에 지금은 '살구색' 크레파스라는 표현으로 바꿔서 쓰도록 하고 있습니다.(58쪽)

초등학교에서 아이들에게 반드시 일기를 쓰게 하고 그 내용을 검사하고 평가하는 관행이 오랫동안 존재해 왔습니다. 국가인권위원회는 그런 관행이 아이들의 사생활의 비밀과 자유를 침해한다는 이유로 개선할 것을 권고했습니다.(77쪽)

인권불감증과 인권감수성. 그 차이는 하늘과 땅입니다. 만약 공권력을 행사하는 사람들이 어려서부터 꾸준히 인권감수성을 길러 왔다면 국민의 인권을 함부로 다룰 수 있을까요?

우리나라에서 국가폭력이 빈번하게 발생하는 뿌리를 찾아가다 보면 '학교에서의 인권교육 부재'를 만나게 됩니다. 물론 그것이 국가폭력의 유일하고 결정적인 뿌리라고 단정지을 수는 없습니다. 권력자의 '광기'가 결정적인 작용을 하는 경우가 많기 때문입니다.

이 책은 학생인권만을 말하고 있지는 않습니다. 교사의 인권도 비중있게 다루고 있습니다.

학교현장에서 '이것이 인권침해일까, 아닐까?' 고민하는 교사들에게 이 책은 조용히 함께 머리를 맞대고 생각해 볼 자료를 제공하고 있기도 합니다.

법학자가 이런 류의 책을 쓸 수 있을까? 생각해 보았습니다. 결론은 '못 쓴다'였습니다.

이유는 간명합니다. 법학자는 교사의 가슴 속에 들어 있는 고민을 '교사보다 더 자세히' 알 수 없으며, 아이들의 세계를 일상적으로 들여다 볼 수 있는 기회가 없기 때문입니다.

79
교육은 사회를
바꿀 수 있을까?

2015.11.30.

마이클 애플 지음, 강희룡·김선우·박원순·이형빈 옮김, 『교육은 사회를 바꿀 수 있을까?』. 제목을 보는 순간 답이 가까이 다가오기도 하고 멀리 사라지기도 했습니다.

지은이는 이 물음에 답을 하는 중요한 단서를 말합니다. "누구의 관점에서 우리는 이 질문에 답을 하고 있는가?"(105쪽)입니다. "교육은 서로 다른 두 방향에서 사회를 바꿀 수 있다"(268쪽)는 말도 같은 의미를 갖고 있을 것입니다.

구체적으로는 교육학자 캬운츠가 말하는 핵심적인 이슈들을 옮겨 놓습니다. "교육은 무엇을 위한 것인가? 누가 현재의 사회체제로부터 이득을 보는가? 나는 어떤 종류의 사회를 원하는가? 더 나은 사회를 가꾸고 지켜가기 위한 내 역할은 무엇인가? (……) 나는 이 질문에 답하기 위해 누구와 함께할 것인가?"(106쪽)

"교육은 돌봄, 사랑, 그리고 특히 상호 연대에 기초하여, 경제에 제동을 걸 수 있는 기술과 태도를 강화시키는 데 그리고 지속가능한 사회운동을 창출하는 데 핵심적인 역할을 한다"(55쪽)는 것이 이 책의 표지 질문에 대한 지은이의 답입니다.

애플 교수의 위와 같은 답의 대척점에 서 있는 것이 경쟁, 사유화, 그리고 소유권을 바탕으로 하는 개인주의라는 사회적 기준들입니다.(50, 51쪽)

교육은 현존하는 그 자체로 사회를 바꿀 수 있을까? 이에 대해 애플 교수는 "학교교육 자체가 바뀌지 않는다면, 학교는 사회를 바꿀 수 없다"(184)라고 말합니다.

여기에 연결짓는 브라질에서의 학교교육의 변화가 클로즈업됩니다. "학생들이 학교에 맞추어 변한 것이 아니라 학생들에 맞추어 학교가 그 구조를 바꾸었다"(218쪽)는 것입니다.

그러한 학교는 "학생들이 지적으로 도전하는 곳으로 그리고 보호받고 있다는 느낌을 주는 곳으로 학교를 변화시키는 것"(241쪽)입니다.

이 책의 제6장 「미국의 월마트처럼 만들기」는 대기업이 어떤 목표 하에 그리고 어떤 전략으로 학교교육을 점령하고 사회를 지배하는지를 생생하게 풀어내고 있습니다.

이 책을 읽으면서 저를 미소짓게 하고, 강한 동의와 함께 희망을 품게 한 지은이 애플 교수의 말이 있습니다.

"그러나 우리가 다시금 기억해야 할 것은 모든 것을 통제하려는 정권이 때로는 비능률적이었다는 사실이다. 모든 것을 통제하려는 임무는 대부분 불가능하다. 그런 불가능한 사례들은 소셜 미디어 및 이메

일, 트위터, 그 밖에 창조적으로 사람들을 집결시키는 것들이 존재하는 시대에는 그 점이 두드러지게 나타난다."(279쪽)

바로 이 지점에서 '그렇구나!' 하는 것이 있습니다. '왜 우리나라에서 권력자가, 자본이, 그리고 기득권 세력이 끊임없이 학교교육과정과 교과서에 손을 대려고 하는가?'라는 의문에 대한 답입니다.

80
창문 엽서

2015.12.5.

박성우 시인의 『창문 엽서』에는 스물일곱 개의 이야기가 들어 있고, 이야기 마디마다 지은이가 손수 찍은 상당한 수준의 사진들이 마치 화보집처럼 책을 수놓고 있습니다.

이야기의 주인공들은 도회지 잘난 사람들의 기준으로 볼 때에는 있는 것보다 없는 것이 훨씬 더 많습니다.

가진 것이라고는 아무 것도 없는 그들. 그들의 비어 있는 삶의 공간에는 계산해 낼 수 없는 것들이 무궁무진하게 들어 있습니다. 그걸 한마디로 집어낸다면 그들은 타인의 삶이 아니라 '그들 자신의' 삶을 살고 있다는 것입니다.

시인 박성우는 이 책을 통해서 '그들'에게 자신들이 누구인지를 설명해 주고 있습니다. 굳이 '내가 누구인지' 알 필요도 없이 안락한 둥지를 틀고 살아가는 그들에게 시인 박성우는 하나의 선물처럼 '그들'을 풀어내고 있는 듯합니다.

"동한이는 늘 빠르다. 그렇지만 오늘은 내가 십분이나 일찍 나섰으니 내가 더 빠르겠지? 그런데 약속장소에 도착해 보니 동한이는 벌써 와 있다. 전동차를 얼마나 빠르게 몰고 왔는지 두 다리는 아직 도착하지도 않았고, 얼마나 서둘러 나왔는지 사진을 찍기로 했는데도 오른팔조차 챙겨오지 않았다."(99쪽)

동한이는 고1 때 급성 뇌수막 폐혈증을 앓아 두 팔과 두 다리를 모두 잃었습니다. 시인의 표현대로라면 "동한이는 입원 후 한 달여만에 두 팔과 두 다리를 놓아주어야만"(100쪽) 했습니다. 그런 동한이는 현재 시인으로 활동하고 있습니다.

일등 콩나물을 키우고 있는 김종대. 그가 지금의 아내 임군자를 아내로 삼게 된 이야기는 신파조 러브스토리를 읽는 기분입니다.

"실의에 빠져 있던 어느 날 종대 군은 군자 양에게서 뜻밖에도 허리띠를 생일선물로 받았다. 자신감을 회복한 종대 군은 삐삐를 사서 군자 양의 잘록한 허리에 채워줬다. 어떻게 해서든 군자 양과의 결혼에 성공해 고향에 내려가 살 궁리를 하던 종대 군이 절호의 기회를 잡은 건 천안터미널에서였다. 종대 군은 부모님이 계시는 전북 정읍으로, 군자 양은 고향인 경북 영주로 내려가기 위해 제각기 터미널 대합실에 나와 있던 차였다. 종대 군은 정읍으로 가는 표를 두 장 끊었다. 그러고는 군자 양의 가방을 뺏어 안고 정읍행 버스에 올랐다. 당황한 군자 양은 가방을 찾으러 버스에 올랐고 버스는 곧 종대 군의 부모님이 계시는 고향으로 출발했다."(142쪽)

이 책의 압권은 시인의 황홀하기 이를 데 없는 우리말 솜씨가 아닐까 합니다.

"서둘러 구절초를 만나러 나온 아침, 종석산을 넘어온 아침 햇살이 구절초 공원에 닿아 엎질러진다. 솔숲 소나무들은 맑고 푸른 햇살만 골라 솔가지 위로 올리고, 감을 주렁주렁 매달고 있던 감나무는 까칠한 손을 펴서 선홍빛 햇살만 골라 욕심껏 움켜쥔다. 소나무와 감나무가 놓친 아침 햇살은 구절초꽃밭에 하양하양 하얗게 깔리며 번진다."(238쪽)

사진으로 등장하는 범부채꽃, 이팝나무, 구절초, 겨우살이, 주전자, 아궁이 등이 전하는 '그들'의 삶의 이야기가, 일상에 치인 채 숨결이 고르지 못한 저에게 아늑한 쉼터를 건네주고 있습니다.

81

소년은 눈물 위를 달린다

2015.12.25.

팀 보울러 지음, 양혜진 옮김, 『소년은 눈물 위를 달린다』는 성장소설입니다. 이 책의 원제명은 『Night Runner』입니다.

이 책의 1인칭 주어에 해당하는 '나'는 지니라는 이름의 열다섯 살 소년입니다. 캉 에드워드 고등학교의 학생이지만, 학교에 나가는 날보다 결석하는 날이 더 많을 정도입니다.

지니에게 집은 자신을 따뜻하게 품어주는 둥지가 아닙니다. 아버지는 택배회사에서 택배 일을 하고 있는 주정뱅이이고, 어머니는 매트리스 청소회사에 고용되어 청소 일을 하면서 청소회사 직원(지니는 이 사람을 '로미오'라는 별칭으로 부름)과 부적절한 관계를 유지하고 있습니다.

학교도 지니에게는 차분히 호흡을 하며 배움과 성장의 길을 걸을 수 있는 곳이 아닙니다. 두 살 위의 리키 스핑크라는 아이와 그 똘마니들인 데니, 심플, 내티에게 상습적으로 폭행을 당합니다.

그런 지니에게도 남다른 실력과 상상력이 있습니다. 그는 학교의 대표로 달리기에 출전해 메달을 모조리 휩쓸었습니다.(205쪽)

지니의 상상력은 이런 식으로 드러납니다.

"나는 사과를 먹으며 눈을 감는다. 그러자 놀랍게도 책 없이도 상상할 수 있다는 것을 깨닫는다. 물총새 두 마리가 나온 사진이 머릿속에 선하고, 다트무어 황무지를 뛰노는 조랑말들도, 강물 위로 뛰어오르는 연어도, 내가 늘 건너뛰었던 살무사 사진도 보인다. 나는 다시 달리는 상상을 한다. 이번에는 레이섬 교장이 나를 응원하던 그 트랙이 아니다. 호숫가를 돌아, 언덕들을 넘어, 밤하늘 아래로 달린다."(210쪽)

지니의 집은 가끔씩 누군가가 침입하여 쑥대밭을 만들어 놓습니다. 지니의 집에 숨겨져 있을 무언가를 찾아내기 위한 것입니다. 검은 그림자는 여기에서 끝나지 않고 계속해서 지니에 대한 납치를 기도합니다. 그 책임자 급에 해당하는 남자를 지니는 '플래시 코트'라고 이름붙입니다.

그들은 '사냥꾼의 달'이라는 허름한 술집을 아지트로 삼아 상습적으로 불법물건을 유통시킵니다. 그들이 물건을 옮기는 시간대는 심야이고, 그들에게는 달리기에 능한 사람(runner), 그것도 수사기관이 주목하지 않을 어린 소년들이 필요합니다.

지니는 결국 학교에서 자신에게 폭력을 자행하는 스핑크를 통해 이 범죄조직과 연결되고, 그들이 건네주는 갈색 꾸러미를 들고 밤길을 달려 구매자들에게 전달하는 일을 합니다.

그에게는 협박이 가해집니다. 시키는 대로 하지 않거나 물건을 늦게 전달하면 엄마 아빠, 그리고 지니 본인까지도 죽이겠다는 협박입니다.

칠흑 같이 어두운 밤길을 뛰는 그의 눈에서는 계속 눈물이 흘러내립니다.

"나는 달리면서 운다. 아까는 너무 무서워서 울음을 터뜨릴 수도 없었다. 언제부터 눈물이 났는지도 모르겠지만 어쨌거나 나는 지금 울면서 공원을 지나고 주택단지를 가로지른다. 온통 엄마 얼굴이 떠올라 머릿속이 터져버릴 것 같다. 아빠 얼굴도. 이유는 나도 모르겠다."(150쪽)

어느 날 지니에게 죽음의 순간이 다가오고, 그가 눈을 떴을 땐 자신의 몸이 병원 침대에 눕혀져 있었습니다. 그의 옆에는 엄마, 레이섬 교장선생님, 파이드레이 간호사, 제임스 경위 등이 있었습니다.

레이섬 교장선생님은 달리기에 뛰어난 지니에게 깊은 애정을 갖고 있습니다. 그는 지니의 삶에 뭔가 이상이 있다는 낌새를 느끼며 지니의 교우관계와 생활 등을 주의깊게 들여다보기도 하고 지니와 말동무가 되기도 합니다. 파이드레이 간호사의 따뜻한 감성 또한 사랑에 목말라 있는 지니에게는 한 줄기 생명수와도 같은 것이었습니다.

이 책에는 아주 특별한 것이 하나 있습니다. 그것은 문장의 길이가 짧다는 것입니다. 글쓰기에서 전해 내려오는 것으로 '장문에 명문 없다'는 말이 있는데, 이 책은 처음부터 끝까지 단문으로 이어집니다. 그만큼 문장의 속도도 빠릅니다

82
조훈현,
고수의 생각법

2015.12.30.

11세 때 일본으로 건너가 기타니 미노루와 함께 일본 바둑의 양대 산맥을 이루었던 세고에 겐사쿠의 집에서 18세까지 9년 동안 바둑을 배웠던 바둑기사 조훈현. 그의 자서전과도 같은 책 『조훈현, 고수의 생각법』을 읽었습니다.

조훈현은 1980년, 1982년, 1986년, 세 차례나 국내 기전 전관왕에 오릅니다. 최초의 국제기전인 후지쯔배를 비롯하여 잉창치배, 동양증권배, 춘란배 등 국제기전에서 우승을 합니다. 자신의 표현대로 20년간 한국 바둑사를 질주합니다.

조훈현이 바둑의 고수로 성장하는 데 결정적 역할을 한 사람은 그의 스승 세고에 겐사쿠였습니다. 그는 평생 단 세 명의 제자만을 두었다고 합니다. 첫 제자인 하시모토 후타로, 둘째 제자인 우칭위안, 그리고 조훈현입니다.

스승은 제자인 조훈현에게 이렇게 말합니다.

"답을 주는 건 스승이 아니야. 그냥 길을 터주고 지켜봐주는 게 스승이지."(61쪽) "내가 답을 줄 수 있다고 생각하느냐? 답이 없는 게 바둑인데 어떻게 너에게 답을 주겠느냐. 그 답은 스스로 찾아라."(35쪽)

스승은 제자에게 무언가를 구체적으로 가르치려 하기보다는 삶의 모습을 보여 주었습니다.

스승의 그 모습을 조훈현은 이렇게 회고합니다.

"세고에 선생님은 나를 9년 동안 데리고 살면서 정말로 당신의 모든 걸 나에게 주셨다. 바둑에 대해 알고 있는 모든 것, 바둑을 대하는 자세, 그리고 그 정신세계까지 다 주셨다. 그것은 앞에 앉혀 놓고 일일이 가르치고 주입시키는 방식은 아니었다. 그저 매일 함께 밥을 먹고 생활하면서 당신이 살아가는 모습을 통하여 조금씩 스며들게 하신 것이다."(61쪽)

세월이 흘러 조훈현 또한 자신의 제자를 받아들입니다. 바로 이창호. 이창호는 스승인 조훈현의 집에서 10세 때부터 15세 때까지 6년간 기거하면서 바둑 수업을 받습니다.

그가 제자인 이창호에게 가르쳐 준 것은 무엇이었을까?

"나는 창호에게 바둑을 가르치지 않았다. 그저 내가 사는 모습을 있는 그대로 다 보여주었다. 세고에 선생님이 나에게 당신이 가진 모든 것을 물려주신 것처럼. 나도 그렇게 창호에게 내가 가진 모든 것을 물려줬다. 나에게 좋은 점이 있었다면 창호가 알아서 판단했을 것이고, 나에겐 나쁜 점이 있었다면 그 역시 알아서 판단했을 것이다."(67쪽)

그는 제자인 이창호에게 1990년 최고위전 5번기 결승 제5국에서 반

집패를 하고 맙니다. 이 기전은 최초의 사제대결이었다고 합니다.

정상에서 오랫동안 머물기도 했고, 무관의 설움도 겪어야 했던 조훈현. 그의 삶은 마치 구도자의 그것과도 같아 보입니다.

"나쁜 사람이 잘 되는 것은 그저 찰나의 현상일 뿐이다. 지금 잘 나가는 것일 뿐, 오래 지속되지도 영원히 잘 나가지도 않는다."(55쪽)

"스스로 강한 자는 절대로 변명하지 않는다. 열심히 노력하는 자는 지더라도 당당하다. 내가 승부에 졌다면 그건 내가 덜 강하기 때문이다. 그걸 인정하고 더욱 노력해야 한다."(101쪽)

저는 평소에 취할 것을 취하되, 던져야 할 때는 미련 없이 던져야 한다는 생각을 갖고 있습니다. 저의 이 생각과 어울리는 말이 있어서 반가웠습니다.

"내것이 아니다 싶으면 과감히 포기해야 한다. 때로는 더 큰 이익을 위해 아끼던 돌을 희생할 줄 알아야 한다."(139쪽)

조훈현은 홀로 자신과 만나고 자신과 대화할 수 있는 시간의 중요성을 말합니다.

"다른 아무 것도 없이 온전히 나 자신과 대면할 수 있는 시간, 자신과 대화할 수 있는 정적의 시간이 우리에겐 절실히 필요하다."(260쪽)

이 책의 마지막 페이지를 넘기고 나서 조용히 눈을 감았습니다. 평생 한 번도 만난 적이 없는 바둑의 고수 조훈현! 그와 함께 속에서 길게 무언의 대화를 나누었다는 만족감이 느껴졌습니다.

2016.1.2.

존 그리샴 지음, 신현철 옮김, 『소환장』은 돈에 대한 인간의 탐욕을 법학과 심리적 전문지식을 바탕으로 그리고 있는 장편소설입니다.

이 책의 지은이인 존 그리샴, 주인공인 루벤 애틀리 판사, 그의 큰 아들로서 이 작품의 중심인물인 레이 애틀리 교수, 루벤 애틀리 판사가 남긴 의문의 돈과 연관이 있는 패튼 프렌치 변호사 등이 모두 법률가들입니다.

루벤 애틀리 판사는 남북전쟁 당시의 장군 네이단 베드포드 포레스트를 존경하고, 그의 조부가 포레스트 장군과 함께 전쟁에 참여했다는 것에 큰 자부심을 느끼는 인물입니다.

포레스트 장군의 이름 '네이단'을 큰 아들의 이름에 갖다 붙여서 네이단 레이 애틀리가 되고, '포레스트'를 작은 아들의 이름으로 삼아 포레스트 애틀리가 됩니다. 집에는 포레스트 장군의 초상화가 걸려 있습니다.

애틀리 판사는 클랜턴의 포그 카운티에서 1959년부터 4년 임기의 법관 선거에서 계속 80% 이상의 압도적인 지지를 받아 당선됩니다. 그는 자신의 월급을 장학금 지급 등 자선활동으로 사용할 정도로 금전에 매우 금욕적입니다. 그에 대한 시민들의 존경은 절대적이었습니다.

큰 아들 레이 애틀리는 버지니아 법대 교수로 독과점금지법을 강의하면서 어느 정도 사회적 지위와 16만 달러의 적지 않은 연봉 혜택을 누립니다. 작은 아들 포레스트 애틀리는 마약중독자로 마약중독치료센터를 전전하는 신세입니다.

문제의 발단은 애틀리 판사가 클랜턴에 있는 그의 낡은 집에서 조용히 숨을 거둔 일이었습니다.

아버지로부터 '소환장(summons)'을 받고 고향집으로 간 레이 교수가 발견한 것은 의자에 앉아 조용히 숨을 거둔 아버지 애틀리 판사와 그의 유언장, 그리고 출처를 알 수 없는 거액 311만 8천 달러였습니다.

그 많은 돈은 「블레이크 & 선」이라는 문구 제작 회사가 만든 초록색 상자 27개에 100달러짜리 지폐로 들어 있었습니다. 그 돈은 아버지의 유언장에도 없었습니다.

레이는 그 돈을 자신의 승용차 트렁크에 싣고 동생 포레스트에게는 말하지 않습니다. 그때부터 레이는 그 돈을 들고 버지니아 주 샬로트빌에 있는 자신의 집으로 옮겨 놓기도 하고, 창고회사에서 창고를 렌트 받아 보관하기도 합니다.

승용차 트렁크에 싣고 호텔에 묵을 때에는 자신의 방에서 트렁크가 잘 보이는 곳에 승용차를 주차해 놓습니다. 돈에 대한 불안감은 그에게서 잠을 빼앗아 갑니다.

"이제 레이의 눈에는 모든 사람의 행동이 수상하게 보이기 시작했다."(308쪽)

문제는 누군가가 레이의 그런 움직임을 정확하게 포착하고 있다는 것이었습니다.

작가는 레이가 두려움에 떨고 있는 이유를 이렇게 설명합니다.

"유명한 대학의 법대 교수로 재직하고 있는 자신이 지금 어린 시절을 보낸 고향집에서 권총을 들고 어둠 속에서 떨고 있었던 것이다. 그 이유는 오직 단 하나뿐이었다. 우연히 발견하게 된 출처를 알 수 없는 현금더미를 필사적으로 보호하고 싶었던 것이다."(91쪽)

아버지가 숨겨둔 의문의 돈의 출처는 재판과 관련된 것이었습니다. 1999년 애틀리 판사는 헨콕 카운티를 방문하여 한 사건에 대한 재판을 맡게 됩니다. '클리크 깁슨 대 마이어브렝' 사건. 다국적 제약회사 마이어브렝의 신약개발 관련 변호를 맡았던 패튼 프렌치는 사건에서 승소하자 재판에 관련된 이들에게 크게 사례를 했던 것입니다.

레이가 잠도 제대로 못 자고 불안에 떨면서 끌고 다니던 돈은 고향집에서 발생한 의문의 화재로 종적을 감추게 됩니다. 알고 보니 그 돈은 몽땅 동생 포레스트의 손으로 들어갔습니다.

모든 돈을 잃고 난 뒤 레이는 평정심을 회복해 갑니다.

"어쨌거나 글자 그대로, 그 돈은 무거운 짐이었어요. 무슨 뜻인가 하면, 지난 몇 주 동안 나는 계속 그 돈을 끌고 돌아다녀야만 했다는 거예요."(411쪽)

처음 돈을 발견했을 때 레이는 법대 교수답게 원칙대로 처리했으면 됐습니다. 유산목록에 집어넣고, 상속 지분에 따라 상속을 받은 후, 국세청이 고지하는 대로 상속세를 내면 되는 것이었습니다.

만약 그 돈이 아버지가 부정한 방법으로 획득한 돈이라는 심증이 강하게 들었다면 아버지의 명예를 지키는 선택을 할 수도 있었을 것입니다.

하지만 탐욕 앞에 자유로운 인간이 얼마나 될까요? 이 책은 독자들에게 '만약 당신이 레이의 처지였다면 어떻게 했을 것인가?'라는 질문을 던지는 것 같습니다.

수려한 문장, 섬세하고 날카로운 심리 묘사, 팽팽한 긴장감 유지, 빠른 속도의 상황 전개, 거액의 보수를 잡기 위한 변호사들의 술수 등에 빠지면서 마치 리얼 스토리를 읽는 기분이었습니다.

교사는 무엇으로 사는가

2016.1.31.

'민주주의는 피를 먹고 산다(Democarcy lives of blood)'는 말이 있습니다. 그렇다면 교사는 무엇을 먹고 살까요?

이 질문에 대한 의견을 제시하는 책이 우리 앞에 있습니다. 현직 중등 국어교사 정은균이 쓴 『교사는 무엇으로 사는가』입니다.

이런 내용과 수준의 책을 쓰기 위해서는 교육전문가인 교사로서의 깊은 내공은 기본이고, 무엇보다 이 책 한 권으로 엄청난 힐난을 당할 각오가 되어 있어야 할 것입니다.

'공지의 비밀'이라는 법률용어가 있습니다. 누구나 알고 있지만, 아무도 말하지 않는 것을 가리킬 때 사용하는 용어입니다. 이 책에는 공지의 비밀들이 많이 들어 있습니다. 최소한의 양식만 있어도 이의를 제기할 수 없지만, 막상 드러내면 유쾌하지 못한 것들입니다. 그런 점에서 필자의 용기가 어떤 파장을 불러올지 무척 궁금합니다.

지은이는 이 책을 내는 자신의 각오를 이렇게 말합니다. "모두가 미래를 말하지만 아무도 미래를 준비하지 않는 역설의 공간이 학교다. 그 견고한 벽에 가는 실금 하나 긋고 싶었다."(10, 12쪽)

교사는 아이들을 누구라고 생각하는가? 기초적이면서도 본질적인 질문입니다. 지은이는 "아이들을 통해 배우며 성장했고, 아이들이 있어 마음껏 가르칠 수 있었다. 교실에서 만나는 아이들 한 명 한 명이야말로 진정한 '스승'임을 믿는다."(13쪽)

이 책은 4부 13장으로 구성되어 있습니다. 1부 「시스템에 갇힌 교사」, 2부 「교사, 아이를 만나다」, 3부 「진짜 교육 가짜 교육」, 4부 「학교혁신을 넘어 교육공화국으로」.

소제목 하나하나가 보는 이의 호기심과 궁금증을 자아내지만 그 가운데에는 신경을 곤두서게 하는 제목들이 적지 않습니다.

「'착한 아이' 담론에 빠진 교사들」, 「'관료'와 '아이히만'을 길러내는 교육」, 「교사가 '극단주의자'가 되어야 하는 이유」, 「이름 부르기의 힘」, 「스티브 잡스가 '꼴통'에서 벗어난 비결」, 「신창원을 '악마'로 만든 사람」, 「헝겊 원숭이 철사 원숭이」, 「죄수의 딜레마 눈에는 눈 이에는 이」, 「대학 '서열도'에 담긴 입시사회학」, 「"김고삼은 사약을 받으라"」, 「'광탈'하는 '수시충' 담임의 넋두리」, 「교장 자격과 교장 자격증」, 「한국교총과 전교조는 앙숙지간?」.

「'착한 아이' 담론에 빠진 교사들」에서 지은이는 이렇게 말합니다. "'선생님 반 애들은 말 잘 들어요' 담론은 대개 담임교사들 간 대화에서 이루어진다. 찬찬히 따져 보자. 말을 잘 듣는 것이 어떻게 왜 착한 것과 연결될까. 논리는 단순하다. 아이들은 교사 말에 복종하는 대상

이다. 이들 사이에는 명령과 복종, 지시와 순종의 매커니즘이 작동되어야 한다."(96쪽)

「정신과 의사보다 더 정상이었던 아이히만」은 비판적 사고능력을 길러내지 않는 교육이 어떤 재앙을 초래할 수 있는지를 소름끼칠 정도로 깊이 깨닫게 합니다.

"아이히만은 충성스럽고 성실한 나치 관료였다. 관료는 국가의 공식적인 명령에 복종한다. 그는 자기 일에 충성했을 뿐이다."(48쪽)

「스티브 잡스가 '꼴통'에서 벗어난 비결」에서는 스티브 잡스와 함께 프랑스의 소설가 장 주네가 나옵니다. 장 주네는 파리에서 사생아로 태어났는데, 그에게는 도벽이 있었다고 합니다.

"장 주네의 동료들은 그의 도벽을 흔쾌히 받아주어 그가 20년간 계속된 악습을 버리게 도와주었다. 스티브 잡스의 인도인 스승은 질풍노도의 다리를 건너고 있던 잡스에게 든든한 암전기지가 되어 주었다. 동료들과 스승의 변함없고 아낌없는 지지 덕분에 장 주네와 스티브 잡스는 마음의 상처를 씻을 수 있는 힘과 토대를 얻었다."(137쪽)

지은이는 이 책을 이렇게 마무리합니다. "아이들의 '먼지'가 아니라 '푸른색'을 볼 줄 아는 눈을 갖고 싶다. 나는 교사다."(284쪽)

교육감은 독서중

1판 1쇄 찍은 날 2016년 6월 10일
1판 1쇄 펴낸 날 2016년 6월 15일

지 은 이 김승환
펴 낸 이 김완준
펴 낸 곳 모악
출판등록 2016년 1월 21일 제 2016-000004호
주   소 전북 전주시 덕진구 기린대로 418 전북일보 5층 (우)54931
전   화 063-276-8601
팩   스 063-276-8602
이 메 일 moakbooks@daum.net

ISBN 979-11-957498-1-2(03810)

* 이 도서의 국립중앙도서관 출판예정도서목록(CIP)은 서지정보유통지원시스템 홈페이지(http://seoji.nl.go.kr)와 국가자료공동목록시스템(http://www.nl.go.kr/kolisnet)에서 이용하실 수 있습니다.(CIP제어번호: CIP2016011288)

* 이 책의 내용을 재사용하려면 지은이와 모악의 서면 동의를 받아야 합니다.

값 13,500원